GW01605202

LES OISEAUX DU TEMPS

Amal El-Mohtar est une critique littéraire, éditrice et autrice canadienne de science-fiction et de fantasy.
Max Gladstone est un romancier et nouvelliste américain de science-fiction et de fantasy.
Leur livre *Les Oiseaux du temps* a reçu plusieurs prix prestigieux, dont le prix Hugo du meilleur roman court 2020, le prix Locus du meilleur roman court 2020, le prix Nebula du meilleur roman court 2019 et le prix British Science Fiction 2019.

AMAL EL-MOHTAR
& MAX GLADSTONE

Les Oiseaux du temps

TRADUIT DE L'ANGLAIS PAR JULIEN BÉTAN

MU

Titre original :

THIS IS HOW YOU LOSE THE TIME WAR

ISBN : 978-2-253-10705-7 – 1re publication LGF

À toi.
P.-S. : Oui, toi.

Quand Rouge gagne, il ne reste qu'elle.

Le sang nappe ses cheveux. Elle exhale de la vapeur dans la dernière nuit de ce monde mourant.

C'*était amusant*, songe-t-elle, mais cette pensée la gêne aux entournures. C'était propre, au moins. Remonter les fils du temps vers le passé pour s'assurer que personne ne survivrait à cette bataille et ne contrarierait les futurs prévus par son Agence – des futurs dans lesquels l'Agence règne, dans lesquels Rouge elle-même est possible. Elle est venue nouer ce brin d'histoire et le brûler jusqu'à ce qu'il fonde.

Elle tient un cadavre qui a été un homme, les mains gantées par ses entrailles, les doigts serrés sur l'alliage métallique de son épine dorsale. Elle lâche prise et l'exosquelette cliquette contre la pierre. Une technologie grossière. Antique. Bronze contre uranium appauvri. Il n'avait aucune chance. C'est la finalité de Rouge.

Après une mission plane un silence grandiose, définitif. Ses armes et son armure se replient en elle comme des roses au crépuscule. Une fois que les pans de pseudopeau ont repris leur place et guéri, que la matière programmable de ses vêtements s'est retissée, Rouge ressemble, de nouveau, vaguement à une femme.

Elle arpente le champ de bataille, cherchant, vérifiant.

Elle a gagné, oui, elle a gagné. Elle est certaine d'avoir gagné. N'est-ce pas ?

Les deux armées gisent, mortes. Deux grands empires ont fait naufrage ici, chacun perçant de son écueil la coque adverse. C'est pour ça qu'elle est là. D'autres s'élèveront sur leurs cendres, plus adaptés aux desseins de son Agence. Et pourtant.

Il y avait quelqu'un d'autre sur le terrain – pas un rampant, comme ces cadavres embourbés dans le temps qui jonchent son chemin, mais un véritable adversaire. Quelqu'un de l'autre camp.

Peu d'agents tels que Rouge auraient senti cette présence contraire, mais elle est patiente, solitaire, prudente. Elle a préparé cet affrontement. Elle l'a visualisé, en amont comme en aval. Quand les vaisseaux n'étaient pas à l'endroit prévu, quand les capsules de sauvetage n'ont pas été éjectées au moment prévu, quand certaines fusillades se sont produites avec trente secondes de retard, elle l'a remarqué.

Deux fois, c'est une coïncidence. Trois fois, c'est l'œuvre de l'ennemi.

Mais pourquoi ? Rouge a atteint son objectif ici, se dit-elle. Toutefois, les guerres regorgent de causes et d'effets, de calculs et d'étranges attirances, a fortiori les guerres dans le temps. Une vie épargnée peut compter davantage pour l'autre camp que tout le sang qu'a fait couler Rouge aujourd'hui. Une fugitive devient reine, scientifique ou pire, poète. Ou son enfant le devient, ou un contrebandier avec qui elle échange son blouson dans un spatioport lointain. Et tout ce sang pour rien.

Tuer devient plus facile avec le temps, en matière de technique, de mécanique. Mais pour Rouge, avoir tué, non. Les autres agents ne vivent pas les choses de la même manière – ou s'en cachent mieux.

Cela ne ressemble pas aux émissaires de Jardin de croiser ainsi Rouge sur le même terrain, au même moment. Elles préfèrent généralement les ombres et les certitudes. Cependant, l'une d'elles en serait capable. Rouge la connaît, bien qu'elles ne se soient jamais rencontrées. Chaque émissaire a sa signature. Elle a identifié des schémas récurrents : audace, prise de risques.

Elle se trompe peut-être. C'est rarement le cas.

Son ennemie se délecterait d'un tel tour de magie : détourner à ses fins le grand œuvre macabre de Rouge. Mais elle n'a pas assez d'éléments pour étayer ce soupçon. Elle doit trouver des preuves.

Alors, elle erre sur le charnier de sa victoire, cherchant les graines de sa défaite.

Une secousse agite le sol – ne l'appelez pas terre. La planète meurt. Les grillons stridulent. Les grillons survivent, pour l'instant, parmi les vaisseaux écrasés et les corps brisés de cette plaine déliquescente.

Une mousse argentée dévore le métal, des fleurs violettes étouffent les fusils silencieux. Si la planète survit assez longtemps, les vignes qui poussent dans les bouches des morts porteront des fruits.

Mais ce monde ne survivra pas et elles ne porteront rien.

Sur une bande de sol dévasté, Rouge trouve la lettre.

Elle n'est pas à sa place. Ici, il ne devrait y avoir que des corps entassés entre les épaves d'appareils qui naviguaient naguère parmi les étoiles. Ici, il ne devrait y avoir que la mort, la boue et le sang d'une opération réussie. Des lunes en désintégration dans le ciel, des vaisseaux embrasés en orbite.

Pas une feuille de papier couleur crème, vierge hormis quelques mots tracés d'une main traînante : « Détruire avant lecture. »

Rouge aime ressentir des choses. Par fétichisme. Elle ressent maintenant de la peur. De l'impatience.

Elle avait raison.

Elle scrute les ombres, cherchant son chasseur, sa proie. Elle perçoit les infra et les ultrasons. Elle se languit d'un contact, d'un nouveau combat, plus valeureux, mais elle est seule avec les cadavres, les éclats, et la lettre laissée par son ennemie.

C'est un piège, bien sûr.

Les vignes s'enroulent dans les orbites, s'entortillent dans les hublots brisés. Il neige des flocons de rouille. Du métal grince sous la pression, avant de céder.

C'est un piège. Un poison serait un peu grossier, mais elle n'en flaire aucun. Un noosvirus dans le message peut-être, destiné à subvertir ses pensées ou à la rendre simplement suspecte aux yeux de Commandante. Peut-être que si elle lit cette lettre, elle sera enregistrée, compromise et soumise à un chantage pour devenir un agent double. L'ennemi est insidieux. Il ne s'agit peut-être que du gambit d'ouverture d'une stratégie au long cours, mais, en lisant cette lettre, Rouge prend le risque d'être découverte, de déclencher l'ire de Commandante, de passer pour une traîtresse malgré sa loyauté sans faille.

Le plus sage, le plus prudent serait de partir. Cependant, la lettre est un gant jeté à son visage, et Rouge veut savoir.

Elle trouve un briquet dans la poche d'un soldat mort. Les flammes se reflètent au fond de ses yeux. Des étincelles s'élèvent, des cendres retombent. Des lettres se forment sur le papier, de la même écriture traînante.

La bouche de Rouge se tord : un sourire narquois, un masque. La grimace d'un chasseur.

La lettre lui brûle les doigts, tandis que la signature apparaît. Rouge laisse s'échapper les braises.

Puis elle part, ayant à la fois réussi et raté sa mission ; elle grimpe en aval en direction de chez elle, du futur tressé que son Agence modèle et protège. Aucune trace d'elle ne subsiste, hormis les cendres, les ruines et les millions de morts.

La planète attend sa fin. Les vignes sont vivantes, certes, comme les criquets, mais il n'y a plus personne pour les contempler, à part des crânes.

Des nuages noirs menacent. Des éclairs se

ramifient et le champ de bataille devient monochrome. Le tonnerre gronde. La pluie va tomber ce soir, recouvrir le sol vitrifié, si la planète survit assez longtemps.

Les braises de la lettre s'éteignent.

L'ombre d'un croiseur échoué remue. Son vide s'emplit.

Une Fouilleuse émerge de cette ombre, accompagnée d'autres ombres.

Sans un mot, la Fouilleuse contemple les dégâts. Elle ne pleure pas, ça, c'est une évidence. Elle circule parmi les épaves, enjambe les corps, professionnellement : elle décrit une spirale, s'assurant avec une expertise issue de l'expérience que personne ne l'a suivie sur les chemins silencieux qu'elle a empruntés pour atteindre cet endroit.

Le sol tremble et se fissure.

Rouge tend le bras vers ce qui fut une lettre. S'agenouille, remue les cendres. Une étincelle s'envole, qu'elle attrape dans sa main.

Dans une bourse sur son flanc, elle puise une fine plaque blanche. La glisse sous les braises froides, qu'elle répartit finement sur la surface. Retire son gant, s'entaille le doigt. Un sang arc-en-ciel s'écoule, éclabousse le gris.

Elle mélange son sang aux cendres, forme une pâte, la pétrit, l'étale. Tout autour d'elle, le déclin se poursuit. Les cuirassés se transforment en tertres moussus. De grands canons s'affaissent.

Elle applique des lumières scintillantes et d'étranges sons. Elle plisse le temps.

Le monde se déchire en son centre.

La cendre devient une feuille de papier, dont le haut est couvert de lignes manuscrites, tortueuses, tracées à l'encre saphir.

Cette lettre est destinée à être lue une fois, puis détruite.

Dans les instants qui précèdent la fin du monde, elle la relit.

Contemplez mon œuvre, ô puissants, et désespérez !

Une petite plaisanterie. Fais-moi confiance, j'ai pris en compte toutes les variables de l'ironie. Néanmoins, je suppose que si tu n'es pas familière des poèmes du début du XIXe siècle du Brin 6 qui reviennent trop souvent au sommaire des anthologies, je suis le dindon de la farce.

J'espérais que tu viendrais.

« Qu'est-ce ? » te demandes-tu sûrement – mais pas « Qui est-ce ? » me dis-je. Tu sais, tout comme moi, depuis que nos regards se sont croisés durant cette regrettable affaire sur Abrogast-882, que nous avons un compte à régler.

Je dois t'avouer que je suis de plus en plus imprévoyante. Lassée, même, de la guerre ; les interventions effrénées de ton Agence en aval et en amont, les plantations et les tailles patientes de Jardin, au plus profond de la tresse du temps. Votre force irrésistible et notre objet immuable ; moins un jeu de go qu'une partie de morpion, dont l'issue est déterminée par le premier coup, qui se réitère sans fin jusqu'à la scission, où nous bifurquons vers un possible chaotique, instable : l'avenir que nous cherchons chacune à assurer aux dépens de l'autre.

Et puis, tu es arrivée.

Mes marges de manœuvre ont disparu. J'ai dû m'investir pleinement dans des mouvements devenus machinaux. Tu as apporté une certaine profondeur à la vitesse de ton camp, une sorte de puissance durable, m'obligeant à fonctionner de nouveau à plein régime. Tu as intensifié tes efforts pour faire triompher ton Changement et, ce faisant, m'as revigorée.

Tu trouveras ma gratitude tout autour de toi.

Je dois te dire que j'ai grand plaisir à t'imaginer, lisant ces lignes parmi les langues et les vrilles des flammes, sans que tes yeux puissent les déchiffrer à rebours ; à la place, tu dois les absorber, les laisser pénétrer ta mémoire. Pour te les rappeler, tu dois chercher dans tes pensées ma présence, qui se mêle à elles comme la lumière dans l'eau. Pour rapporter mes paroles à tes supérieurs, tu dois admettre avoir été infiltrée, dommage collatéral de ce jour malheureux.

C'est ainsi que nous gagnerons.

Je n'ai pas uniquement l'intention de fanfaronner. Je veux que tu saches que je respecte ta tactique ; l'élégance de ton travail rend cette guerre moins vaine. À ce sujet, l'hydraulique de ton gambit à front sphérique était vraiment superbe. J'espère que tu seras heureuse d'apprendre que tout cela sera complètement digéré par nos broyeurs.

Ainsi, notre prochaine victoire contre ton camp contiendra une petite partie de toi.

En te souhaitant plus de chance la prochaine fois,

Affectueusement,

Bleu

À l'intérieur d'une machine à IRM, de l'eau bout dans un bocal. Bleu l'observe, songeant qu'il vaut mieux se méfier de celle qui dort.

Quand Bleu gagne – soit chaque fois –, elle passe à la suite. Elle savoure ses victoires rétrospectivement, entre les missions, ne se les remémore que durant ses voyages (en amont, vers le passé stable ou en aval, vers le futur effiloché), comme les vers d'une poésie que l'on affectionne. Elle peigne ou noue les fils du temps, avec la finesse ou la brutalité requise, puis s'en va.

Elle n'a pas pour habitude de traîner, car elle n'a pas pour habitude d'échouer.

La machine à IRM se trouve dans un hôpital du XXIe siècle, étonnamment vide – évacué, constate Bleu –, mais qui n'a jamais rien eu de remarquable, niché dans le cœur vert d'une forêt traversée par des frontières.

L'hôpital était censé être plein. La mission de Bleu consistait en une délicate opération d'infection : un docteur en particulier devait s'intéresser à une nouvelle souche de bactérie, afin de poser les bases d'une distorsion de son monde qui l'éloignerait ou le rapprocherait de la guerre biologique, en fonction de la manière dont l'autre camp répondrait à cette offensive de Jardin. Mais l'occasion s'est évanouie, la brèche s'est refermée et la seule chose que Bleu a trouvée, c'est un bocal dont l'étiquette indique : « Lire en portant à ébullition ».

Alors, elle attend près de la machine à IRM et songe aux supplices de la symétrie qui enregistre les mouvements aléatoires de l'eau – les os magnétiques posés comme des lentilles sur la face thermodynamique de l'Univers, qui consignent chaque expansion, chaque éclatement de molécule avant qu'il ne survienne. Une fois que la machine a fini de traduire en chiffres la température du liquide, Bleu prend le compte rendu dans sa main droite et, de la gauche, insère la clé dans la serrure de la feuille recouverte de lettres.

Elle lit et ouvre de grands yeux. Elle lit et les données deviennent plus difficiles à extraire de l'intérieur de son poing serré. Mais elle rit aussi, et le bruit se répercute dans les couloirs vides de l'hôpital. Elle n'a pas l'habitude d'être frustrée. Quelque chose la démange, même pendant qu'elle médite sur la manière de transformer cet échec en opportunité.

Bleu déchiquette la feuille et le texte crypté, puis saisit une barre à mine.

Dans son sillage, une Fouilleuse entre dans la pièce dévastée, trouve la machine à IRM, s'y introduit. Le bocal d'eau a refroidi. Elle fait couler le liquide tiède dans sa gorge.

Ma si insidieuse Bleu,

Comment commence-t-on ce genre de choses ? Cela fait bien longtemps que je n'ai pas engagé une conversation. Nous ne sommes pas aussi isolés que toi, pas autant enfermés dans nos propres têtes. Nous pensons publiquement. Nos notions s'informent, se corrigent, s'étendent, évoluent. Et c'est pour cela que nous gagnons.

Même durant les entraînements, les autres cadets et moi nous connaissons comme l'on connaît un rêve que l'on a fait enfant. J'ai salué des camarades que je pensais n'avoir jamais rencontrés, pour découvrir que nos chemins s'étaient croisés dans un coin étrange du *cloud*, avant que nous n'ayons fait connaissance.

Du coup, je ne suis pas trop douée pour la correspondance. Cependant, j'ai scanné assez de livres et indexé suffisamment d'exemples pour m'essayer à l'exercice.

La plupart des lettres commencent par une adresse au lecteur. Cela étant déjà fait, je peux passer au sujet qui nous intéresse : je suis désolée que tu n'aies pas pu rencontrer le bon médecin. Elle est importante. Plus précisément, la fille de sa sœur le deviendra si elle leur rend visite cet après-midi et qu'elles discutent des motifs récurrents dans le chant des oiseaux – ce qui aura été fait quand tu liras ces lignes. Les ruses que j'ai utilisées pour qu'elle échappe à ton emprise ? Une panne de moteur, un beau jour de printemps, une suite de logiciels trop efficaces et trop bon marché pour être honnêtes, que son hôpital a achetés il y a deux ans et qui permettent au bon docteur de travailler depuis chez elle. Ainsi, nous tressons le Brin 6 et le Brin 9, et notre glorieux futur de cristal brille si fort que je vais avoir besoin de lunettes de soleil, comme dit le prophète.

En repensant à notre dernière rencontre, j'ai préféré m'assurer que tu ne pourrais subvertir un autre rampant, d'où l'alerte à la bombe. Un procédé grossier mais efficace.

J'apprécie ta subtilité. Toutes les batailles ne sont pas grandioses, toutes les armes ne sont pas féroces. Même nous, qui combattons à travers le temps, oublions la valeur d'un mot prononcé au bon moment, d'un bruit dans le bon moteur, d'un clou dans le bon sabot… Il est si facile de détruire une planète que l'on peut négliger la valeur d'un murmure susurré à la neige.

S'adresser au lecteur : c'est fait. Parler de nos affaires communes : fait aussi, ou presque.

Je t'imagine en train de rire en lisant cette lettre, incrédule. Je t'ai vue rire, je crois, dans les rangs de l'Armée toujours victorieuse, tandis que tes marionnettes incendiaient le Palais d'été et que je récupérais ce que je pouvais des merveilleux mécanismes d'horlogerie de l'Empereur. Tu marchais, hautaine et farouche dans les couloirs, pourchassant un agent sans savoir qu'il s'agissait de moi.

Alors, j'imagine le feu qui miroite sur tes dents. Tu penses t'être introduite en moi – avoir semé des graines ou des spores dans mon cerveau, quelle que soit ta métaphore végétale préférée. Mais ceci est ma réponse à ta lettre. Nous avons désormais entamé une correspondance. Et si tes supérieurs la découvrent, elle déclenchera une série de questions que tu jugeras, je pense, inopportunes.

Qui infecte qui ? De mon temps, nous savons qu'il n'y a jamais deux chevaux sans Troie. Répondras-tu, instaurant une complicité, poursuivant nos traces écrites autodestructrices, juste pour avoir le dernier mot ? Prendras-tu tes distances, laissant ma note dérouler ses mathématiques fractales à l'intérieur de toi ?

Je me demande ce qui me plairait le plus.

Enfin : conclure.

C'était amusant.

Mes hommages aux vastes membres de pierre sans tronc,

Rouge

Rouge cherche son chemin dans un labyrinthe d'ossements.

D'autres pèlerins errent ici, portant des tuniques safran ou brunes, tissées à la main. Des sandales bruissent sur la pierre, des bourrasques sifflent dans les méandres de la grotte. Demandez aux pèlerins d'où vient le labyrinthe : leurs réponses sont aussi nombreuses que leurs péchés. Il a été construit par des géants, affirme celui-ci, avant que les dieux ne les tuent, abandonnant la Terre et son destin aux mortels. (Oui, c'est la Terre, bien avant l'âge de glace et les mammouths, bien avant que des universitaires, plusieurs siècles en aval, n'envisagent que la planète ait pu produire des pèlerins ou des labyrinthes. La Terre.) Le premier serpent a bâti le labyrinthe, dit un autre, forant le sol pour fuir le jugement du Soleil. Il a été créé par l'érosion et la lente puissance de la tectonique des plaques, explique un troisième, des forces trop grandes pour que nous autres, cafards, puissions les concevoir, trop lentes pour que nous autres, éphémères, puissions les observer.

Ils avancent parmi les morts, sous des chandeliers

de clavicules, des rosaces cernées de cages thoraciques. Les circonvolutions des fleurs sont bordées de métacarpes.

Rouge ne demande rien aux autres pèlerins. Elle a une mission. Elle fait attention. Elle ne devrait rencontrer aucune opposition en effectuant une si légère torsion, aussi loin en amont. Au cœur du labyrinthe il y a une caverne, et bientôt dans cette caverne s'engouffrera le vent, et si ce vent souffle sur les bons os rainurés, un pèlerin interprétera ce hurlement comme un présage, qui le conduira à renoncer à ses biens temporels et à se retirer sur le versant d'une montagne lointaine pour y construire un ermitage, ermitage qui pourra, dans deux cents ans, abriter une fugitive et son enfant pendant une tempête, et ainsi de suite. Faites rouler un caillou et, dans trois siècles, vous obtiendrez une avalanche. Il n'y a rien de glorieux dans une telle mission, et peu de difficultés tant qu'elle suit son programme à la lettre. Pas même une provocation pour venir la détourner de son chemin.

Son adversaire – Bleu – a-t-elle seulement lu sa lettre ? Rouge a apprécié l'exercice : la victoire est savoureuse, mais un triomphe arrogant l'est plus encore. Oser riposter. Depuis, durant chaque opération, elle surveille ses arrières, se déplace en redoublant de prudence, s'attendant à des représailles ou à ce que Commandante découvre sa petite désobéissance, la lui fasse payer. Rouge a déjà préparé son excuse : depuis cette insubordination, elle est plus efficace, plus méticuleuse.

Mais aucune réponse n'est venue.

Elle s'est peut-être trompée. Peut-être qu'après tout, son ennemie s'en fiche.

Les pèlerins suivent des guides le long du sentier de la sagesse. Rouge s'en va et emprunte des passages étroits et tortueux dans le noir.

L'obscurité ne la dérange pas. Ses yeux ne fonctionnent pas comme des yeux normaux. Elle hume l'air, et des analyses olfactives apparaissent fugitivement dans son esprit, formant une piste. Dans un renfoncement spécifique, elle sort de sa sacoche un petit tube qui projette une lumière rouge sur les squelettes alignés à l'intérieur. La première fois, elle ne trouve rien. La deuxième, la lumière révèle une bande scintillante, qui pulse sur ce fémur, cette mâchoire.

Satisfaite, elle place les ossements dans son sac, puis éteint la lumière et s'enfonce plus profondément vers le bas.

Imaginez-la dans la nuit noire, invisible. Imaginez ses pas, un par un, qui jamais ne fatiguent, jamais ne glissent sur le gravier ou la poussière de la caverne. Imaginez la précision avec laquelle sa tête pivote sur son cou épais, décrivant un arc mesuré d'un côté à l'autre. Écoutez (vous pouvez, écoutez) les gyroscopes ronronner dans ses entrailles, les lentilles cliqueter sous la gelée camouflage de ses yeux d'un noir profond.

Elle se déplace aussi vite que possible, dans la limite de ses paramètres opérationnels.

D'autres lumières rouges. D'autres os qui viennent

rejoindre leurs semblables dans le sac. Elle n'a pas besoin de consulter sa montre. Un chronomètre défile au coin de sa vision.

Quand elle pense avoir trouvé tout ce dont elle avait besoin, elle descend.

Loin en dessous du sentier de la sagesse, les maîtres de cet endroit sombre ont manqué de cadavres. Les niches demeurent, attendent – peut-être l'arrivée de Rouge.

Puis, même les niches finissent par disparaître.

Peu de temps après, des gardes l'assaillent : les géants dépourvus d'yeux élevés par les maîtresses aux dents acérées de ce lieu. Leurs ongles sont jaunes, épais et fissurés ; ils ont meilleure haleine que l'on pourrait s'y attendre.

Rouge les brise rapidement et sans bruit. Elle n'a pas le temps d'opter pour une approche moins violente.

Quand leurs gémissements se perdent dans le lointain, elle atteint la caverne.

Elle sait, à l'écho différent de ses pas, qu'elle a trouvé l'endroit. Lorsqu'elle s'agenouille et tend la main devant elle, elle sent dix centimètres de sol, puis l'abysse. Des bourrasques glacées lui fouettent le visage : le souffle de la Terre ou d'un gigantesque monstre, beaucoup plus bas. Le vent hurle. Le bruit agite les mobiles d'os que les nonnes ont assemblés ici, pour se rappeler l'impermanence de la chair. Les os chantent et tournent, suspendus dans le noir à des ficelles de moelle.

Rouge cherche son chemin à tâtons le long

du rebord, cherche l'un des gigantesques troncs d'arbres ancrés dans la pierre, auxquels les mobiles sont accrochés. Elle se cale sur le tronc, jusqu'à atteindre les ossements d'une nonne pendus là par l'une de ses consœurs.

Le chronomètre au coin de son œil l'informe que le temps est compté.

Elle coupe les liens qui maintiennent les vieux ossements avec ses ongles aussi tranchants que le diamant, sort leurs remplaçants de son sac. Les accroche, un par un, à la corde de moelle, accolant crâne et péroné, mâchoire et sternum, coccyx et appendice xiphoïde.

Le compte à rebours s'égrène. Sept. Six.

Elle forme rapidement les nœuds, à l'aveugle. Ses membres l'informent qu'ils souffrent, aux endroits où elle est accrochée à cet antique tronc, au-dessus d'un vide insondable.

Trois. Deux.

Elle lâche les os dans le gouffre.

Zéro.

Une bourrasque fend la terre, rugit dans les ténèbres. Rouge serre le tronc pétrifié, plus ardemment qu'une amante. Le vent culmine, hurle, secoue les ossements. Une note nouvelle vient couvrir le cliquettement, réveillée par le vent de la caverne, qui souffle à travers les trous précis que Rouge a percés dans les éléments osseux de son mobile. La note s'amplifie, change, enfle, devient une voix.

Rouge écoute, les dents serrées, arborant une

expression qu'elle-même ne saurait déchiffrer. De la stupeur, oui. De la fureur aussi. Et quoi d'autre ?

Elle scanne la caverne obscure, mais ne détecte aucune signature thermique, aucun mouvement. Pas de signal radar, pas de rayonnement électromagnétique ou de traînée de condensation – évidemment. Elle se sent glorieusement vulnérable. Prête pour le coup de grâce ou le moment de vérité.

Trop vite, le vent meurt, et la voix avec lui.

Rouge jure dans le silence. Se souvenant de l'époque où elle est, elle invoque les dieux locaux de la fertilité et les voue à d'inventives formes de copulation. Puis, ayant épuisé son arsenal d'invectives, elle grogne et crache dans l'abysse.

Après tout cela, comme cela a été prédit, elle rit. Frustrée, amère, mais percevant néanmoins le comique de la situation.

Avant de partir, Rouge scie la branche à laquelle elle a suspendu les os. Le pèlerin qu'elle voulait façonner a disparu, l'ermitage ne sera pas construit. Désormais, elle va devoir réparer de son mieux les dégâts.

Les os abandonnés dégringolent, dégringolent. Tombent, tombent.

Mais ne vous inquiétez pas. La Fouilleuse s'en saisit avant qu'ils ne touchent le sol.

Ma chère Rouge, aux crocs ensanglantés,

Tu avais raison : j'ai ri. Ta lettre était fort bienvenue. J'ai appris beaucoup de choses. Tu imaginais le feu luisant sur mes dents ; connaissant l'attention extrême que tu portes aux détails, je me suis dit qu'il fallait pimenter un peu les choses.

Je devrais peut-être commencer par des excuses. Ceci n'est pas, je le crains, le présage que tu attendais ; pendant que tu écoutes mes paroles, tu devrais réfléchir à qui appartenaient ces os évidés et percés constituant ma lettre. Ce pauvre pèlerin qui aurait pu exister ! Pourquoi laisser des traces écrites autodestructrices, quand on peut se livrer à une session de gravure tout en détruisant une ressource ennemie, et laisser le vent venir chatouiller l'ivoire ?

Ne t'inquiète pas : il a eu une belle vie. Peut-être pas celle que tu aurais voulu qu'il mène : malheureux mais utile à la postérité, accueillant les plus faibles, criblant les cartes perforées de l'avenir, une nouvelle vie après l'autre. Au lieu de construire un ermitage, il est tombé amoureux ! Il a composé de magnifiques morceaux de musique avec ses amis, a beaucoup voyagé, a tiré des larmes à une impératrice, a fait fondre son cœur, a fait passer l'Histoire d'un sillon à un autre. Si je ne m'abuse, le Brin 22 croise le Brin 56 et, quelque part en aval, un bouton a fleuri, gonflé de promesses.

Je suis flattée de ton attention soutenue. Sois sûre que je t'ai observée longuement, intensément, pendant que tu assemblais mon petit projet artistique. T'immobiliseras-tu ou te détourneras-tu vivement quand tu te rendras compte que je t'observe ? Me verras-tu ? Dans le cas contraire, imagine que je te fais signe ; je serai alors trop loin pour que tu puisses distinguer ma bouche.

Je plaisante. Quand les vents tourneront, je serai partie depuis longtemps. Tu as quand même regardé, non ?

Je t'imagine aussi en train de rire.

Dans l'attente de ta réponse,

Bleu

Bleu s'approche du temple, déguisée en pèlerin : son crâne rasé laisse apparaître les circuits brillants qui s'enroulent autour de ses oreilles et sur sa tête, ses yeux se doublent de lentilles oculaires ; sa bouche est une traînée d'argent irisé, ses paupières sont encagoulées de chrome. Elle a au bout de ses doigts les touches d'une antique machine à écrire, signe de dévotion au grand dieu Hack, et ses bras sont cerclés de spires d'or, d'argent, de palladium, qui scintillent d'un éclat vif sur sa peau sombre.

Vue d'au-dessus, elle se fond dans la masse dense, impossible à distinguer des milliers de corps qui piétinent lentement en direction du temple : un puits de forage, au centre d'un vaste pavillon accablé de soleil.

Personne n'y entre : la vénérable chaleur qui y règne flétrirait leur dieu sur sa vigne de silicone.

Mais c'est à l'intérieur qu'elle doit aller.

Bleu tapote les touches au bout de ses doigts, l'une contre l'autre, avec la précision d'un danseur. *A*, *C*, *G*, *T*, à l'envers et à l'endroit, séparés, réunis. Le rythme de leurs percussions séquence une souche aérienne de programme malveillant qu'elle cultive depuis plusieurs générations, un organisme qui déploie ses vrilles invisibles dans le réseau neural de cette société, inoffensif tant qu'il n'est pas activé.

Elle claque des doigts. Une étincelle jaillit.

Les pèlerins – les dix mille pèlerins – s'effondrent en même temps, dans un silence total, formant un immense tas orné.

Elle écoute le sifflement et les claquements des circuits en surchauffe dans les cerveaux filigranés, marche paisiblement parmi les pèlerins neutralisés, dont les membres agités de spasmes forment une sorte de ressac qui clapote doucement contre ses chevilles.

Bleu ne se lasse pas de songer, amusée, qu'en désactivant leur lieu sacré, en menant cette attaque, elle a elle-même fait acte de dévotion à leur dieu.

Elle dispose de dix minutes pour traverser le labyrinthe du temple : emprunter l'échelle de service, une main au-dessus de l'autre, puis poser une paume contre le mur sombre et sec pour en suivre la ligne brisée jusqu'à son centre. Il fait froid sous terre, et plus froid encore sur sa peau nue, plus froid à mesure qu'elle descend, sans que les frissons cessent.

Au centre du labyrinthe se trouve un écran cubique, qui s'allume quand Bleu s'approche.

« Bonjour, je suis un Mackint…

— Chut, Siri. Je suis là pour les devinettes. »

Des yeux et une bouche – on ne peut qualifier

cela de visage – s'animent sur l'écran, l'observant d'un regard neutre.

« Très bien. Comment calcule-t-on l'hypoténuse d'un triangle rectangle ? »

Bleu penche la tête, restant complètement immobile, hormis ses doigts qui se tendent le long de son corps. Elle s'éclaircit la gorge.

« "C'était potoflard et tous les viscouples toves / Dans le paprède gyrosquaient et foretaient ;" »

L'écran de Siri clignote, s'emplissant de neige, puis demande :

« Quelles sont les soixante-deux premières décimales de Pi ?

— "La laîche au bord du lac est flétrie, / et nul oiseau ne chante." »

Une poignée de parasites glissent sur le visage de Siri.

« Si le train A quitte Toronto à 18 heures, se dirigeant vers l'est à cent kilomètres-heure, et que le train B quitte Ottawa à 19 heures, se dirigeant vers l'ouest à cent vingt kilomètres-heure, quand se croiseront-ils ?

— "Voilà que déjà autour de toi le charme opère, / Et une chaîne silencieuse pèse sur toi ; / Contre ton cœur comme ton cerveau / L'arrêt fatal est prononcé : maintenant flétris-toi !" »

Un flash. Siri s'éteint.

« De plus, ajoute Bleu en s'avançant légèrement vers la boîte pour la placer dans un gros sac posé à côté, l'Ontario est, comme dit le prophète, dans un état proche de l'Ohio. »

L'écran s'éclaire de nouveau ; elle fait un pas en arrière, surprise. Des mots défilent. À mesure, ses yeux s'écarquillent. La lueur bleuâtre de l'appareil se reflète sur la peinture chromée de ses lèvres, qui s'écartent, lentement, pour former un sourire féroce.

Elle fait claquer les touches une dernière fois avant de les retirer de ses doigts, comme le lustre sur sa bouche, le métal sur ses bras. Tandis qu'elle fait un pas de côté pour entrer dans la tresse, la pile d'ornements se flétrit, rouille, s'effrite, impossible à distinguer des gravillons formant le sol de la caverne. La Fouilleuse, qui arrive après son départ, identifie chaque grain.

Très chère Bleu, *da ba dee, da ba da,*

Quelle audacieuse intrusion ! Vraiment bien joué. Je n'aurais jamais imaginé que ton camp se risquerait à intervenir si loin en aval du Brin 8827, avant de reconnaître ta signature. Je tremble à l'idée d'une incursion similaire de notre part – que la causalité préserve Commandante de me déployer un jour dans l'un de vos mondes elfiques, touffus, qui bourdonnent sous les branches d'arbres antiques, débordants de fleurs, de pollens neuraux, d'abeilles rassemblant les souvenirs des yeux et de la langue, de bibliothèques de miel dont les rayons suintent de savoir. Je ne me fais aucune illusion : je n'y arriverais pas. Tu me trouverais en un instant, m'écraserais plus vite encore – je laisserais un sillage de pourriture dans ta verdure, même en marchant sur la pointe des pieds. J'ai la main verte façon Tcherenkov.

(Je sais, je sais : la radiation Tcherenkov est... eh bien... bleue. Mais ne laissons pas les faits gâcher une bonne blague.)

Tu es discrète. J'ai à peine senti les signes de

ton approche. Pour des raisons évidentes, je ne te préciserai pas en quoi ils consistent. Imagine-moi, si tu veux, accroupie au sommet d'une cage d'escalier, les genoux sous le menton, hors de vue, comptant les pas de la cambrioleuse qui monte les marches. Tu es plutôt douée pour ça. T'ont-ils cultivée dans ce but ? D'ailleurs, comment ton camp gère-t-il ce genre de choses ? T'ont-ils engendrée en sachant ce que tu serais ? T'ont-ils entraînée, ont-ils contrôlé tes moindres pas pendant ce que j'imagine être un horrible camp de vacances, sous le regard vigilant de conseillers inquiets qui sourient tout le temps ?

Ton chef t'a-t-il envoyée en mission ? Avez-vous seulement des chefs ? Ou une reine ? Quelqu'un dans ta chaîne de commandement pourrait-il te vouloir du mal ?

Je te pose la question, car nous aurions pu te piéger ici. Ce brin est un affluent majeur ; Commandante pourrait y envoyer une nuée d'agents sans grand risque causal. Je t'imagine en train de lire ceci, pensant que tu les aurais tous semés. Peut-être.

Mais ces agents sont occupés ailleurs et ce serait une perte de temps (haha !) de les redéployer. Plutôt que d'embêter Commandante avec quelque chose que je peux gérer moi-même, j'ai préféré intervenir directement. C'est plus simple pour nous deux.

Bien sûr, je ne pouvais pas te laisser voler le dieu de ces pauvres gens. Nous n'avons pas besoin de cet endroit en particulier, mais de quelque chose qui lui ressemble. Je ne sais pas si tu peux te représenter le travail nécessaire pour reconstruire un tel paradis, à partir de rien (ou même de redonner un lustre à ses décombres). Imagine un instant que tu aies réussi, que tu aies volé l'objet physique sur lequel repose la lente décomposition quantique des générateurs de nombres aléatoires de ce brin, que cela ait provoqué une crise cryptographique conduisant les gens à se méfier de leurs imprimantes à nourriture, que les masses se soient révoltées et que les émeutes, mettant le feu aux poudres, aient provoqué une guerre. Nous aurions dû repartir de zéro, en cannibalisant d'autres brins, très certainement dans ta tresse. Et nos deux camps s'entredéchireraient de plus belle.

De plus, de cette manière, je peux te rendre la monnaie de ta pièce, pour le tour que tu m'as joué dans les catacombes – avec une petite touche personnelle ! Mais je vais bientôt manquer de place. Tu aimes le XIXe siècle du Brin 6. Eh bien, d'après le *Guide de l'étiquette et de la correspondance de Mme Leavitt* (Londres, Gooseneck Press, Brin 61), je devrais conclure en reprenant l'objet principal de ma lettre, quoi que cela signifie. Dont acte : Haha, bleu-bite. L'objectif de ta mission est dans un autre château.

Câlins et bisous,

Rouge

P.-S. : Le clavier est couvert d'un poison de contact à action lente.

P.P.-S. : Je plaisante ! Ou pas…

P.P.P.-S. : Je te charrie. Mais les post-scriptum sont vraiment fun !

Des arbres tombent dans la forêt, bruyamment.

Les membres de la horde se déplacent parmi eux, estimant la qualité du bois, faisant voltiger leurs haches, les archets de leurs scies tirant des notes basses des troncs. Cinq ans plus tôt, aucun de ces guerriers n'avait vu une telle forêt. Chez eux, il y a des bois sacrés, nommés *zuun mod*, ce qui signifie « cent arbres », car ils considéraient que c'était le plus grand nombre de troncs qui pouvaient se trouver au même endroit.

Bien plus de cent arbres se dressent là, un si grand nombre que personne n'ose le chiffrer. Des vents froids, humides, dévalent le flanc des montagnes, les branches s'entrechoquent telles des ailes de criquets. Les guerriers se glissent sous les ombres hérissées d'aiguilles et se mettent au travail.

Des glaçons gouttent, puis cassent, tandis que les grands arbres tombent, créant des vides dans la canopée, dévoilant le ciel blanc et froid. Les guerriers préfèrent ces nuages plats à la pénombre de la forêt, mais se languissent du bleu des cieux de chez eux. Ils passent des cordes autour des troncs et les traînent dans les broussailles jusqu'à leur camp, où ils seront écorcés et aplanis pour construire les machines de guerre du grand Khan.

Une étrange évolution, jugent certains. Quand ils étaient jeunes, ils ont remporté leurs premières batailles avec des arcs, à dos de cheval, à dix contre vingt, deux centaines contre trois. Puis, ils ont appris à utiliser les rivières, à abattre les murs adverses à l'aide de grappins. Aujourd'hui, ils roulent de ville en ville, rassemblant des érudits, des prêtres et des ingénieurs, tous ceux qui savent lire et écrire, qui maîtrisent un artisanat, pour leur assigner des tâches. Tu auras à manger, à boire, un endroit où te reposer, tout le confort qu'une armée mobile peut proposer. En échange, résous les problèmes posés par nos ennemis.

Jadis, les cavaliers se brisaient sur les fortifications, telles des vagues contre une falaise. (La plupart de ces hommes n'ont jamais vu de vagues ni de falaises, mais les voyageurs colportent des histoires venues de pays lointains.) Désormais, les cavaliers massacrent leurs adversaires, les acculent dans leurs forts, demandent leur reddition et, en cas de refus, érigent leurs engins pour trancher le nœud urbain.

Mais ces machines ont besoin de bois, et l'on envoie souvent les guerriers en voler aux fantômes.

Rouge, après des jours de chevauchée, met pied à terre dans la forêt. Elle porte une épaisse tunique grise ceinturée de soie ; une toque en fourrure couvre ses cheveux, protégeant sa tête du froid. Elle marche d'un pas lourd, le torse bombé. Elle joue ce rôle depuis au moins dix ans. Les femmes accompagnent la horde, mais elle est un homme désormais, pour ceux qui lui donnent des ordres comme pour ceux qui obéissent aux siens.

Elle fait un effort de mémorisation pour son rapport. Son souffle fume, scintille, à mesure que la glace cristallise. La chaleur de la vapeur lui manque-t-elle ? Les murs et les toits lui manquent-ils ? Les implants dormants brodés dans ses membres, tissés dans sa poitrine, qui pourraient la prémunir contre ce froid, stopper ses sensations, établir un champ de force autour de sa peau pour la protéger de cette époque où on l'a envoyée, lui manquent-ils ?

Pas vraiment.

Elle remarque le vert profond des arbres. Mesure la durée de leur chute. Enregistre le blanc du ciel, la morsure du vent. Elle se souvient du nom des hommes qu'elle croise (la plupart d'entre eux sont des hommes). Dix ans d'infiltration. Elle a rejoint la horde, prouvé sa valeur et atteint la place qu'elle convoitait, qu'elle juge propice à cette guerre.

Elle s'est adaptée pour atteindre son but.

Les autres s'écartent d'elle, craintifs et respectueux, tandis qu'elle examine les rondins entassés, à la recherche de traces de pourriture. Son rouan s'ébroue, trépigne. Rouge retire ses gants et effleure le bois, morceau après morceau, cerne après cerne, estimant son âge au toucher.

Elle s'arrête lorsqu'elle trouve la lettre.

S'agenouille.

Les autres forment un cercle autour d'elle.

Qu'est-ce qui a pu la perturber ainsi ? Un présage ? Une malédiction ? Une erreur dans leur travail de bûcheron ?

La lettre commence au cœur de l'arbre. Les cernes, de plus en plus fins à cet endroit, forment des symboles dans un alphabet que personne ici ne connaît à part Rouge. Les mots sont petits, parfois effacés, mais quand même : dix ans par ligne de texte, et les lignes sont nombreuses. Cartographier les racines, déposer ou drainer les nutriments, année après année ; la rédaction du message a dû prendre un siècle. Des légendes locales évoquent peut-être une fée ou une déesse de givre aperçue dans ces bois, l'espace d'un instant, avant de disparaître. Rouge se demande quelle expression elle arborait en insérant l'aiguille.

Elle mémorise le message. Strie par strie, ligne par ligne, se livre à un lent décompte des années écoulées.

Ses yeux changent. Les hommes autour d'elle, qui la connaissent depuis une décennie, ne l'ont jamais vue ainsi.

« Faut-il jeter ce rondin ? » demande l'un d'eux.

Elle secoue la tête. Il doit être utilisé. Elle ne précise pas que, dans le cas contraire, quelqu'un pourrait le trouver et lire ce qu'elle a lu.

Ils traînent les troncs jusqu'au camp. Les fendent, les taillent, les aplanissent, les assemblent pour former des engins de guerre. Deux semaines plus tard, les planches gisent, brisées, autour des murailles effondrées d'une ville toujours en train de brûler, de pleurer. Le progrès poursuit sa course effrénée, laissant un sillage sanglant.

Des vautours tournent, mais ils ont déjà festoyé.

La Fouilleuse arpente la terre aride, traverse la cité détruite. Elle collecte des échardes sur les carcasses des machines et, tandis que le soleil se couche, les enfonce, les unes après les autres, dans ses doigts.

Sa bouche s'ouvre, mais aucun son n'en sort.

Mon Rouge Parfait,

Si six cent six scies sciaient sans cesse six cent six épicéas, Gengis aurait-il assez de bois ? Tu me le diras peut-être quand tu en auras fini avec ce brin.

L'idée que tu aurais pu me prendre au piège (avec un *brin* de malice ? Oh, ma chérie, déso pas déso) est si délicieuse que je dois m'avouer presque vaincue. Joues-tu donc toujours la sécurité ? En effectuant des calculs si précis que tu peux écarter tout scénario ayant moins de 80 % de chances de réussite ? Quelle triste joueuse de poker tu dois faire…

Mais je me dis que tu triches sûrement, et ça me réconforte.

(Je n'ai jamais voulu que tu me laisses gagner. Quelle idée !)

Je porte des lentilles, mais imagine, s'il te plaît, à quel point mes yeux s'écarquillent en lisant ta douce interrogation sur le Brin 8827. Mes supérieurs m'ont-ils envoyée ici ! Ai-je des supérieurs ! Un soupçon de corruption dans ma chaîne de commandement ! Quelle charmante attention de ta part ! Essaies-tu de me recruter, chère Cochenille ?

« Et nos deux camps s'entredéchireraient de plus belle. » Oh, mon pétale. Tu dis ça comme si c'était une mauvaise chose.

Il m'arrive de songer au microcosme que nous sommes, toi et moi, au sein de cette guerre, dans sa globalité. Une action, une réaction égale et opposée. Mais qui était le premier, de l'œuf ou de l'ornithorynque ? Nos fins ne ressemblent pas toujours à nos moyens.

Assez philosophé. Laisse-moi t'apprendre ce que tu m'as appris, parlons franchement : tu aurais pu me tuer, mais tu ne l'as pas fait. Tu as agi sans informer ton Agence, sans demander d'autorisation. Ta vision de la vie dans Jardin comporte suffisamment de stéréotypes stupides pour que l'on y décèle un calcul, une volonté de provoquer une réaction épidermique et inconsidérée (hilarant, quand on pense au temps qu'il m'a fallu pour faire pousser ces mots), mais la pure beauté de sa formulation suggère la confession d'une véritable ignorance, d'une sincère curiosité.

(Oui, nous avons un miel formidable : délicieux à peine sorti de ses rayons ou étalé sur du pain chaud avec du fromage fondu, quand le jour vient à fraîchir. Ton espèce mange-t-elle encore ? Tout a-t-il été réduit à des tuyaux, à une nutrition intraveineuse, à des métabolismes optimisés pour les aliments des brins les plus lointains ? Dors-tu, Rouge ? Rêves-tu ?)

Dis-moi quelque chose de vrai, ou ne me dis rien du tout.

Hommages,

Bleu

Bleu voit le nom qu'elle a choisi se refléter partout autour d'elle : les banquises que nappe le clair de lune, l'océan alourdi de glace à la dérive, dont les eaux épaisses semblent charrier des morceaux de verre. Elle grignote un morceau de biscuit sec sur le pont pendant que l'équipage du bateau dort, essuie les miettes sur ses moufles et les regarde tomber dans les flots tachetés de blanc.

Le schooner, *La Reine du Férrillon*, est rempli de chasseurs impatients d'entasser des peaux dans ses cales, avides de ce qu'ils pourront acheter grâce aux fourrures, à la viande et aux graisses, une fois venue la fin de la saison. Bleu s'intéresse en partie à l'huile, mais principalement au déploiement de nouvelles technologies à vapeur. Elle doit obtenir une série de résultats, atteindre un point de bascule de ce secteur, un gouvernail qui lui permettra de barrer ces bateaux entre la Scylla d'une fin funeste et la Charybde d'une autre, suivant une course qui mène à Jardin.

Sept brins entremêlés président au destin de cette pêcherie, insignifiante aux yeux de certains, indispensable pour d'autres. Certains jours, Bleu se demande pourquoi l'on a pris la peine de créer des nombres aussi petits ; d'autres fois, elle se dit que même l'infini doit avoir un début.

Ces jours sont rares pendant une mission.

Qui peut dire à quoi Bleu pense pendant une mission, quand ses missions sont souvent des vies entières, quand l'histoire implique qu'elle manie un crochet de chasseur durant de longues années ? Tant de rôles, de robes, de bivouacs, de pantalons, d'intimités pour frapper une amarre et s'emmitoufler dans des vêtements informes, afin de repousser l'hiver terre-neuvien.

L'horizon cligne, puis le matin bâille au-dessus de lui. Les hommes se déversent du schooner, Bleu est parmi eux. Ils filent sur la glace, outils à la main, riant, chantant, frappant des têtes et entaillant des peaux.

Bleu a transporté trois dépouilles à bord quand un grand chasseur fougueux attire son regard : il lève la tête, apeuré, pendant une bonne demi-seconde, avant de se ruer vers l'eau. Bleu est plus rapide. Le crâne du chasseur se fêle comme un œuf sous son gourdin. Elle s'accroupit à côté de lui pour examiner la fourrure.

Ce qu'elle voit provoque un choc digne d'un hakapik. Là, dans la fourrure couverte de glace, des taches et des mouchetures forment un mot qu'elle peut lire : « Bleu ».

Sa main ne tremble pas quand elle entame l'épiderme. Sa respiration est régulière. Ses gants, jusqu'ici restés propres, ou presque, se teintent désormais de sang, un sang aussi rouge qu'un nom.

Dans les profondeurs des viscères luisantes, elle trouve un morceau de morue sèche, non digéré, éraflé, strié de mots. Elle se rend à peine compte qu'elle s'est assise en tailleur sur la glace, confortablement, comme si un thé – et non des entrailles de phoque – fumait près d'elle, sombre et odorant.

Elle gardera la fourrure. La morue, elle la réduira en poudre et en agrémentera un biscuit couvert de beurre rance, qu'elle mangera pour le dîner. Le corps, elle s'en débarrassera comme à l'accoutumée.

Quand la Fouilleuse arrive, suivant tout droit sa piste, il ne reste qu'une trace rouge foncé sur la neige. À quatre pattes, elle lèche, suce et mastique, jusqu'à ce que la couleur disparaisse entièrement.

Mon Humeur Indigo

Je te présente mes excuses pour, eh bien, pour tout. Beaucoup de temps a passé de mon point de vue comme, je le crains, du tien, depuis ta lettre – je suis restée une dizaine d'années de plus avec Gengis (qui te passe le bonjour, d'ailleurs ; il m'a raconté des histoires fort intéressantes à ton sujet – enfin, j'imagine que c'était toi), puis j'ai subi des débriefings, et après cela le genre habituel de danse de retressage. Une mission pour emballer le tout. J'ai réussi les examens, comme toujours. Les mêmes foutaises qu'à l'accoutumée, la routine. J'imagine que vous avez des processus similaires : l'Agence, campée sur ses positions, loin en aval, envoie des agents en amont ; puis Commandante doute des agents qui reviennent. Certes, nous voyageons différemment ; certes, nous développons des nuances ; nous contournons ; nous nous comportons de manière asociale. L'adaptation est le prix de la victoire. On se dit qu'ils auraient pu comprendre ça, depuis le temps.

J'ai passé la plus grande partie de l'année à me

remettre de ton prétendu sens de l'humour. Six cent six scies !

Comme tu me l'as suggéré, j'ai consulté des livres sur les sceaux de cire parfumés. Tout cela est un peu contre-intuitif, cette idée de communiquer grâce à des matériaux de base. Cacheter une lettre – un objet physique n'ayant même pas de fantôme dans le *cloud*, toutes ces informations sur une fragile feuille de papier – avec une substance encore plus malléable, portant, entre toutes choses, une signature idéographique ! Dévoiler à tous ceux qui la manipulent l'identité de l'expéditeur, son rôle et peut-être même l'objet de son message ! Une folie, du point de vue de la sécurité opérationnelle. Mais, comme dit le prophète, aucune montagne n'est assez haute : je me suis donc frottée à l'exercice. J'espère que tu apprécies le cachet. Je n'y ai pas ajouté de parfum, mais le médium possède sa propre saveur.

La correspondance est une sorte de voyage dans le temps, tu ne trouves pas ? Je t'imagine rire à ma petite plaisanterie ; je t'imagine grogner ; je t'imagine te débarrasser de mes mots. Es-tu toujours là ? M'adressé-je à l'air vide, aux mouches qui dévoreront cette carcasse ? Tu m'abandonneras peut-être pendant cinq ans, tu ne reviendras peut-être jamais… Et je dois finir d'écrire en restant dans l'expectative.

Tout bien pesé, je préfère les accusés de réception, la poignée de main instantanée d'une lente télépathie circulant dans nos câbles. Mais cette technologie primitive me fascine, par ses limites mêmes.

Tu me demandes si nous mangeons.

Il m'est difficile de répondre. Il n'y a pas de « nous » nominal ; il y a plusieurs nous. Les nous changent, s'entremêlent. As-tu déjà observé les mécanismes d'une montre ? Une vraiment, vraiment bonne montre – si tu veux comprendre de quoi je parle, grimpe en aval jusqu'au Ghana du XXXIIIe siècle-SE. La société Limited Unlimited, à Accra, fabrique des modèles magnifiques, avec des rouages nanométriques translucides, pas plus gros que des grains de sable, aux dents minuscules, invisibles ; des actions, contre-actions et complications ; des mécanismes qui fractionnent la lumière comme un kaléidoscope. Et restent d'une précision sans faille. Il y a un toi, mais tant de nous : des couches de pièces superposées, chacune avec ses propres traits, ses désirs, ses intérêts. La même personne peut avoir différents visages, en différents endroits. Les esprits changent de corps par jeu. Chacun est ce qu'il veut. L'Agence impose un minimum d'ordre. Et donc, est-ce que nous mangeons…

Moi, oui.

Je n'en ai pas besoin. Nous grandissons dans des capsules, notre savoir de base est injecté cohorte après cohorte, notre équilibre nutritionnel assuré par le bain de gel. C'est là que la plupart d'entre nous demeurent, nos esprits s'égaillant, désincarnés, dans le vide entre les étoiles. Nous vivons par procuration, explorons grâce à des drones le monde physique – mais ce n'est qu'une réalité parmi tant d'autres, moins intéressante que la moyenne, qui plus est. Certains d'entre nous se décantent et errent, mais leur charge leur permet de rester autonomes pendant plusieurs mois, et il y a toujours une capsule qui les attend.

Bien sûr, tout cela concerne essentiellement les civils. Les agents ont besoin de modes opératoires plus indépendants. Nous sommes séparés de la masse et nous déplaçons dans nos propres corps. C'est plus facile ainsi.

C'est dégoûtant de manger, tu ne trouves pas ? Je veux dire, dans l'absolu. Quand tu as l'habitude des stations de chargement hyperspatiales, de la lumière du soleil et des rayons cosmiques, quand les plus belles choses que tu as contemplées reposent dans le cœur d'une machine, il est difficile de trouver un charme à l'utilisation d'os qui saillent de gencives couvertes de salive pour mâcher des aliments ayant poussé dans la terre et les transformer en une pâte susceptible de s'écouler dans le tube humide reliant ta bouche à la poche d'acide placée sous ton cœur. Les nouvelles recrues mettent un moment à s'y faire, une fois décantées.

Mais ces temps derniers j'aime manger. Je ne suis pas la seule, même si personne ou presque n'ose l'admettre. Je m'en délecte, comme on se délecte seulement des passions inutiles. Le coureur aime courir quand il ne doit pas échapper à un lion. Le sexe est meilleur quand il est découplé – désolée – du désespoir animal de procréation (voire du désespoir de ne pas avoir de relations sexuelles depuis longtemps, comme j'ai pu le remarquer après mon séjour de vingt ans et la triste pénurie qui lui fut associée).

Je mords dans des pancakes aux myrtilles nappés de sirop d'érable, avec un supplément de beurre ; ce moelleux aéré, l'éclatement des baies sous mes dents, le beurre qui fleurit dans ma bouche. J'explore textures et suavités. N'ayant jamais faim, je ne me jette pas sur la bouchée suivante. Je mange du verre et, tandis qu'il entaille mes gencives, je savoure minéraux, métaux et impuretés ; je vois la plage sur laquelle un pauvre type a tamisé le sable. Les petits cailloux ont un goût de rivière, d'écailles de poisson, de glaciers disparus depuis longtemps. Ils croustillent, craquent comme du céleri. Je partage ces sensations avec d'autres aficionados ; ils m'envoient les leurs en retour, même si ça lague et que la granularité des capteurs reste un problème prégnant.

Bref, une manière détournée de dire : j'adore manger.

Trop, sûrement. À l'Agence, je ne peux le faire que rarement en public. Sinon, Commandante se met à poser des questions. Mes escapades en amont, dans des lieux où ils mangent *tout le temps*, ont un goût de décadence.

Et toi ? Je ne te demande pas nécessairement comment tu manges, mais si tu veux en parler, je suis tout ouïe. (Ta description de la tartine de miel… Merci.) Je t'ai un peu décrit nos modèles imbriqués : des collectifs publics et privés, des intérêts communs, des sens partagés. Comment cela se passe-t-il chez toi ? As-tu des amis, Bleu ? Et comment ?

Tu m'as demandé de te dire quelque chose de vrai. C'est fait. Ce que je veux ? Comprendre. Un échange. La victoire. Un jeu : dissimulation et découverte.

Tu es une adversaire agile, Bleu. Tu paries sur le long terme. Tu fais feu de tout bois. Si nous devons nous faire la guerre, autant nous distraire l'une l'autre. Que cherchais-tu d'autre avec ta provocation initiale ?

À toi,

Rouge

P.-S. : Cochenille ! Je viens de comprendre.

L'Atlantide sombre.

Bien fait pour elle. Rouge déteste cet endroit. Pour commencer, il y a tant d'Atlantides, toujours en train de sombrer, dans tant de brins : une île au large de la Grèce, un continent au milieu de l'Atlantique, une civilisation préminoenne en Crète, un vaisseau spatial flottant dans le nord de l'Égypte, et ainsi de suite. La plupart des brins, complètement dépourvus d'Atlantide, ne connaissent l'endroit qu'à travers les rêves et les murmures les plus fous des poètes déments.

Comme elles sont si nombreuses, Rouge ne peut pas se contenter d'en réparer une, ou n'y parvient pas. Parfois, elle a l'impression que les brins font éclore des Atlantides uniquement pour la contrarier. Qu'ils conspirent. L'Histoire qui s'entend avec l'ennemi. Trente, quarante fois durant sa carrière, elle s'est éloignée d'une île en feu, menacée par les flots, pensant que c'était terminé. Trente, quarante fois, l'ordre s'est répété : « Retournes-y. »

Au pied du volcan, les Atlantes à la peau sombre se précipitent vers leurs bateaux. Une mère tient d'un bras son fils qui hurle, tout en serrant la main de sa fille. Le père suit. Il porte les divinités du foyer. Des larmes strient la suie sur son visage. Une prêtresse et un prêtre restent dans leur temple. Ils seront brûlés. Ils ont vécu leur vie comme un sacrifice à – à qui, déjà ? Rouge a perdu le fil. Elle s'en veut.

Ils ont vécu leur vie comme un sacrifice.

Les dieux et les enfants d'abord ; ils emplissent les bateaux. Tandis que la terre tremble et que le ciel s'embrase, même les plus braves et les plus entêtés renoncent à leurs tâches. Notes, additions et nouvelles machines sont abandonnées. Ils sauvent les gens et les œuvres d'art. Les mathématiques brûleront, les machines fondront, les arches tomberont en poussière.

Et ce n'est même pas l'une des plus étranges Atlantides. Il n'y a pas de cristaux ici, pas de voitures volantes, de gouvernements parfaits ou de pouvoirs psychiques. (De toute façon, ces deux dernières choses n'existent pas.) Et pourtant... Cet homme a construit un moteur à vapeur et à toupie six siècles plus tôt que la moyenne. Cette femme, grâce à la raison et à la méditation extatique, a compris l'utilité du zéro en mathématique. Ce berger a inclus des arches autoportantes dans les murs de sa maison. De petites touches, des idées si fondamentales qu'elles paraissent inutiles. Personne ici ne connaît encore leur valeur. Mais si elles ne périssent pas sur cette île, quelqu'un se rendra peut-être compte de leur intérêt avec quelques siècles d'avance et changera la donne.

Alors, Rouge essaie de gagner du temps.

Ses implants brillent d'un grenat vif pour ventiler la chaleur. Ils brûlent sa peau. Elle sue à grosses gouttes. Grogne. Lance des regards noirs. Elle se surpasse, ici. Sauver une île n'est pas le travail d'une seule femme, alors elle travaille plus dur qu'une femme seule ne le peut.

Elle fait rouler d'énormes blocs de pierre pour endiguer les flots de lave. Elle creuse à mains nues de faux lits de rivière. Avec les outils à sa disposition, elle brise des rochers et forme avec leurs fragments d'autres rocs, ailleurs. Le volcan s'agite, crache, vomit des pierres dans les airs. Un pin parasol de suie jaillit de son sommet. Rouge gravit la pente au pas de course, traînée de peau et de lumière.

La lave scintille, bouillonne, éructe. Des projections retombent près d'elle. Elle s'écarte.

La mer d'un vert cendreux reflète les remous ténébreux du ciel. Les derniers cormorans s'enfuient, plumes sombres sur un fond noir. Rouge cherche un signe. Quelque chose lui échappe. Elle ne sait pas quoi. Elle sonde un moment les cieux et les océans, songe.

Quand elle détourne les yeux, une giclée de lave jaillit vers son visage. Sans regarder elle la saisit au creux de sa paume. Sa peau, si elle ressemblait à celle que les villageois paniqués, en contrebas, portent autour de leur chair, se calcinerait. Elle ne leur ressemble pas ; elle ne se calcine pas.

Assez de temps passé à observer. Elle se retourne vers la caldeira, vers la lave qui s'agite.

S'arrête.

La marée rouge est veinée de noir et d'or, comme la surface de certains soleils qu'elle a visités lors de ses permissions. Ce n'est pas ce qui a attiré son attention.

Les couleurs inconstantes forment des mots qui ne durent qu'un instant, dans une écriture désormais familière. À mesure que la lave s'écoule, les mots changent.

Elle lit. Ses lèvres articulent les syllabes, l'une après l'autre. Elle ancre les mots tracés par le feu dans la version primitive de sa mémoire. Ses yeux sont équipés de caméras, qu'elle n'utilise pas. Dans son crâne, un mécanisme d'enregistrement est attaché à la mèche de fibres que l'on pourrait prendre pour un nerf optique. Elle le désactive ; son Agence ne pense pas qu'elle en est capable. La lave passe la lèvre du cratère. Rouge avait l'intention de briser le haut promontoire sur lequel elle se tient pour en faire une sorte de bec verseur et forcer la roche fondue à s'écouler selon ses desseins. À la place, elle reste là et regarde.

En contrebas, le village brûle. Sans son effort essentiel au sommet, ses digues et ses redoutes sont bien moins efficaces, même si la mathématicienne, au moins, a le temps d'emporter ses tablettes de cire. Les bateaux quittent l'île. Les habitants s'éloignent suffisamment pour survivre à l'onde de tempête provoquée par le séisme, tandis que leurs maisons s'effondrent dans la mer.

Rouge n'a pas complètement échoué. Elle secoue

la tête et s'éloigne, espérant que c'est la dernière Atlantide qu'on l'enverra sauver. Elle se souvient.

Le volcan s'apaise. Le vent chasse les nuages, enfin, découvrant le ciel bleu.

La Fouilleuse se presse sur la colline nue et glissante. Des filaments luisants de verre volcanique forment des amas près de la lave qui refroidit. En d'autres lieux et en d'autres temps, on les nommera cheveux de Pélé. La Fouilleuse les cueille, comme des fleurs, en fredonnant.

Mon Prudent Cardinal,

Laisse-moi te confier un secret : je déteste l'Atlantide. Toutes les Atlantides, de tous les brins. C'est un fil putride. Tout ce qu'on t'a probablement appris au sujet de Jardin et de mon Changement te conduit certainement à penser que nous la chérissons comme le bastion d'un travail de qualité, un idéal platonicien de civilisation. Combien d'adolescents aux yeux brillants ont-ils épanché la ferveur de leur âme dans des vies imaginées ici ? Magie ! Sagesse infinie ! Licornes ! Des dieux en chair et en os ! Le travail que nous accomplissons pour entretenir ces idées est plus subtil que tu ne le penses, si l'on en croit les fadaises publiées durant une douzaine de vingtièmes siècles. L'Atlantide devait avoir un clergé bien robuste pour supporter dans ses temples les vies antérieures de tant de jeunes choses impatientes !

Mais quel lieu effrayant. Stagnant, aussi répugnant qu'une plaie aspirante. Une expérience réussie aux résultats immondes. Le volcan est la meilleure chose qui lui soit arrivée : désormais, c'est une légende, une possibilité, un mystère, un moteur bien plus fertile que tout ce qu'elle a pu développer en quelques milliers d'années.

C'est ce que nous chérissons ; nous, pour toujours : le volcan et la vague.

Merci pour tes mots au sujet de la nourriture. Après des semaines passées à manger des biscuits de mer, ils étaient particulièrement bienvenus. Comme te le confirmerait Mme Leavitt, il est d'usage d'envoyer des lettres que l'on peut ouvrir sans en détruire le cachet, mais j'apprécie ton innovation, plus que je n'arrive à le dire.

Ce que je peux dire, c'est qu'il faisait très froid sur la glace. Ta lettre m'a réchauffée.

Ton passage sur les signatures idéographiques et la sécurité opérationnelle m'a rappelé un travail de préparation que j'ai effectué sur quelques brins avec les botanistes de Bess de Hardwick. Durant mon séjour, j'ai pris plaisir à observer leur correspondance avec leur Dame ; la stratification et la complexité que peut recéler un discours simple, le nombre de secrets enveloppés dans la bannière de la *sincérité* (un mot généralement inventé aux seizièmes siècles). Bien sûr, même cette signature idéographique pouvait être un mensonge : des sceaux contrefaits, des lettres cachetées, dissimulées sous une autre couverture ; une cire ou un fil de soie de la mauvaise couleur. Tant de doubles discours glorieux furent proférés quand Marie, reine d'Écosse, était sous son toit ! Je t'assure qu'en comparaison la cryptographie fait pâle figure : imagine un code constitué d'humeurs imbriquées, qui se modifient en réponse à des stimuli environnementaux.

De plus, l'anglais n'avait pas encore été normalisé. Il ne suffisait pas d'imiter l'écriture de quelqu'un, il fallait aussi apprendre son orthographe idiosyncrasique. Et de manière amusante, cela causa la perte de certains faussaires de la fin du siècle. Chatterton, ce garçon merveilleux, et cetera.

Nous prenons notre correspondance au pied de la lettre, tu ne trouves pas ? Mis à part les phoques assommés. Des lettres pour voyager dans le temps, des lettres voyageant dans le temps. Des significations cachées.

Je me demande ce que tu perçois de ce que je dis ici.

Ton passage sur la nourriture – si sucrée, si savoureuse – ne mentionnait pas la faim. Tu parles certes de l'absence de manque : pas de lion aux trousses, pas de « désespoir animal de procréation », qui mène certainement au plaisir. Mais la faim possède de multiples splendeurs ; elle ne se conçoit pas seulement en termes limbiques, biologiques. La faim, Rouge – rassasier une faim ou l'entretenir, ressentir la faim comme une fournaise, en tracer les limites comme des dents –, est-ce une chose que tu ressens, individuellement ? As-tu déjà éprouvé une faim qui s'aiguise quand tu l'assouvis, devenant si vive, si ardente, si éclatante qu'elle pourrait te couper en deux et libérer quelque chose de nouveau ?

Parfois, je me dis que c'est ce que j'ai en guise d'amis.

J'espère que ceci n'est pas trop difficile à lire. J'ai fait de mon mieux, vu les délais serrés : j'espère que cela te parviendra avant que l'île ne se brise autour de toi.

Écris-moi à Londres, la prochaine fois.

Bleu

London Next – le même jour, le même mois, la même année, mais à un brin de décalage – est le Londres dont tous les autres Londres rêvent : une teinte sépia, un ciel traversé de dirigeables, la cruauté de l'Empire se résumant à une toile de fond, une lueur idyllique aux arômes d'épices et de fleurs en sucre. Aussi maniéré qu'un roman, sale seulement quand l'histoire le demande ; tout n'est que tourtes à la viande et monarchie. Un endroit que Bleu aime – et qu'elle s'en veut d'aimer.

Elle est assise dans un salon de thé de Mayfair, dans un coin, dos au mur, gardant un œil sur la porte – certaines règles d'espionnage transcendent l'espace et le temps – et l'autre sur une carte stylisée du Nouveau Monde. Elle la trouve légèrement incongrue, au regard de l'esthétique résolument orientaliste du lieu, mais l'éclectisme fait partie des nombreuses choses que Bleu apprécie dans les fibres de ce brin.

Ses cheveux, désormais noirs, longs et épais, sont savamment rassemblés en un haut chignon entouré de tresses ; des boucles soigneusement torsadées sont groupées sur son cou, attirant l'attention sur la longueur et la courbe de sa nuque. Sa robe, élégante mais modeste, n'est pas à la pointe de la mode : la coupe princesse a déjà quelques années ; néanmoins, elle lui sied parfaitement en gris charbon. Bleu n'est pas là pour jouer un rôle, mais pour être invisible.

Elle a examiné avec plaisir le magnifique service en porcelaine dont s'enorgueillit l'établissement : le dragon Ming de Meissen, ondulant telle une artère, son rouge orangé tranchant avec le blanc ivoire cerclé d'or. Elle attend avec impatience sa propre théière, anticipe le chemin sombre, malté et fumeux que son breuvage empruntera parmi les notes de roses confites, de bergamote, de champagne, de muscat et de violette.

Sa serveuse arrive, discrètement, en silence, et dépose le plateau de service, la théière et le sucrier en porcelaine de Meissen. Toutefois, quand elle place la tasse sur sa soucoupe, la main de Bleu s'enroule soudain autour de son poignet. La serveuse semble terrifiée.

« Ce service est dépareillé », dit Bleu.

Elle ajuste son attitude, son regard s'adoucit, sa prise se transforme en caresse.

« Je suis désolée, mademoiselle, répond la serveuse en se mordant la lèvre. J'avais déjà préparé la théière, mais la tasse était fendue et je ne voulais pas vous faire attendre davantage. Tous les autres services étaient réservés, car c'est une heure de forte affluence, mais si vous voulez bien patienter, je pourrais…

— Non », dit Bleu.

Son sourire est un ciel où s'écartent les nuages ; le retrait de sa main sur ses genoux est un effacement, une chose que la serveuse a certainement imaginée, car cette femme est l'image idéale d'une femme du monde.

« C'est très joli. Merci. »

La serveuse baisse la tête et retourne dans la cuisine. Bleu fixe intensément la tasse, la soucoupe et la cuillère : des silhouettes classiques, bleu italien, récoltent le grain ou transportent de l'eau pour l'éternité, au revers du rebord.

Elle verse le thé, délicatement, sans filtrer les feuilles. Elle lève la cuillère dans la lumière : celle-ci est couverte d'une substance venue de l'aval qu'elle pense reconnaître, mais renifle pour s'en assurer. Elle se force à ne pas regarder autour d'elle, intime l'immobilité à chaque atome de son corps, proscrit son envie de se précipiter dans la cuisine, de poursuivre, de pourchasser, de capturer.

À la place, elle plonge la cuillère dans le thé, le remue et observe les feuilles qui se détachent les unes des autres, tourbillonnent, formant un écheveau de lettres. Les rotations sont lentes, et Bleu ponctue les paragraphes de petites gorgées ; chaque gorgée défait les lettres, jusqu'à ce qu'elle remue le breuvage, leur donnant de nouveau sens.

Elle se demande brièvement si sa gorge serrée est le fait d'un poison, si son incapacité à déglutir est anaphylactique. Cette explication ne l'effraie pas.

Elle écarte l'autre, qui elle l'effraie.

Lorsque le thé et la lettre sont terminés, il reste quelques dépôts au fond de la tasse, qu'elle lit comme un post-scriptum. Une tâche aisée, quand la carte du Nouveau Monde leur correspond si précisément ; les différences indiquent la voie.

Elle se tamponne la bouche, soulève la tasse, la pose à l'envers sous son talon et l'écrase si vite et si brutalement que sa destruction ne produit aucun son.

Après son départ, la Fouilleuse, déguisée en domestique, armée d'une pelle et d'une balayette, récupère les débris, les rassemble comme autant de boutons de rose. Une fois hors de vue, elle forme trois lignes régulières avec le mélange d'argile, d'os et de feuilles, roule un billet de banque et les sniffe assez vivement pour sentir de la fumée monter derrière ses yeux.

Très chère 0000FF,

Qui aurait pensé que l'Atlantide serait une cause commune ? Je suppose qu'aucun brin n'est une seule chose : on nous entraîne à intégrer cette évidence. Chaque brin a ses facettes, ses crochets, ses piques ; différentes utilités, en fonction de ses articulations.

Un débutant pense qu'un simple Changement transformera un fil en ceci ou en cela. Un événement – une invasion, un spasme ou un soupir – ressemble à un marteau : un côté est contondant, parfait pour planter des clous, tandis que l'autre, fourchu, sert à les arracher. Et, comme les marteaux, on range les Atlantides hors de vue quand on ne les utilise pas ; on les fourre dans un tiroir, en lieu sûr, jusqu'à la prochaine occasion.

Je me demande, à cet égard, dans quelle mesure ton travail m'a aidée, et réciproquement – une hypothèse qui dépasse mes capacités de calcul. Je poserais bien la question à l'Oracle du Chaos, mais j'ai déjà suffisamment de problèmes avec ma hiérarchie en ce moment. J'ai dû réagir rapidement après que ta dernière lettre m'a surprise en pleine sieste. Commandante veut des explications, comme Commandante a tendance à le faire, depuis que l'île a coulé en emportant tant de trésors. Une baisse ponctuelle d'efficacité, d'après les modèles de l'Agence, mais acceptable au vu de mes états de service. Cependant ajoutée aux incursions que ton camp a menées contre nos équipes d'infiltration profondes, plus vulnérables… Mais bon, je ne devrais pas parler boulot. « Quel ennui », diraient tes amis au salon de thé.

Je résume : trop de temps a passé depuis ma dernière lettre.

L'Atlantide du Brin 233 n'était pas la plus grossière du lot et je n'y ai passé que peu de temps. Plus sérieusement, je comprends l'intérêt. Les humains ont besoin de buts, mais les systèmes imparfaits se délitent. Alors, nous leur construisons des idéaux. Des agents de changement grimpent vers l'amont, trouvent des brins utiles, préservent ce qui compte et laissent le reste tomber en poussière, former un paillis pour la graine d'un avenir plus parfait.

Mme Leavitt suggère de s'appuyer sur des métaphores que son correspondant – c'est-à-dire toi, non ? – trouvera significatives. J'avoue ne pas savoir vraiment ce qui a du sens pour toi. Je dois me contenter de suppositions : les graines et les herbes, cultiver des choses. Cela frise le stéréotype. Et quand tu m'écris, tu m'écris en fournaise et en flammes.

Tu m'interroges sur la faim.

Tu me demandes, plus particulièrement, si j'ai faim.

La réponse courte : non.

La réponse un peu plus longue : en tout cas, je ne pense pas.

Nous satisfaisons nos besoins avant qu'ils se manifestent. Dans ce corps, un organe (un organe fabriqué, implanté, rigoureusement testé), placé quelque part au-dessus de mon estomac, repère le moment où mon métabolisme a besoin de carburant ; il émousse mes pensées et tempère les vieux sous-systèmes du cerveau reptilien qui me rendraient impatiente et irritable – toutes ces ruses que Dame Évolution utilise pour faire de nous des chasseurs, des tueurs, des chercheurs, des découvreurs et des jouisseurs. Je peux désactiver cet organe en cas de besoin, mais plutôt que de me sentir faible, je préfère recevoir un rapport de situation qui me garantit une meilleure stabilité.

La faim que tu décris, cette lame qui saille de la peau, cette érosion semblable à celle d'un versant balayé par les orages, ce vide, tout cela semble aussi beau que familier.

Quand j'étais petite, j'aimais lire. Un passe-temps archaïque, je sais ; l'indexation et le téléchargement sont plus rapides, plus efficaces, permettant une acquisition et une rétention des savoirs bien supérieures. Mais je lisais, des volumes antiques ayant survécu au temps et des copies récentes : qu'il est étrange de découvrir les choses dans l'ordre ! Un jour, j'ai lu un comic book au sujet de Socrate. Dans cette histoire, il était soldat – il l'a été, cette partie est véridique, je lui ai posé la question. Une nuit, pendant que ses compagnons dormaient, il s'est mis à réfléchir. Il est resté immobile, perdu dans ses pensées, jusqu'à l'aube – moment où il a pu répondre à sa question.

À l'époque, tout cela m'a semblé très romantique. J'ai quitté ma capsule pour errer en amont, loin, loin des bavardages et de l'observation mutuelle. J'ai trouvé le sommet d'une colline, dans un petit monde respirable mais stérile, et je suis restée là, comme Socrate dans le comic book, perdue dans mes pensées, faisant reposer mon poids sur une jambe, sans bouger.

Le soleil s'est couché. Les étoiles ont fleuri. (Elles sont une rose, non ? Ou quelque chose comme ça ? Dante l'a dit.) Mes oreilles se sont habituées au silence et je me suis rendu compte que je pouvais toujours entendre les autres : notre commerce envahissait les cieux ; nos voix résonnaient depuis les étoiles. Ce n'était pas ainsi que se tenaient Socrate, Li Bai ou Qu Yuan. Mon isolement, mon expérience ont créé un léger émoi parmi ceux pour qui je comptais et qui comptaient pour moi, et cet émoi s'est répandu. Lentilles et yeux se sont tournés vers moi.

Je pense que j'avais treize ans.

J'ai reçu des suggestions : des manuels de philosophie, des guides de méditation, des propositions d'entraînement, d'alliances. Ils se sont rassemblés autour de moi. *Ça va ? As-tu besoin d'aide ? Tu peux nous parler. Tu peux toujours nous parler.*

Il y eut des larmes. D'autres organes inhibent

également ce processus, pleurer. Ils gardent nos yeux clairs et nos esprits affûtés, mais la chimie reste la chimie, cortisol, cortisol.

Écrire me paraît plus difficile que cela ne le devrait. Plus facile que cela ne le devrait aussi. Je me contredis. Les géomètres auraient honte de moi.

Je les ai tous chassés.

Chaque être a droit à son intimité et j'ai refusé de les laisser me voir. J'étais la seule personne sur ce petit caillou et j'ai plongé le monde dans l'obscurité.

Le vent souffle. Il fait froid la nuit en altitude. Les roches aux arêtes saillantes me faisaient mal aux pieds. Pour la première fois en treize ans, j'étais seule. Et quoi que j'aie été, quoi que je sois, je suis d'abord tombée vers le haut, parmi les étoiles, puis vers le bas, vers la terre aride. J'ai creusé le sol. Des oiseaux de nuit ont poussé des cris ; une créature ressemblant à un loup solitaire, mais plus imposante, dotée de six pattes et de deux paires d'yeux superposées, est passée en trottinant.

Mes larmes ont séché.

Je me suis sentie seule. Les voix me manquaient. Les esprits derrière elles me manquaient. Je voulais être vue. Ce besoin s'est niché au plus profond de mon être. C'était agréable. Je ne sais pas trop comment comparer cela à quelque chose que tu connais, mais imagine un individu fondu dans une Chose, dans un dieu artificiel de la taille d'une montagne, construit pour faire la guerre aux confins du cosmos. Imagine cette immense masse de métal tout autour d'elle, qui pèse sur elle, lui transmet sa force, mêle ses tuyaux à sa chair. Imagine qu'elle coupe les tuyaux et s'aventure au-dehors : fragile, drainée, faible, libre.

Je me suis sentie légère, vidée ; j'avais faim. Le soleil s'est levé. Je n'ai eu aucune révélation. Je ne suis pas Socrate. (Je le connais, j'étais à l'armée avec lui, et toi, sénateur… Mais je digresse.) Néanmoins, je suis partie de cet endroit pour un autre, puis pour d'autres, successivement, jusqu'à ce que, des années plus tard, je rentre chez moi.

Et quand Commandante m'a trouvée, s'est glissée en moi, a dit : « Il y a du travail pour les gens comme toi », je me suis demandé si tous les agents me ressemblaient. J'ai découvert plus tard que ce n'était pas le cas. Mais nous sommes tous, chacun à notre manière, des déviants.

Est-ce de la faim ? Je ne sais pas.

Par contre, pas d'ami ? Bleu ! Ce n'est pas du tout ce que je pensais. Je ne sais pas… Je suppose qu'on vous imagine tous autour d'un feu de bois, en train de chanter de vieilles chansons engagées.

T'es-tu déjà sentie seule ?

J'espère que le thé est correct. Bon ? Bien. Je te chercherai la prochaine fois dans une tribune plus publique.

À toi,

Rouge

P.-S. : J'hésite à écrire ceci, mais… j'ai remarqué que mes lettres étaient longues. Si tu préfères que je sois plus concise, c'est possible. Je ne veux pas présumer de ton avis.

P.P.-S. : Mes excuses pour l'imprécision de mes salutations. Je pense que c'est ainsi que Mme Leavitt les appelle… J'ai oublié le nom que les Londoniens du Brin 8 S19 donnaient à la couleur bleue des porcelaines importées. Je l'aurais utilisé sinon.

P.P.P.-S. : Nous allons quand même gagner.

Comme dit le prophète : « Tout le monde veut son building plus haut que les nuages, son monument, son navire de toujours plus d'étages. »

L'empereur règne sur la colline, flanqué par les temples de ses corégents momifiés, chacun entretenu par un grand prêtre. Des escaliers de pierre et des grand-routes relient les pics sur la ligne de crête. De grandes cités croissent et resplendissent. Sur les versants s'étendent des fermes et, en dessous d'elles, au bord de la mer, aussi inédit qu'un fruit de grenadier dans la logique locale, un port.

Des échanges se produisent bien sûr le long de la côte, et des bateaux en roseaux font la navette sur les lacs d'altitude. Les marins et les pêcheurs quechuas connaissent les formes du vent, ils sont capables de traverser toutes les tempêtes, se considèrent comme les égaux des vagues. À leurs yeux, l'horizon occidental de l'océan a toujours représenté un mur : au-delà se trouve le bout du monde. Mais un génie qui a passé sa vie à consigner la course des étoiles, à ramasser des morceaux de bois arrachés par les tempêtes, échoués sur le rivage, pense qu'une terre les attend de l'autre côté des eaux. Un autre génie, de dix ans son aînée, a découvert une méthode de tressage des roseaux beaucoup plus solide et durable que celles de leurs mères ; grâce à cette technique, une équipe travaillant sous sa direction pourrait construire un bateau assez grand pour transporter un village.

Que faire d'une terre de l'autre côté de la mer, ont demandé les jeunes hommes au premier génie, si nous n'avons pas les moyens de l'atteindre ? Autant chercher à toucher la lune.

Que faire d'un bateau capable de transporter un village, ont demandé les jeunes hommes au second, si l'on ne peut pas l'utiliser pour pêcher près de la côte ?

Heureusement, les génies savent que les jeunes hommes sont souvent stupides.

Alors, elles allèrent consulter l'être le plus sage qu'elles connaissaient : chacune grimpa séparément les milliers de marches menant au sommet de la montagne ; le jour de l'audience, elles s'agenouillèrent devant l'arrière-grand-père de l'empereur actuel, momifié sur son trône, paré d'or et de bijoux, rayonnant d'âge et d'autorité, et lui offrirent leurs cadeaux. Les prêtres secrets qui attendent derrière le trône ne sont pas jeunes et ne sont pas tous des hommes. Ils sont capables de tracer une ligne entre deux points.

Alors, la parole de l'arrière-grand-empereur jaillit, un port est construit et les marins s'attroupent, tentés par l'aventure. (L'aventure marche dans tous les brins : elle attire tous ceux qui attachent plus d'importance à vivre qu'à leur vie.) Ils navigueront ensemble vers un nouveau monde. Ils navigueront, ensemble, vers une terre peuplée de monstres et de miracles. Les courants porteront leurs immenses bateaux à queue de poisson, chargés d'argent et de tapisseries, grâce à l'art du tressage et au destin.

Rouge noue les brins d'osier de ses doigts aussi calleux que du bois. Elle était l'une des étudiantes du premier génie, elle l'a incitée à demander de l'aide à l'arrière-grand-empereur et l'a tenue par le bras durant son ascension. Elle n'est pas un guerrier ici ni un général ; elle est une femme plus grande que la moyenne, sortie un jour des bois, nue et seule, qui a été recueillie. Elle a appris à nouer et à tresser avec habileté. Quand elle aura fini de fabriquer ce bateau, le modèle de production, capable de transporter au moins deux villages, il partira et elle avec lui, car il faut que quelqu'un à bord puisse réparer les nœuds en cas d'avarie.

Elle joue une partie délicate dans ce brin. Tout en nouant, elle réfléchit et décide de la décrire en termes de go : chaque pierre que l'on place peut jouer plusieurs rôles. Une attaque est aussi un blocage et une autre attaque. Une confession est aussi un défi et une compulsion.

Le peuple du Tawantinsuyu bravera-t-il l'océan que leurs meurtriers nommeront un jour Pacifique et, trouvant les courants forts, voguera-t-il jusqu'aux Philippines, ou plus loin encore, comme d'autres l'ont fait avant lui ? Cette alliance et ce commerce s'étirant à travers le Pacifique sauveront-ils le Tawantinsuyu quand les voiles grotesques de Pizarro, venues du sud, apparaîtront, gonflées, à l'horizon ? Un contact précoce avec les maladies eurasiennes pourra-t-il au moins servir à protéger ce peuple ?

Ou alors : les marchands voyageront-ils vers l'est jusqu'à la Chine des Ming, qui sera bientôt ébranlée par une crise monétaire qui mettra le pays à genoux – une crise monétaire provoquée par la modification du taux de change entre les pièces de cuivre et d'argent, métaux que le peuple du Tawantinsuyu transporte en grandes quantités ? Grâce à cette nouvelle stabilité, les Ming survivront-ils au cycle de quatre cents ans qui préside à la gloire et à la chute des empires, endurant, grandissant, se transformant, s'étendant pour continuer de rivaliser avec les lents progrès des Lumières en Occident et la démesure de sa Révolution industrielle ?

Peut-être. C'est peu probable, mais nous devons saisir la moindre opportunité. L'Agence n'est pas contente. D'autres agents ont été capturés ou tués, purgés de la tresse ou coincés dans des brins auxquels il vaut mieux ne pas songer. Pas Rouge. Pas encore. Mais elle doit aller plus vite.

Les mains de Rouge glissent sur le nœud. Elle ne réfléchit pas. Elle explique. À qui ? Eh bien…

Elle regarde l'horizon, où ciel et mer se rejoignent.

Se lève.

S'éloigne.

Elle se sent observée. Commandante la surveille-t-elle ? Et si oui, pourquoi ? Elle s'est montrée si prudente… Elle pense même rarement au nom du ciel.

Un vieil homme la surprend en train de faire les cent pas sur la plage et lui propose du tissu pour les voiles, échantillon après échantillon. Elle les passe en revue : trop fragile, trop fragile, trop rêche, et ça, qu'est-ce que c'est ? Bosselé et inégal, il ressemble davantage à du crochet qu'à un tissage.

« Celui-ci », dit-elle.

Tandis que le soleil descend à l'ouest, elle se perche sur un rocher et fait rouler le langage des nœuds sous ses doigts aussi durs que le chêne. Elle sent chaque lettre, chaque mot, se demande combien de temps le ciel et la mer ont passé à entortiller cette cordelette, et qui lui a enseigné le code des nœuds, se demande si l'iris s'est mordu la lèvre, frustrée, en travaillant sur un passage difficile.

Après le coucher du soleil, elle prend le fil dénoué, le découpe en morceaux, qu'elle lance un par un dans la marée montante.

Les étoiles brillent, la lune aussi. Une silhouette sombre glisse le long des vagues éclatantes et plonge. La Fouilleuse réunit les fils, un par un, et les noue autour de son poignet, si serrés que ses doigts deviennent pâles et gourds. Elle serre le poing, contracte ses muscles. Sa peau s'ouvre sous la cordelette, puis se referme par-dessus.

Rouge, qui attend sur la rive, sans bouger, depuis que la nuit est tombée, voit quelque chose qui ressemble à un phoque se découper sur les vagues de lumière, et reste songeuse.

Cher Ciel Rouge le Matin,

Ne raccourcis pas tes lettres.

Tu me demandes si je me suis déjà sentie seule. Je ne sais pas trop comment te répondre. J'ai observé l'amitié comme on observe une fête solennelle : une brièveté époustouflante, des tourbillons d'efforts intimes, des réjouissances frénétiques, le partage de la nourriture, du vin, du miel. Compressée, toujours, disparaissant aussi vite qu'elle est apparue. Mon devoir me demande souvent de tomber amoureuse de manière convaincante, et personne ne s'est jamais plaint de moi. Mais c'est mon travail et il y a des sujets de conversation plus intéressants.

Tu dis que tu avais treize ans. Tu n'as pas… Tu me parais toujours si jeune, même si c'était pour toi il y a très longtemps.

Nous sommes un peuple de grands jardiniers. Nos parties sont longues et lentes, tout comme notre maturation. Jardin nous sème dans le passé – ta Commandante le sait déjà, qu'elle ait jugé bon de t'en informer ou non – et nous apprenons et grandissons dans ses fils. Nous traitons le passé comme une treille, enroulant nos vignobles autour de lui, à travers lui, et la récolte n'est pas synonyme de rapidité ; le futur nous récolte, nous foule pour nous transformer en vin, nous reverse dans le système racinaire en une tendre libation, et nous devenons ensemble plus forts et plus puissants.

J'ai été des oiseaux et des branches. J'ai été des abeilles et des loups. J'ai été l'éther inondant le vide entre les étoiles, enchevêtrant leur souffle en réseaux de chansons. J'ai été poisson, plancton, humus, et ils ont tous été moi.

Mais si je suis maillée dans cette globalité, elle ne me constitue pas entièrement pour autant.

L'idée de ton réseau désincarné me révulse, mais je te regarde, Rouge, et me reconnais beaucoup en toi ; un désir d'être seule, parfois, de comprendre qui je suis sans le reste. Et ce à quoi je retourne : la conscience que je considère comme un moi pur, inéluctable… c'est la faim. Le désir. Le désir de posséder, de devenir, de se briser telle une vague sur un rocher, de se reformer, puis de se briser encore et d'être emportée. C'est un élément indispensable à tout écosystème, mais cette incapacité à être satisfaite dérange les autres. Il est difficile, très difficile de se lier d'amitié quand on désire consumer, de trouver ceux qui, quand ils demandent « Es-tu encore là ? », quand ils terminent leur lettre par « À toi », pensent vraiment ce qu'ils disent.

Alors je pars. Je voyage plus loin et plus fort que la plupart, je lis, j'écris et j'aime les villes. Être seule dans une foule, à part et à ma place, avoir une distance entre ce que je vois et ce que je suis.

Je suis ravie d'apprendre que tu aimes lire. La prochaine fois, tu devrais peut-être m'écrire depuis une bibliothèque : j'ai tant de recommandations à te faire.

Meilleurs vœux,

Bleu

P.-S. : Les Socrate ! Je me demande si l'on a connu les mêmes.

P.P.-S. : Je continue de nouer ton nom la nuit, mais cette salutation m'a paru plus sage : j'ai appris à me méfier du plaisir.

P.P.P.-S. : Évidemment, nous allons toujours gagner.

Bleu est sur une hauteur. Il fait nuit.

Le vent souffle. L'air est glacé, mais elle n'a pas froid. Les rochers pointus ne blessent pas ses pieds. Son boulot consiste à protéger une chose à la croissance millénaire, une graine plantée dans les rides de braise venues du cœur de la planète, qui ont criblé sa surface de motifs ressemblant à des lianes, de la sève, du sang. Une graine plantée juste sous la surface. Attendant.

Elle germera bientôt.

Bleu l'a nourrie de temps en temps, comme il le fallait. Elle connaît depuis le début sa finalité : un lion aux aguets, un piège de la taille d'une planète destiné à se déclencher, des graines plantées bien avant les traités interdisant les interférences en aval. Bleu doit surveiller son éclosion, l'accomplissement de son objectif, puis détruire son système racinaire sans laisser de traces susceptibles d'être découvertes ou utilisées par l'autre camp. Jardin a appris avec la lente patience des plantes comment élaguer les agents ennemis du fil du temps, lâchant des coccinelles sur leurs pucerons, des libellules sur leurs larves de moustique.

Bleu pense toujours aux larves quand elle voit Rouge.

Le temps s'arrête.

Bleu n'emporte rien entre les brins, à part son savoir, son objectif, ses tactiques et les lettres de Rouge. Sa mémoire est reversée et transplantée dans Jardin, de la vie à la vie, à la vie, toujours plus profonde, plus épaisse, formant de nouvelles racines et efficiences – mais elle conserve les lettres de Rouge dans son propre corps, roulées sous sa langue comme des pièces de monnaie, imprimées sur le bout de ses doigts, entre les lignes de sa paume. Elle les presse contre ses dents avant d'embrasser ses cibles, les relit quand elle modifie sa prise sur le guidon d'une moto, les saupoudre sur des mentons de soldats durant une bagarre dans un bar ou dans une caserne. Souvent, elle pense machinalement au nom qu'elle va donner à Rouge dans sa prochaine lettre, cache sa liste parmi des paysages mentaux qu'elle pourra plausiblement nier, sous des feuilles d'herbe à la ouate, dans des chrysalides vides, au bout des ailes des oiseaux. Mensonge Vermillon. Piranga Écarlate. Fil Parthe. Ma Rouge Rose.

Elle regarde Rouge – treize ans, seule, vulnérable, si impossiblement petite et fragile – et une lettre remonte dans sa gorge comme de la bile.

Je voulais être vue.

Elle la voit et se brise telle une vague.

Elle ne passe pas en revue les scénarios. Elle ne pense pas, Jardin m'a-t-elle envoyée ici pour me tester, est-ce que Jardin sait, est-ce que Jardin veut que je la regarde mourir ? Elle ne pense rien tandis que les racines se contractent et tressaillent, tandis que la planète se dote d'une bouche, d'un visage, d'un corps ; une immensité qui se cabre, aussi silencieuse que le vol d'une chouette dans le noir complet, une faim qui a des yeux et des dents, élevée durant des années patientes et muettes pour flairer un ensemble spécifique d'implants nanoscopiques, pour éclore et dévorer un élément particulier, rouge vif, de son environnement. À dire vrai, la chose ressemble un peu à un lion – une crinière de cils bleu pâle, une gueule digne d'un rugissement cinématographique, même si elle n'émettra jamais de son –, si l'on excepte sa taille, son nombre de pattes et ses ailes.

Elle s'avance sur le sol froid et tranchant. Elle hume l'air, incline la tête en direction de Rouge.

Bleu lui arrache la gorge.

Ses crocs sont très pointus. Elle en a quatre rangées. Ses deux paires d'yeux voient magnifiquement dans le noir. Ses six membres, qui se terminent par des pointes acérées, transforment la créature aphone en chair chaude et palpitante. La chose rétracte les siens – une bonne chose pour l'histoire qu'elle devra raconter, pensera-t-elle plus tard, quand elle pourra de nouveau penser, quand ses actes ne seront plus uniquement motivés par un besoin absolu – et sa silhouette de loup saigne, mais sans produire de son, rien qui ne vienne distraire Rouge de l'absence d'épiphanie, du vide qui quitte un espace pour un autre, au moment où elle devient celui de Bleu.

Bleu mange la carcasse, hormis les dents et une poche à venin. Elle éventre cette dernière avec précaution sur les rochers, verse quelques gouttes dans le trou où la chose a poussé. Les racines vont l'absorber, se flétrir et mourir ; elle dira que la créature s'est corrompue, l'a attaquée à la place de son gibier. Sans nul doute un coup de l'ennemi qui, ayant découvert le système racinaire, l'a modifié quelque part en amont.

Une erreur compréhensible, mais embarrassante. Dont Bleu s'est sortie si mal en point qu'elle n'a pu effectuer sa propre correction. Et puis, de toute façon, il y a les traités : une confrontation directe entre agents, si loin en aval, serait catastrophique pour les niveaux de Chaos ambiant.

Les mots s'alignent comme des gouttes de pluie. Bleu lèche son museau ensanglanté, ses pattes, son épaule enfoncée. Il lui reste une dernière chose à faire.

Lentement, gardant sa plaie hors de vue, elle marche là où Rouge peut la voir.

Elle n'a pas l'air d'être blessée ; Bleu en est certaine.

Elle regarde Rouge et voit des larmes sur son visage.

Elle se retient de courir – droit devant elle ou en rebroussant chemin.

Elle porte sa faim comme une rose des vents (*elles sont une rose non ?*), marche plein sud, à l'opposé du nord qu'elle indique. Une fois qu'elle est hors de vue, elle se blottit dans un renfoncement rocheux, s'effondre, tremblante, prend forme humaine, trouve ses jambes, sa peau, la plaie béante, plus large et plus laide qu'auparavant, probablement infectée, nécessitant des soins. Elle s'adosse à la paroi de pierre dentelée, ferme les yeux, plaque ses paumes sur le sol pour assurer ses appuis.

Elle pose la main sur une lettre.

Une lettre dont Mme Leavitt serait fière : un magnifique papier bleu tacheté de boutons de lavande et de pétales de chardon, dans une enveloppe bleue généreusement cachetée de cire rouge. Il n'y a pas de sceau, pas de tampon, seulement du rouge, rouge comme le sang qui goutte de son épaule.

Elle la contemple. Puis elle rit, d'un rire creux et nu, et sanglote, mais elle la lit et la relit, encore et encore.

Beaucoup plus tard, la Fouilleuse arrive. Elle découvre les dents de la créature éviscérée. Elle ramasse les deux plus grandes canines, les fixe dans sa bouche et se dirige vers la caverne.

Elle n'y trouvera rien d'autre que du sang.

Chère Bleu,

Je…

Je ne sais pas quoi dire. Même la perspicace, presque presciente, Mme Leavitt ne fournit pas d'exemple. Pour un anniversaire, oui (c'est le mien, d'ailleurs, dans la mesure où j'en ai un) ; pour des funérailles, très bien ; à l'occasion d'un mariage, naturellement. Mais elle ne juge pas utile d'élaborer un modèle pour les fois où ton ennemie te sauve la…

Merde. Désolée. Je n'arrive pas à plaisanter. Et j'ai tort de t'appeler « ennemie ».

Merci.

De m'avoir sauvée évidemment, pour commencer. Je t'ai sentie grimper en aval de la tresse. Je suis plus sensible à tes pas, je pense, que tous les autres êtres vivants. (Et tout le monde est vivant, à un moment donné dans le temps. Même ces digressions me paraissent insignifiantes. D'habitude, j'aime bien mes blagues. Mais beaucoup moins maintenant.) Je t'ai suivie. Je m'excuse d'avoir empiété sur ton intimité tandis que tu te transformais en ce qu'il fallait pour gagner.

Je n'aurais pas pu vaincre cette bête toute seule. Tu es plus féroce que moi.

Regardes-tu régulièrement autour de toi pendant que tu lis ces lignes, me cherchant ? Je suis partie, chère Bleu, en amont, et tu aurais dû en faire autant. Aucune d'entre nous n'est en sécurité ici, et plus tu y restes, plus nous sommes en danger. Tu connais la chanson : les pas d'un voyageur produisent des vibrations, et bien qu'aucune araignée ne se soit accoutumée au tien aussi bien que moi, les autres ne sont pas sourdes. Je verrai tes yeux une autre fois. Je te laisse une lettre cachetée à la cire, l'ombre d'un parfum.

Le parfum, pour moi, est un médium. Je l'utilise rarement à des fins ornementales. J'espère que la fragrance que j'ai choisie est à ton goût. J'ai demandé au serveur de London Next un échantillon de ton thé, il y a quelques lettres de cela. Je l'ai apporté dans une *parfumerie** de Phnom Penh (Brin 7922 S33, si l'odeur te plaît ; tu trouveras l'adresse plus bas), et j'ai travaillé pendant quelques années à l'élaboration du bon mélange.

Enfin. Garde cette lettre. Elle t'appartient. Elle ne s'enflammera pas dès que tu auras lu la signature, elle ne se détériorera pas plus vite qu'une lettre envoyée par une femme de ton Brin 6 S19 adoré à une autre. Le papier provient de Wuhan, dynastie Song. Il est fait à la main : si tu le laisses dans

---

* *Tous les termes en italique suivis d'un astérisque sont en français dans le texte.* [N.d.T.]

un endroit humide, il pourrira ; si tu le mélanges à de l'eau, tu obtiendras de la pulpe. Détruis-la toi-même, si tu en as envie. Ça ne me dérangera pas. Nous avons tous nos observateurs. Et cette lettre est un couteau sur ma gorge, si couper est ce que tu cherches.

Il est si difficile de se déplacer ici, de répondre à ta dernière lettre. Je ressens... Je ne sais pas exactement ce que je ressens. Je suis ébranlée. Tu vois les bords des vieilles cartes, qui promettent monstres et sirènes ? Ici sont les dragons ?

Je ne sais pas où vont les chemins, mais ta lettre a faim, désire une réponse.

J'ai lu et relu ta dernière missive – dans ma mémoire, comme tu l'as annoncé il y a si longtemps, me préparant à la chute. Je te vois comme une vague, un oiseau, un loup. (Mon loup, avec six pattes et une double rangée d'yeux.) J'essaie de ne pas penser à toi deux fois de la même manière. La pensée crée des modèles dans le cerveau, qui peuvent être lus par un individu suffisamment déterminé, et Commandante est parfois suffisamment déterminée – je pense qu'elle te plairait. Alors, je fais varier ta forme dans mes pensées. C'est fou tout le bleu qu'on peut trouver dans le monde, en cherchant un peu. Tu es différentes couleurs de flammes : le bismuth brûle bleu, comme le cérium, le germanium et l'arsenic. Tu vois ? Je te verse dans d'autres choses.

Je suppose que tu m'as mise à nu, désormais – imagine-moi en train de me transformer, mal à l'aise, vulnérable. J'ai toujours agi en poussant vers l'avant, dans une seule direction, sans hésitation, sans retenue. Je m'inquiétais seulement que tu prennes ces longues lettres pour le signe d'un esprit simple ou désespéré. Je m'inquiétais – tu vas peut-être rire – que tu ne répondes par indulgence.

Alors, je veux être claire.

J'aime t'écrire. J'aime te lire. Quand je termine l'une de tes lettres, je passe des heures effrénées à composer ma réponse, à choisir le moyen de l'envoyer. Je peux produire n'importe quelle combinaison psychoactive, stimulante ou narcotique : une phrase soigneusement formulée, et l'usine à l'intérieur de moi élabore la drogue demandée. Mais aucune substance ne rivalise avec le rush que je ressens en lisant ou en expédiant une lettre.

En parlant de vulnérabilité ! Si tu as un grand projet, si la mort que tes maîtres ont prévue pour mon moi plus jeune était trop rapide et que tu préfères que je sois réduite en pièces détachées, il te suffit de laisser cette lettre à un endroit où un agent de ma faction pourra la trouver. Je pourrais vivre avec cette idée. (Enfin, pas très longtemps et douloureusement, mais tu vois ce que je veux dire.)

Par cette lettre, je suis donc à toi. Pas à Jardin ou à ta mission, à toi, rien qu'à toi.

Et je suis aussi tienne d'autres manières : tienne quand je scrute le monde à la recherche d'un signe de toi, avec l'apophénie d'un haruspice ; tienne quand je réfléchis aux méthodes, aux motifs, aux chances de distribution ; tienne quand je passe en revue tes mots, étudie leur ordre, leur son, leur odeur, leur goût, prenant garde à ce qu'aucun de ces souvenirs ne s'émousse. À toi. Néanmoins, je soupçonne que tu apprécieras la symbolique.

Je chercherai une bibliothèque une autre fois. Tu comprendras, j'espère, que je doive changer de plan.

À toi,

Rouge

Rouge fait feu de tout bois, pour s'empêcher de penser.

Dans le Brin 622 S19, à Pékin, mal à l'aise sous ses épaisseurs de soie (mais convoquant Bleu), elle lance un débat sur la construction de canaux, qui alimente une discussion sur la moralité publique, qui incite un bureaucrate rigoureux et incorruptible nommé Lin à relever un défi impérial. Si Lin parvient à chasser les passeurs de drogue étrangers de Canton, il obtiendra des fonds pour son projet d'infrastructure. Quand Lin arrive sur place et tente de mettre un terme au trafic, une guerre commence, et Rouge s'éclipse.

Dans l'Aksoum du XIVe siècle, islamisée et puissante, du Brin 3329, Rouge, dans l'ombre, poignarde un homme sur le point d'en poignarder un autre, qui flâne en rentrant chez lui, ivre de café, de sucre et de mathématiques. L'homme que Rouge poignarde meurt. Le mathématicien se réveille le lendemain et invente une forme de pensée qui, bien plus tard, dans un autre brin, sera appelée géométrie hyperbolique. Rouge est déjà partie.

Dans l'Al-Andalus du IXe siècle, elle sert le bon thé au bon moment. Dans la cité de diamant de Zanj, elle étrangle un homme avec une cordelette de soie. Elle ensemence le bassin amazonien du Brin 9 de versions affaiblies des super bactéries européennes, dix siècles avant le premier contact, et quand les conquistadors arrivent, ils affrontent des millions d'indigènes, des communautés fortes et prospères qui ne périront pas au simple contact du monde de l'autre côté des vagues. Elle tue, encore et encore ; souvent, mais pas toujours, pour sauver.

Et elle regarde par-dessus son épaule.

Une ombre la suit. Elle n'a pas de preuves, mais elle sait, comme les os connaissent leur point de rupture.

Commandante doit avoir des soupçons. Une baisse de ses efficiences risquerait de la compromettre. Alors, Rouge se jette à corps perdu dans ses tâches : effectue des missions plus risquées que ne le demanderait Commandante ; réussit magnifiquement, brutalement. À maintes reprises, vide, elle gagne.

Elle remonte et descend le fil du temps, tresse et défait les cheveux de l'Histoire.

Rouge dort rarement, mais quand c'est le cas, elle s'allonge, immobile, les yeux fermés dans le noir, et s'autorise à voir des lapis-lazuli, à sentir le goût de la glace et des pétales d'iris, à écouter le cri strident d'un geai. Elle collecte et conserve les bleus.

Quand elle est sûre que personne ne la voit, elle relit les lettres qu'elle a gravées en elle.

Toutes ces courses et ces meurtres font à peine passer le temps. Elle attend, attend le couperet : elle s'est fait piéger, celle qu'elle attend a transmis sa lettre à Commandante, et Commandante se joue d'elle désormais, la pressant comme un citron jusqu'à ce que l'Oracle du Chaos indique qu'elle a un peu plus de valeur écrasée.

Ma chère Cochenille…

Ou alors : Bleu (elle s'autorise à penser ce nom une fois toutes les années à treize lunes) a lu sa lettre, qui l'a rebutée. Rouge a trop écrit, trop vite. Son stylo avait un cœur et sa pointe plongeait dans une veine. Elle a souillé la page avec elle-même. Elle oublie parfois ce qu'elle a écrit, se souvient seulement que c'était vrai, et qu'écrire est une souffrance. Mais les ailes d'un papillon s'effritent quand on les touche. Rouge connaît aussi bien sa propre faiblesse qu'une autre. Elle en veut trop, brise ce qu'elle voudrait embrasser, arrache ce qu'elle voudrait toucher du bout des dents.

Elle rêve d'un papillon morpho à l'envergure aussi grande qu'un monde.

Elle étrangle, visse, construit. Elle travaille.

Elle observe les oiseaux.

Putain, qu'est-ce qu'il y a comme oiseaux. Elle ne s'en est jamais souciée auparavant ; les informations les concernant (à qui appartient ce cri, qui est le mâle et qui est la femelle, comment s'appelle le canard avec une tête émeraude) sont stockées dans l'index, mais elle n'en a jamais eu besoin. Elle a prévu de s'y intéresser un jour ; elle a prévu de s'intéresser à tout un jour.

Mais maintenant, elle apprend leurs noms dans des livres. Elle en tire quelques-uns de l'index pour gagner du temps et parce que les livres sont lourds, mais elle ne conserve pas ce savoir dans le *cloud*. Elle se répète les noms, elle grave des modèles dans ses yeux.

Elle brûle trois astronautes dans leur cockpit, sur une rampe de lancement. Toutes les causes réclament des sacrifices. L'odeur nauséabonde de porc grillé et celle, âcre, du caoutchouc brûlé, envahissent ses poumons ; elle s'enfuit en amont, ne laisse personne la voir pleurer. S'écroule sur la berge de la rivière Ohio, se plie en deux, vomit dans un buisson, s'éloigne en rampant et crache la fumée.

Elle se déshabille, entre dans l'eau jusqu'à ce qu'elle lui couvre la tête. Un vol d'oies bernaches du Canada apparaît au nord, peignant le ciel en vert-noir de leurs grincements d'ailes.

Elle stoppe les bulles qui sortent de sa bouche.

Les oies se posent sur la rivière. Leurs pattes agitent l'eau. Elles restent une demi-heure, avant de s'envoler dans un tonnerre de plumes.

Rouge émerge.

Une oie attend sur la rive. L'attend, elle.

Elle s'agenouille.

L'oiseau pose la tête sur son épaule.

Puis il s'en va, et deux plumes demeurent.

Rouge les serre longuement contre elle avant de lire.

Plus tard, plus loin au sud, un grand duc emporte la bernache, et la Fouilleuse mange son cœur en pleurant.

Quand Rouge entre dans la clairière, il ne reste que des empreintes de pas et l'oie vidée.

Ma chère Miskowaanzhe,

Je t'écris dans l'obscurité qui précède l'aube, lentement, à la main, avec une craie sur une ardoise – je traduirai plus tard ces mots en plumes. Il y a une petite colline depuis laquelle je peux regarder le soleil se coucher sur la rivière des Outaouais ; tous les soirs, je vois un ciel rouge saigner sur l'eau bleue et je pense à nous. As-tu déjà observé ce genre de couchers de soleil ? Les couleurs ne se mélangent pas : plus le ciel est rouge et plus l'eau est bleue, à mesure que nous nous inclinons, nous éloignant du soleil.

Je suis actuellement incorporée à un brin que Jardin adore – l'un de ceux où ce continent n'a pas subi une désastreuse invasion de colons ayant des principes et des modes de production hostiles à notre Changement – pour une mission de recherche : tirer et effilocher les fibres pour les tresser plus aisément à d'autres brins. C'est toujours une affaire d'équilibre, bien sûr ; donner sans perdre, soutenir sans affaiblir. Tout est tissage.

Je pense que j'ai été assignée ici pour récupérer.

Jardin n'exprime pas toujours ce genre de choses, mais connaît ma passion pour les colibris et les oies migratrices. Je suis contente. C'est agréable d'avoir le loisir d'écrire. J'espère, pendant que je suis ici, rallonger mes lettres, ne serait-ce que parce qu'elles devront te trouver au rythme d'une vie – je ne suis pas près d'arpenter de nouveau la tresse.

Je suis mariée et vais bientôt réveiller mon mari avec un thé aux fruits d'églantier et un petit déjeuner, avant de l'envoyer prendre son train. C'est un homme bon, un coureur et un éclaireur, et les jours se refroidissent : il y a quantité de messages et de provisions à expédier, à distribuer avant que la saison des histoires au coin du feu ne nous recouvre et ne nous enferme à l'intérieur.

C'est un tel luxe de pouvoir me plonger dans ces détails, de les partager avec toi. Rouge, je veux… Je veux te donner des choses.

As-tu déjà goûté le fruit d'églantier, sous forme de thé ou de confiture ? Une acidité astringente qui nettoie les dents, rafraîchit et a l'arôme d'un beau matin. Un mélange de fruits d'églantier et de menthe écrasés, et je ne cesse de porter les doigts à mon visage, pour garder en tête ces parfums.

Le sumac, aussi. Je pense que tu aimerais le sumac.

Je me surprends à nommer des choses rouges qui ne sont pas douces.

Ta lettre. Ta dernière lettre. Sois sûre que je ne vais pas la laisser à un endroit où tes amis pourraient la lire. Je fais attention à ce qui m'appartient.

Tu sais, il y a peu de choses qui m'appartiennent. Dans Jardin nous appartenons les uns aux autres d'une manière qui abolit le sens du terme. Nous nous enfouissons, enflons, germons et fleurissons ensemble ; nous infusons Jardin, et Jardin se répand en nous. Mais Jardin n'aime pas les mots. Les mots sont des abstractions, qui se détachent de la verdure ; les mots forment des motifs semblables à des clôtures ou à des tranchées. Je peux les cacher tant que je les éparpille dans mon corps : lire tes lettres revient à cueillir des fleurs en moi, un bouton par-ci, une fougère par-là, à les arranger et à les réarranger pour agrémenter une pièce ensoleillée.

Je m'amuse à l'idée d'aimer ta Commandante. Quel étrange brin ce serait.

Je ne cesse d'éviter de mentionner ta lettre. J'ai l'impression que d'en parler restreindrait l'effet qu'elle m'a fait, l'amenuiserait. Je ne veux pas faire ça. J'imagine que sous certains aspects, je suis davantage la fille de Jardin qu'elle ne le pense. Même la poésie, qui défait le langage pour lui donner du sens, même la poésie se pétrifie avec le temps, à la manière des arbres. Ce qui est souple, vif, doux et frais s'endurcit, se caparaçonne. Si je pouvais te toucher, poser mon doigt sur ta tempe et me couler en toi comme le fait Jardin… Alors peut-être. Mais cela n'arrivera pas.

D'où cette lettre.

Je radote, semble-t-il, en écrivant aux ténèbres, à la main. C'est très gênant. Je suis presque certaine de n'avoir jamais radoté de ma vie. Une autre chose que je t'offre : cette première fois.

À toi,

Bleu

P.-S. : Si tu trouves cette lettre près d'une bibliothèque, je te recommande *Travel Light* de Naomi Mitchison. Ce livre reste le même dans tous les brins où il existe. Il te réconfortera peut-être durant tes déplacements – je sais que tu te déplaces beaucoup en ce moment.

P.P.-S. : Merci. Pour la lettre.

Bleu marche dans la lueur silencieuse qui précède l'aube, à la recherche d'un signe.

Son travail ici est lent, mais jamais ennuyeux ; l'une des qualités de Bleu en tant qu'agent est son implication totale dans chaque vie. Son mari sera important pour la fille de l'ami d'un rival, et les conversations que Bleu a avec lui, les cadeaux qu'elle lui fait, les rêves dont elle le berce dans leur lit formeront des vrilles de possibilités qui pousseront entre ce brin et d'autres, enverront des vibrations qui agiteront et transformeront les branches du futur en direction de leur Changement.

C'est une bénédiction de Jardin que son rôle ici demande une implantation aussi réfléchie, aussi rigoureuse, que l'on attende d'elle qu'elle se promène dans les bois en pensant aux oiseaux, aux arbres, aux couleurs, que ce soit crucial pour sa mission. Si Bleu aime les villes – leur anonymat, leurs odeurs et leurs bruits –, elle aime aussi les forêts, des endroits que les gens qualifient de silencieux, alors qu'ils ne le sont en rien. Bleu écoute les geais, les piverts, les quiscales, rit en regardant des colibris jouter contre le vent. Elle tend les mains vers les sittelles, les mésanges et les parulines noir et blanc, qui volettent vers elle et se perchent sur les branches de ses doigts. Elle caresse la nuque des pics sans en nommer la couleur, mue en aiguille et en fil le frisson qu'elle éprouve en la touchant, puis le brode sur la joie que Jardin s'attend à ce qu'elle ressente dans les bois.

Elle a désormais une cicatrice sur l'épaule dans toutes ses itérations, un entrelacs ridé de trauma. Les loups l'évitent, l'aiment de loin.

Comme elle est censée flâner ainsi, il lui est relativement facile de dissimuler ses recherches ; car elle a retourné les feuilles de la saison dernière, ramassé des crânes de corbeau, le velours bientôt sec tombé des ramures, des dents de renard ; il n'y a rien de remarquable dans le fait qu'elle s'immobilise en voyant une chouette laponne : l'oiseau penche vers elle sa face de sorcière, ses plumes luisantes évoquant la couleur de la nuit qui s'en va.

Posée, sereine et digne, dans le trou d'un chêne, la chouette la regarde.

Puis elle régurgite une considérable pelote, s'ébroue et s'envole.

Bleu éclate d'un rire bref et se baisse pour la ramasser et la glisser dans sa poche. Elle la fait tourner entre ses doigts sans la regarder ; elle viendra s'ajouter à sa collection de curiosités. Elle ne sort pas la main de sa poche avant d'être rentrée chez elle ; elle attend le coucher du soleil, le moment où elle peut contempler le ciel qui vire à l'écarlate, disséquer prudemment la pelote et y trouver quelque chose à lire.

Des années plus tard, une Fouilleuse ratisse la zone, presque à la vitesse de la lumière, forme floue apparaissant par intermittences, et rapporte de minuscules fragments d'os dans la tresse.

Très cher Lapis,

Oui ! Je me déplace beaucoup. Ils nous font courir dans tous les sens en ce moment – enfin, surtout moi –, en amont et en aval, les tâches ne cessent de s'accumuler. Les ruses et les pièges de ton camp ont fait des dégâts ; nous multiplions les missions pour rattraper notre retard. Mais assez parlé de la guerre. En bref : j'écris dans la précipitation.

J'allais te demander d'excuser ma concision. Mais tandis que je m'apprêtais à écrire ces mots, je t'ai vue secouer la tête. Tu avais raison : j'ai construit un toi à l'intérieur de moi – à moins que tu ne l'aies fait.

Je ne te remercierai jamais assez pour ta lettre. Je l'ai reçue à un moment où j'avais faim.

Les mots peuvent blesser, mais ce sont aussi des ponts. (Comme les ponts sont le seul héritage de Gengis.) À moins qu'un pont puisse également être une blessure ? Pour paraphraser un prophète : « Les lettres sont des structures, pas des événements. » Les tiennes me fournissent un espace dans lequel je peux vivre.

Mes souvenirs de toi s'étendent sur plusieurs millénaires, et dans chacun d'entre eux tu es en mouvement. Cette image de toi dans ton foyer, avec un mari, du thé d'églantier, des couchers de soleil et une rivière, me réjouit. Comme un pointillé à la surface de la mer indique la baleine qui se trouve en dessous, comme les étoiles dessinent une ourse aux dimensions cosmiques, je retrace désormais ta vie à partir de ces indices. Je chercherai du sumac la prochaine fois que je serai dans une région où il pousse. J'avoue n'être familière que de la variété toxique : je ne pense pas que ce soit celle dont tu parles.

Un jour peut-être nous assigneront-ils côte à côte, dans un petit village loin en amont, l'une surveillant l'autre, et pourrons-nous faire du thé ensemble, échanger des livres, envoyer des rapports aseptisés sur nos agissements mutuels. Je pense que même dans cette situation, j'écrirais encore des lettres.

J'ai lu le Mitchison. J'ai adoré. (Bien que cela me semble être un résumé un peu rapide, je comprends désormais ce que tu veux dire à propos des mots.) Ce texte m'a frappée. Notamment les dragons, Odin, et la fin. J'ai eu plus de mal avec la partie à Constantinople – il me manque peut-être des éléments de contexte, même si je comprends son rôle dans le livre. L'intrigue m'a rappelé des passages de *Don Quichotte*. Mais la révélation finale, sur les rois et les dragons : oui. Étonnant que nous nous représentions toujours les chevaliers en train de combattre ces créatures, alors qu'en réalité ils travaillent pour eux.

Jardin semble aimer les racines, et ce livre prend racine dans le déracinement. Es-tu un virevoltant ? Une graine de pissenlit ?

Tu es toi, reste toi-même comme je reste moi.

À toi,

Rouge

P.-S. : Les chouettes sont des créatures fascinantes, mais il est plus difficile que je ne le pensais de les convaincre d'accepter de la nourriture. Celle-ci n'avait peut-être pas confiance en moi.

P.P.-S. : Je ne veux pas t'alarmer, mais… vois-tu des ombres ? J'en ai peut-être repéré une. Pas de preuves pour l'instant, je suis peut-être paranoïaque, mais même dans ce cas, cela ne veut pas dire que j'ai tort. Commandante n'a pas l'air de soupçonner quoi que ce soit, en tout cas pour l'instant. Fais attention à toi.

P.P.P.-S. : Vraiment. Ce livre. Dans un moment d'audace, je l'ai recommandé à quelques critiques éminents du Brin 623 ; il est difficile de susciter un engouement, mais on ne sait jamais – de nouveaux brins apparaissent tout le temps. Écris-moi encore.

Rouge remporte une bataille opposant des flottes spatiales dans le futur lointain du Brin 2218. Tandis que le grand *Galimtia* penche vers la surface, libérant une nuée de capsules de sauvetage, que les stations de combat se flétrissent telles des fleurs jetées dans les flammes, que les crachotements des fréquences radio se font triomphants, que les vivellules filent à la poursuite des martins-videurs et que les canons expriment leurs derniers arguments dans l'espace muet, elle s'éclipse. Ce triomphe a un goût fugace, éventé. Elle aimait cette ardeur. Désormais, elle ne lui rappelle plus qu'une absence.

Elle grimpe en amont, pour trouver réconfort dans le passé.

Rouge cherche rarement la compagnie des siens. Ce sont tous des excentriques qui ont été décantés quand on a découvert leur déviance au cours de leur développement – ou qui se sont décantés tout seuls pour les plus déviants. Ils ne sont pas en paix et jouent dans la rose céleste. Ils extrudent leurs corps, introduisent une asymétrie.

Ils combattraient dans cette guerre, songe-t-elle, *si l'on ne leur en fournissait pas une autre*.

Mais elle cherche désormais de la compagnie, dans l'un des endroits où elle est sûre d'en trouver.

Les rues de Rome sont accablées de soleil. Un homme au visage maigre et au nez aquilin, coiffé d'une couronne de laurier, marche, accompagné de sa suite, devant le théâtre de Pompée. Des individus l'interceptent, lui demandant d'entrer. À l'intérieur, une foule attend dans l'ombre : les sénateurs, leurs domestiques et d'autres encore.

« T'es-tu déjà, demande Rouge à l'un des autres, senti suivi ? As-tu déjà pensé que Commandante t'espionnait ? »

Un sénateur tend une pétition à César.

« Suivi ? demande l'homme au nez cassé sur sa gauche. Par l'ennemi, parfois. Par l'Agence ? Si Commandante voulait nous espionner, il lui suffirait de lire dans nos pensées. »

César rejette la pétition, mais les sénateurs se groupent autour de lui.

« Quelqu'un est sur ma piste, explique Rouge. Mais il disparaît dès que je pense pouvoir l'attraper.

— Un agent ennemi, dit la femme sur sa droite.

— Ce sont des excursions personnelles, des voyages de recherche, pas des contre-opérations. Comment un agent ennemi pourrait-il savoir où je vais ? »

Un sénateur sort un couteau. Il essaie de poignarder César dans le dos, mais l'empereur saisit sa main.

« S'il s'agit de Commandante, dit l'homme au nez cassé, pourquoi t'inquiéter ? »

Elle grimace.

« J'aimerais savoir si ma loyauté est mise à l'épreuve. »

L'homme qui s'est fait prendre appelle à l'aide en grec. Des poignards glissent hors des fourreaux sénatoriaux.

« Cela irait à l'encontre de l'objectif du test, fait remarquer la femme. Viens. On va rater le spectacle. »

Elle a un large sourire et une longue lame.

César crie quelques mots, qui se perdent dans le tumulte de ses assassins. Rouge hausse les épaules et les rejoint. Leur guerre a déjà peu de chances d'aboutir, elle ne peut être vue en train de les négliger. Le sang colle à ses mains. Elle les lave, plus tard, dans une autre rivière, loin de là.

Les feuilles ont commencé à changer de couleur dans les bois de l'Ohio quand les oies se posent. L'une d'elles s'écarte du groupe et s'approche. Rouge songe au sort qu'a subi la dernière oie lui ayant apporté une lettre et éprouve une pointe de culpabilité.

Une ficelle est passée autour du cou de l'oie, ficelle à laquelle est accrochée une fine bourse de cuir.

Elle l'ouvre d'une main tremblante. Six graines sont disposées à l'intérieur, de minuscules gouttes cramoisies, gravées de chiffres plus petits encore, allant de un à six. Sur le cuir, des mots tracés à l'aide d'une encre trop bleue pour ce continent – ou même ce brin –, une écriture qu'elle connaît bien, même si elle ne l'a vue qu'une seule fois : *As-tu confiance en moi ?*

Elle s'assied dans la forêt, seule.

Oui.

Rouge a confiance en elle, si profondément qu'elle doit réfléchir un long moment à ce que la méfiance pourrait impliquer – à ce que sont ces graines, à ce qu'elles pourraient lui faire si elle se trompe.

Elle mange les trois premières, l'une après l'autre. Elle devrait être assise sous un baobab, mais s'affale au pied d'un marronnier glabre, entourée de bogues épineuses.

Chaque lettre se déplie dans son esprit et elle les encadre dans le palais de sa mémoire. Elle tisse les mots au cobalt et au lapis-lazuli, les insère dans la couleur intime des crevasses des glaciers, dans les robes de Marie des fresques de San Marco. Elle ne veut pas la laisser partir.

Avec la troisième graine, et la troisième lettre, Rouge se pâme.

Le bruissement des bogues la réveille ; elle serre toujours les trois autres graines au creux de sa main, mais la bourse de cuir a disparu. Elle entend des bruits de pas dans la forêt, se lance à leur poursuite : une ombre file devant elle, toujours hors de portée, puis elle disparaît et Rouge tombe à genoux, haletante, dans le bois désert.

Ma chère Plus Précieuse Que Les Rubis,

J'ai fait du feutrage à l'aiguille pour les enfants de la sœur de mon amant : un bébé chouette pour l'un, un faon pour l'autre. C'est étrange d'utiliser un outil si délicat pour un travail aussi sauvage : on prend une aiguille tellement fine que l'on n'en sentirait pas la piqûre, puis on la plante dans un amas fuyant, encore et encore, jusqu'à ce que les fibres prennent forme.

Je te sens, je sens ton aiguille qui danse en amont et en aval avec un prodigieux abandon. Je sens tes mains sur des endroits que j'ai touchés. Tu te déplaces si vite, si furieusement. Dans ton sillage la tresse s'épaissit, admettant de moins en moins de brins, tandis que Jardin se renfrogne, tonne, m'incite à approfondir mon travail.

J'aime songer à toutes les manières dont j'aurais pu t'arrêter, si j'en avais eu l'envie.

Parfois, j'en ai envie. Parfois, je reste assise ici sans bouger, te sachant vive et assurée, et je me dis : *Je dois de nouveau prouver que je suis son égale*… Et le désir aigu, électrique de t'arrêter, simplement pour que tu m'admires, m'aiguillonne lui aussi.

J'ai six mois à combler avant de pouvoir t'envoyer ceci, alors j'écris par fragments – morcelant les mots que je te destine, même si, bien sûr, tu les liras tous d'un coup. Ou peut-être que non ? Peut-être voudras-tu conserver ces graines et les absorber à loisir, peut-être même au rythme où je les ai écrites. Mais pourquoi perdre autant de temps ? C'est plus dangereux de les garder sur toi, là où l'on peut les trouver. Mieux vaut les lire toutes d'un coup.

En tout cas, c'est du sumac vinaigrier : pas vénéneux, délicieux avec les viandes, les salades, le tabac. Goûte combien c'est acide, astringent ; tu peux le moudre pour t'en servir d'épice à saupoudrer ou à fumer, ou faire tremper les grappes de baies entières pour obtenir une sorte de limonade.

Ces graines, pour toi, il vaut mieux les manger une par une, les faire tourner autour de ta langue, avant de les croquer.

À toi,

Bleu

P.-S. : J'adore écrire en arrière-goût.

P.P.-S. : J'espère que tu as remarqué la différence entre ce sumac et celui qui est toxique. Seul l'un d'entre eux est rouge.

*

Mon cher Érable à Sucre,

Nous incisons les arbres et en faisons réduire la sève pour fabriquer du sirop et des bonbons durs. J'aime que tu découvres, avec mes mots dans ta bouche, les endroits où je pense à toi, les manières dont je pense à toi. La réciprocité est agréable : mange ce morceau de moi pendant que je conduis des roseaux au plus profond de toi, en extirpe quelque chose de sucré.

J'aimerais parfois pouvoir être moins farouche avec toi. Non… Je me dis parfois que je devrais avoir envie d'être moins farouche. Que ceci – quoi que ce soit – serait mieux servi par de la tendresse, de la douceur et de la gentillesse. Au lieu de ça, je parle de faire jaillir la sève de tes entrailles avec des roseaux. J'espère que tu me le pardonneras. La douceur, chez moi, est souvent factice, mais la fausseté me fuit lorsque je t'écris.

Tu parlais de vivre ensemble dans un village, en amont, de vivre en voisines, en amies, et j'aurais pu avaler cette vallée tout entière sans pouvoir apaiser ma faim pour cette idée. Alors je file ce désir, le passe dans le chas de ton aiguille et le couds secrètement sous ma peau, brodant ma prochaine missive, point après point.

À toi,

Bleu

*

Cher Laisse Bon Espoir,

La neige a fondu et tout se réchauffe, comme si les poings du soleil pétrissaient la terre, activant sa libération. Planter le temps à l'horizon… Je prends cette phrase et la retourne, souris en pensant à la manière dont Jardin sème le temps, fait du temps un semis plus subtil que les saisons du désert, et l'horizon devient une promesse.

J'ai attendu jusqu'ici pour répondre à ton inquiétude au sujet des ombres. J'ai été particulièrement attentive. Pendant une période, au début de notre correspondance, j'étais absolument certaine d'être suivie : de petits détails, évasifs, difficiles à nommer, mais tu connais cette sensation que l'on a en entrant dans une pièce récemment occupée ? La même chose, mais à l'envers. Jamais vraiment suivie, mais… pistée.

Cependant, je n'ai pas éprouvé ce sentiment depuis mon incorporation, ce qui est peut-être inquiétant. Quand Jardin incorpore des agents – je suis sûr que ta Commandante l'a remarqué –, ils sont presque impossibles à approcher, à distinguer de leur environnement, si intimement liés à la trame des brins qu'en les taillant, on risquerait de laisser de disgracieuses déchirures, par lesquelles s'écoulerait le Chaos. Un Chaos dont personne ne veut en aval, pas même ton Oracle qui le vit et le respire. Trop imprévisible, trop difficile à contrôler ; un rapport coûts-bénéfice tronqué. Alors, vous nous attrapez en mouvement, entre deux brins, quand nous dansons nous aussi sur la tresse, ne faisant qu'effleurer des vies. Même Jardin a du mal à nous atteindre avec les branches les plus nuancées de sa conscience ; en tant qu'agent hors du temps, pour approcher quelqu'un qui a été incorporé, tu devras pratiquement endosser sa peau avant d'espérer franchir les cinquante – mille – kilomètres qui te séparent de lui.

Tu me demanderas : *Mais comment peux-tu m'envoyer des lettres dans des estomacs d'oiseau ?* Vois les oiseaux comme des canaux de communication que je peux ouvrir et fermer en fonction de la saison ; mes collègues me rapportent leurs travaux aux équinoxes ; Jardin s'épanouit plus vivement dans mon ventre. Le trafic est si dense qu'il est aisé de dissimuler des correspondances entrantes ou sortantes, de brouiller les pistes, de se fondre dans la masse. Les agents ennemis, cependant… On m'a raconté des histoires sur ce qui arrive à ceux de ton camp qui essaient d'atteindre l'un de nos plants. Imagine-toi traverser une haie épineuse qui s'épaissit, se durcit, s'acère à mesure que tu t'y enfonces, et tu auras une idée de la chose – cela, pendant des kilomètres, des décennies, jusqu'à ce que tu sois réduite en longs lambeaux.

Tout ça pour dire que je ne suis pas suivie ; si c'est ton cas, je t'enverrai des antennes, dans la mesure du possible, pour savoir s'il s'agit de mon camp. Ce ne serait pas étonnant : Jardin s'intéresse clairement à toi depuis que tu es petite. Mais j'ai toute confiance dans tes capacités à éviter et à déjouer les manœuvres de n'importe quel agent de Jardin.

N'importe quel agent qui n'est pas moi.

Si ce sont les tiens qui te suivent, c'est plus compliqué et plus inquiétant. Sois prudente.

À toi,

Bleu

P.-S. : Toutes les informations que tu peux me fournir sur l'ombre – une odeur, une nuance ou une couleur de sentiment, le cauchemar qui t'a réveillée alors que tu pensais être en sécurité – m'aideront dans mon investigation. Bien que je n'aie finalement jamais su si tu rêves seulement.

Bleu tresse des herbes entre ses doigts.

Cela ressemble à de l'oisiveté pure : une femme aux cheveux longs, en fin de journée, colorée par le coucher de soleil, assise en tailleur près de la rivière, qui tresse pour le plaisir. Elle ne fabrique ni paniers ni filets, pas même des couronnes ou des guirlandes pour les enfants qui courent pieds nus non loin de là.

En réalité, elle étudie. Elle joue, en six dimensions, une partie d'échecs où chaque pièce est une partie de go, où des plateaux entiers de pierres blanches et noires dansent les uns autour des autres, bousculés, des cavaliers se transformant en tours, des itérations d'*atari* construisant scrupuleusement l'échec et mat. Elle pose les brins d'herbe l'un sur l'autre, l'un après l'autre, examinant, non seulement la géométrie végétale, mais aussi l'arithmétique des parfums et de la chaleur, la thermodynamique du sous-bois, la vélocité des chants d'oiseaux.

Pendant qu'elle s'entre-tisse si intimement – nouant les herbes aux regards furieux des quiscales, l'odeur des feuilles moisies à l'azimut du soleil –, près de là une hirondelle bicolore descend en piqué, cisaille sa vision périphérique, coupe sa rêverie hypnotique de sa dissonance. L'oiseau émet des flashes bleus au coin de ses yeux, la stupéfiant de son inexplicable présence. Il y a beaucoup d'hirondelles ici, mais celle-ci ne colle pas : elle s'approche d'un nid vide en automne, un nid que Bleu s'apprêtait à récupérer pour son neveu, afin de lui montrer tout ce que l'on pouvait apprendre des oiseaux en matière de tissage.

Elle se lève et les brins d'herbe tombent de sa main comme des graines. Elle suit l'hirondelle, la regarde déposer une demoiselle dans le nid avant de s'éloigner.

Elle grimpe, ôte l'insecte des brindilles boueuses, descend d'un bond. Dans le corps en aiguille de l'insecte à damier noir et bleu, elle lit une lettre.

Son attention passe de la demoiselle au désordre qu'elle a causé dans ses pensées, poignées de vert et d'or entassées, inutiles, et elle ne ressent qu'une joie déchirante, tortueuse, quand elle ouvre la bouche pour la dévorer tout entière, ailes comprises.

Des années plus tard, l'ombre d'une Fouilleuse parcourt l'herbe où Bleu était assise. Elle en cueille une poignée, puis se dissout.

Mon Cyanotype,

J'ai lu tes trois premières lettres sumac. Je ne peux les laisser sans réponse, bien que je redoute d'écrire en ignorant ce qui viendra ensuite. (J'ai toujours le goût des lettres dans la bouche. Elles s'attardent. Sapent toutes les autres saveurs, les emplissent de toi.) Je vais peut-être poser une question à laquelle tu as déjà répondu, peut-être écrire une phrase désobligeante.

Mais si tu as faim, j'enfle. Tu m'as incitée à observer les oiseaux, et même si je ne connais pas leur nom aussi bien que toi, j'ai vu de petits chanteurs aux couleurs vives souffler avant de faire des trilles. C'est ce que je ressens. Je me chante à toi, mes serres s'agrippent à la branche et je suis vidée jusqu'à ce que ta lettre suivante me donne du souffle, m'emplisse jusqu'à l'éclatement.

Tu me manques sur le terrain. La défaite me manque. La chasse, la fureur. Les victoires bien méritées. Tes amis ont leurs intrigues et leurs passions, ils se montrent parfois brillants, mais personne n'est aussi complexe, aussi prudent, aussi décidé. Tu m'as aiguisée comme une pierre. Je me sens presque invincible dans le sillage de nos batailles : une sorte d'Achille au pied agile et à la main légère. Je ne me sens faible que dans cet endroit inexistant où nos lettres se mêlent.

Comme il est bon de ne pas y porter d'armure.

Tu aimerais pouvoir de nouveau me tenir en respect, à portée de couteau. D'une certaine manière, c'est toujours le cas. Tant que je garde ces trois dernières graines dans un creux derrière mon œil, tu es une lame pointée dans mon dos. J'aime sa dangerosité. De plus, je ne suis pas assez naïve pour croire que ton affectation dans ce brin est totalement dénuée d'objet. Jardin travaille lentement, au cours de vies entières. Elle t'enterre profondément et sème de grands Changements à travers toi, tandis que nous luttons à la surface.

Et par ton absence, tu es aussi létale qu'une lame. Faute de lettres, faute de sentir les vibrations de tes pas à travers le temps, je cherche tes souvenirs ; je me demande ce que tu dirais et ferais si tu étais là. Je t'imagine tendant la main par-dessus mon épaule pour corriger ma prise sur la gorge d'une victime, guider le tressage d'un brin.

On me surveille. L'ombre, ma Fouilleuse, se sert après mon passage. Je l'entraperçois dans le crépuscule violacé, mais quand je me lance à sa poursuite, elle n'est plus là. Les odeurs : difficile à dire, mais des notes d'ozone et d'érable brûlé. Elle prend de nombreuses formes. Je crains qu'il ne s'agisse simplement d'un fantôme, d'une conséquence de mon esprit qui lâche. J'ai espéré l'attraper, la tuer, m'assurer de ma santé mentale (ou pas) avant de consommer tes lettres suivantes. Je ne peux pas nous mettre en danger, te mettre en danger plus longtemps. Mais je suis un chant d'oiseau à bout de souffle, et je dois respirer.

Je rêve.

Ils nous ont libérés du sommeil comme de la faim. Mais j'aime la fatigue – appelle ça du fétichisme si tu veux –, et dans le cadre de mon travail en amont, il est souvent plus pratique de prétendre être humain. Alors, je m'épuise à la tâche, je dors et les rêves viennent.

Je rêve de toi. Je garde davantage de toi dans mon esprit, mon esprit physique, personnel, ramolli, que de tout autre monde, toute autre époque. Je me rêve graine entre tes dents, arbre incisé par ton roseau. Je rêve d'épines et de jardins. Je rêve de thé.

Le travail attend. Ils vont m'attraper si je reste ici. Je t'écrirai de nouveau bientôt, quand j'aurai neutralisé cette ombre, quand nous serons en sécurité.

À toi,

Rouge

Rouge poursuit une ombre.

Elle pose des pièges. Elle revient sur ses pas dans le temps pour construire des impasses historiques ; elle emmêle les brins. Son gibier, dont elle est aussi la proie, évolue librement, laissant ici un son, là un goût dans l'air, mais rien de plus, pas même un fil accroché à une épine.

Dans les parcs de serveurs de l'aval, nichés au cœur des derniers icebergs, elle remonte sa propre piste, aperçoit l'ombre, tente de l'atteindre avec son pistolet à fléchettes entre les baies, faisant jaillir des étincelles bleues.

Acrobate à la cour d'Ashoka, elle grimpe, pivote, tourne, passant au crible un millier de personnes, cherchant un unique prédateur, un observateur qui ne devrait pas être là. Elle perçoit l'ombre, puis la sent s'échapper.

Elle prend d'assaut les murs de Jéricho et, dans les rues bondées, entend un pas sur les pavés qui détonne en ces lieux. Elle se tourne, arme, décoche. Une flèche se plante dans la pierre.

Elle fait la course avec des gravcycles dans une forêt de cristal, contre les pulsations lumineuses d'êtres humains dont les corps ont été clarifiés, comme du gras de bacon, jusqu'à ce que le parfum de leur esprit s'étende pour emplir tout l'espace. Quoi qu'elle pourchasse, quoi que soit ce qui la pourchasse, il ne l'attrape pas là-bas, même si elle ne l'attrape pas non plus.

Elle trouve un germe de possible près du lit d'une rivière et attend. Elle ne sait pas pourquoi elle pense que l'ombre va lui rendre visite ici, mais sent qu'elle commence à connaître la chose, ses habitudes, les moments où elle l'approche et ceux où elle garde ses distances. Elle sème des nanobots dans l'air, tisse des serviteurs dans l'herbe ; elle installe des drones-espions et des caméras sentinelles, charge un satellite de l'assister. Elle surveille la rivière, attentivement, en silence, pendant sept mois. Elle cligne une fois des yeux et, quand elle rouvre les paupières, elle sent que le moment est passé : l'ombre est venue, repartie ; elle n'a rien appris. Aucun piège ne s'est déclenché, les nanobots n'ont enregistré aucune présence, les caméras ont été éteintes les unes après les autres ; le satellite orbite, muet et brisé.

Rouge se languit des lettres qu'elle garde derrière son œil.

Elle ne peut pas respirer. Une immense main agrippe sa poitrine, l'étreint. Elle se sent prisonnière de sa propre peau, enchaînée dans son crâne. Les rêves la soulagent un peu, comme les souvenirs, mais ils ne suffisent pas. Elle veut imaginer un rire. Elle doit attendre. Elle ne peut pas attendre.

Loin, loin en amont, elle s'assied sous ce qui ressemble à un saule dans un marais préhistorique, place une graine de sumac entre ses dents, puis la croque.

Rouge reste assise sans bouger pendant des heures. La nuit tombe. Le vent fait bruisser les fougères. Un apatosaure passe lourdement, ébouriffant ses plumes.

Elle laisse venir les sensations. Les organes qui font tampon entre ses émotions et sa réponse physique s'éteignent, tout ce qu'elle a caché déferle en elle. Son cœur tremble. Elle hoquette, respire par saccades.

Une main se pose sur son épaule.

Elle saisit le poignet de l'ombre.

L'ombre la projette et elle la projette en retour. Elles roulent dans les broussailles et s'écrasent contre un énorme tronc de champignon. De petits lézards s'enfuient. L'ombre prépare quelque chose, mais Rouge prend ses jambes en ciseaux, la déséquilibre. Elle tente de lui faire une clé, mais sa propre cuisse se retrouve bloquée. Elle se tortille pour se libérer, frappe trois, quatre fois ; chacun de ses coups est facilement paré. Ses implants surchauffent. Ses ailes se déploient dans son dos pour ventiler la chaleur résiduelle ; elle frappe fort. Atteint l'ombre dans les côtes, mais ces os ne cassent pas. L'ombre flotte derrière elle, touche son épaule, et son bras devient inerte. Rouge se jette en arrière et saisit son poignet dans sa chute. Elles glissent toutes les deux dans la boue. Les doigts de Rouge se contractent, telles des griffes. Elle cherche une gorge. La trouve. La serre.

Mais l'ombre parvient à se dégager et la laisse seule, haletante, furieuse, couchée dans la boue.

Elle maudit les étoiles qui veillent sur la nuit dinosaure.

Rouge ne peut plus supporter l'attente.

Elle se lève, titube jusqu'à une rivière, se lave les mains. Retire son œil gauche avec son pouce et fouille l'orbite jusqu'à ce qu'elle trouve les trois graines de sumac. (Celle qu'elle a mangée plus tôt était factice.)

La sécurité et l'ombre peuvent aller se faire foutre.

Désormais, Rouge connaît la faim.

Elle croque la première graine sous la canopée.

Elle s'étouffe. Se recroqueville. Son souffle s'écourte. Elle s'effondre autour de son cœur.

Les organes, se souvient-elle, sont éteints. Cette douleur est nouvelle.

Elle ne les rallume pas avant de manger la deuxième graine.

Dans le marais, de grandes créatures répondent à son grognement. Elle n'est plus une personne. Elle est un crapaud, un lapin dans la main du chasseur, un poisson. Elle est, brièvement, Bleu, seule avec Rouge, ensemble.

Elle mange la troisième lettre.

Le silence s'empare du marais.

L'arrière-goût lui pique la langue, l'emplit. Elle pleure et rit dans ses larmes, se laisse tomber. Ils la trouveront peut-être, la tueront ici. Elle s'en fiche.

Parmi les dinosaures, Rouge dort.

Fouilleuse, boueuse, en piteux état, la trouve assoupie, touche ses larmes d'une main dégantée et les goûte avant de partir.

Chère Fraise,

L'été s'installe comme une abeille sur un trèfle – doré, industrieux, butinant de-ci de-là. Il y a tant de choses à faire. J'aime cet aspect de l'incorporation, ce sentiment d'épuisement total à la fin de la journée : pas de bassin régénérateur, pas de sève curative, pas de murmure doux et verdoyant dans la moelle de mes os – juste le soleil, la sueur et le sel sur mon dos, chacun connaissant et aimant son corps, en une douce danse.

Nous cueillons des baies. Nous pêchons dans les rivières. Nous chassons des canards et des oies. Nous cultivons les jardins, organisons des festivals, allumons des feux, discutons philosophie. Nous nous défendons quand c'est nécessaire. Les gens meurent, les gens vivent. J'ai beaucoup ri cet été ; tout était si facile.

Tu écris que ma lettre t'a trouvée à un moment où tu avais faim. Comment te dire ce que cela représente pour moi d'avoir pu t'apprendre ça – de l'avoir partagé, en quelque sorte, de t'avoir contaminée. J'espère que ce n'est pas un fardeau, et en même temps, je veux que cela te marque à vif. Je veux que tes appétits égalent mon désir de les satisfaire, une lettre-graine après l'autre.

Je veux te dire quelque chose sur moi. Quelque chose de vrai, ou rien du tout.

À toi,

Bleu

P.-S. : Je suis ravie que tu aies lu le Mitchison. La partie se déroulant à Constantinople est difficile, mais cela m'aide parfois de penser à ce livre comme au passage d'un temps narratif à un autre. Mythes et légendes laissent place à l'Histoire, qui laisse à son tour place au mythe, comme des rideaux que l'on ouvre puis referme, avant et après une performance. Dans la mythologie nordique de Mitchison, Halla commence hors du temps du livre, et à la fin, elle a été absorbée – incorporée, peut-être – dans les mythes de ceux avec qui elle a voyagé. Toutes les bonnes histoires vont de l'extérieur vers l'intérieur.

*

Chère Framboise,

Je savais qu'il existait de nombreuses choses rouges. Simplement, jusqu'à présent, elles ne me paraissaient pas plus remarquables que les vertes, les blanches ou les dorées. Désormais, c'est comme si le monde entier chantait pour moi, sous la forme de pétales, de plumes, de cailloux, de sang. Il chantait déjà avant – l'amour de Jardin pour la musique est d'une profondeur insondable –, mais maintenant, sa chanson n'est plus dédiée qu'à moi seule.

Seule. Je veux te parler du moment où j'ai appris ce mot, pour de bon, de tout mon être. La raison pour laquelle je suis un virevoltant, une graine de pissenlit, une pierre qui roule puis se fiche dans le sol, avant d'en être éjectée et mise de nouveau en mouvement.

On nous cultive, je pense que tu le sais : des graines plantées, des racines qui fouissent le temps, jusqu'à ce que Jardin nous transplante dans un sol différent. Nos points d'ensemencement sont si soigneusement incorporés que, comme je te le disais, il est impossible de nous approcher : Jardin monte en graine, nous souffle au loin, et nous nous enfouissons dans le tressage du temps, nous nous y mêlons intimement. Il n'y a pas de haie acérée à traverser ; nous sommes la haie, tout entière, des bourgeons de rose avec des épines en guise de pétales. Le seul moyen d'accéder à nous est d'entrer dans Jardin, si loin en aval que la plupart de nos agents n'en sont même pas capables ; il faut trouver la racine pivotante ombilicale, puis la remonter à contre-courant, comme un saumon dans une rivière. Ce qui, si l'un d'entre vous y parvenait, signifierait que nous avons été vaincus : si tu disposais de ce type d'accès à Jardin, tu pourrais anéantir notre Changement.

(Je ne peux pas… Je ne devrais pas te dire ça. Malgré tout, je ne cesse de penser qu'il s'agit peut-être d'un piège au long cours, que c'est cette information que tu cherches à obtenir depuis le début… Mais cela a-t-il encore de l'importance ? Le point de non-retour a été passé depuis des millénaires, il est resté, plié et parfumé au thé, dans une poche sous-cutanée que j'ai fait pousser sous ma cuisse gauche. Un peu différent d'un pendentif contenant une mèche de cheveux, mais au bout du compte, me dis-je, rien qui ne paraîtrait plus grotesque aux yeux des désincarnés.)

Bref.

Je n'ai jamais parlé, je crois, du brin dans lequel Jardin a planté ma graine – « commencer par le commencement » paraît absurde pour des êtres tels que nous, non ? –, mais il n'avait rien de particulier ; il se trouvait dans les régions albiques du Brin 141, la même année que celle de la mort de son Chatterton, mais je te supplie de ne pas établir mon horoscope. Toute petite, quand je n'étais encore qu'un germe de Jardin enraciné dans une fillette de cinq ans, je suis tombée malade. Ce n'était pas inhabituel – on nous inocule souvent des maladies, on nous vaccine contre des affections du futur lointain, on nous bourre de doses plus ou moins fortes d'immortalité ; tout ce qu'il faut pour nous transformer en ce que nous devons être quand Jardin nous relâche dans la globalité de la tresse.

Mais c'était différent. Ce n'était pas Jardin qui m'infectait pour me renforcer : quelqu'un m'infectait pour atteindre Jardin.

Cela n'aurait pas dû être possible. J'étais intimement incorporée. Pourtant, d'une manière ou d'une autre, j'avais été compromise par l'ennemi. Je m'en souviens comme d'un conte de fées ; je somnolais, dans cet état entre veille et rêve, quand on ne peut savoir avec certitude si ce que l'on voit est réel ou provoqué par une nuée de nanites qui reconfigurent vos synapses.

(Je suis passée par là. C'était désagréable. J'espère que tu n'auras jamais besoin de t'électrocuter pour brûler des bugs dans ton cerveau. Mais si ça se trouve, cela fait partie de votre entraînement de base.)

Je me souviens d'un baiser et de quelque chose à manger. Un geste si attentionné que je n'ai pu le soupçonner d'être inamical. Un véritable conte de fées. Je me souviens d'une lumière vive, et puis de la faim. Une faim qui me retournait, une faim des plus primales, qui occultait tout le reste – je ne voyais plus rien, j'avais tellement faim, je ne pouvais pas respirer ; c'était comme si quelque chose s'ouvrait à l'intérieur de moi et me demandait de *chercher*. Je pense qu'une partie de moi hurlait, mais je ne pourrais te dire laquelle ; mon corps était une sirène d'alarme. Je me suis tournée tout entière vers Jardin, pour être nourrie, pour que cela s'arrête, pour ne pas disparaître…

Et Jardin m'a élaguée.

Ce qui est la procédure standard. Il faut que Jardin perdure. Jardin peut perdre des morceaux, le fait, l'a fait, le fera toujours : tailles, fleurs, fruits... Mais Jardin perdure et repousse, plus forte encore. Jardin ne pouvait pas laisser la faim me dépasser.

Je le comprends aujourd'hui, mais à l'époque... Je n'avais jamais été seule. Et je pense à toi, qui as fait le choix de cette solitude, en te coupant des autres... En ce qui me concerne, j'étais réduite à mon propre corps, à mes propres sens, juste une petite fille dont les parents accourent parce qu'elle a fait un cauchemar. J'ai touché leurs visages, et ils étaient miens ; j'ai touché le lit sur lequel je me trouvais, senti des pommes qui cuisaient, quelque part à l'extérieur. C'était comme si, à ma petite échelle, j'étais devenue Jardin : moi tout entière, dans mes doigts, dans mes cheveux, dans ma peau, entière comme Jardin est entière, mais séparément.

La faim a bouillonné en moi pendant une semaine, durant laquelle j'ai tant mangé que mes parents chuchotaient au sujet de ragoûts de coquille d'œufs et de tisonniers brûlants. J'ai appris à cacher cette faim. Et puis, au bout d'un an, Jardin m'a reprise.

M'a greffée comme si je n'avais jamais été élaguée. M'a sondée, observée, triée, m'a bourrée de médicaments et de protections, m'a récurée, à l'intérieur comme à l'extérieur. Sans rien trouver. Ma maturation avait étrangement été accélérée, rien de plus. Après une surveillance étroite de quelques années, les craintes au sujet d'une éventuelle compromission disparurent; rien dans la tresse ne suggérait que mon brin soit corrompu. Il était également important de laisser savoir que cette tentative de pénétrer l'incorporation avait été infructueuse (elle avait certes réussi, mais en l'absence de récidive, le gambit de Jardin semblait avoir convaincu les parties concernées). Alors, Jardin m'a déployée, a tiré le maximum de moi, me félicitant et me donnant de l'importance, mais restant toujours à proximité.

Mes excentricités sont tolérées: mon amour des villes, de la poésie, le plaisir que j'ai à évoluer sans racines, à être, dans un sens, plus Jardinier que Jardin ou Jardinée. Mes appétits, que même en étant envahie par Jardin, je ne peux apparemment rassasier.

Toi, cependant, Rouge…

*

Mon Pommier, ma Clarté,

Parfois, dans tes lettres, tu dis des choses que je me suis retenue d'évoquer. Je voulais te dire: « J'ai envie de te faire du thé », mais je ne l'ai pas fait, et tu m'écris à ce sujet; je voulais te dire: « Tes lettres vivent à l'intérieur de moi de la manière la plus littérale possible », mais je ne l'ai pas fait, et tu me parles de structures et d'événements. Je voulais te dire: « Les mots blessent, mais les métaphores les relient, comme des ponts, et les mots sont comme des pierres qui servent à construire des ponts, douloureusement arrachées à la terre, mais créant quelque chose de neuf, une chose partagée, une chose qui est davantage qu'un unique Changement. »

Mais je ne l'ai pas fait, et tu parles de blessures.

Je veux te dire, maintenant, avant que tu puisses me prendre de vitesse : Rouge, quand je pense à cette graine dans ta bouche, je m'imagine l'y avoir placée moi-même, j'imagine mes doigts sur tes lèvres.

Je ne sais pas ce que cela signifie. J'ai de nouveau l'impression d'être élaguée, de la plus étrange manière, de vaciller sur le seuil de quelque chose qui va me défaire.

Mais j'ai confiance en toi.

Prends mes années, prends ces graines et laisse-les grandir, laisse-les me fournir une réponse similaire. La longueur de tes lettres me manque.

Amoureusement,

Bleu

Même les missions les plus longues ont une fin.

Cela se passe comme ça : Bleu, allongée sur le ventre, les chevilles en l'air, les coudes et les avant-bras couverts d'empreintes de brindilles, de tiges et d'herbes emmêlées.

Le plateau de jeu qui est une sphère, une tresse et une forêt d'arbres taillés les englobe, elle et les plantes. Jardin assure, encore et encore, que le Changement adverse s'appuie trop largement sur la volonté de duper le temps, de lui échapper, de ricocher sur sa surface comme un caillou tout en y trempant indélicatement ses orteils, sur l'idée que cela suffira à détourner ses courants. Il faut s'enfouir dans le temps, dit Jardin, pour parvenir à le modifier de manière durable ; jouer une partie au long cours, mais gagner.

La concentration de Bleu fige tout ce qui l'entoure. Elle laisse la verdure l'envahir, suit des réseaux de racines dans la terre et dans l'eau, tout en développant sa tresse.

Soudain, elle s'arrête. Ses doigts tremblent.

Je t'imagine tendant la main par-dessus mon épaule

pour corriger ma prise sur la gorge d'une victime, guider le tressage d'un brin.

Elle n'avait jamais remarqué ses mains – ses propres mains en tant que brin.

Cela change tout. L'herbe se noue parfaitement. Le monde s'incline tandis qu'elle court, que des millénaires pluridimensionnels se résolvent en un plateau de go parfait, avec une dernière liberté impossible qui attend que Jardin s'élève et s'en empare, étouffant l'Agence tel un banian étranglant son hôte.

Le travail profond enfle en elle ; elle fusionne avec Jardin, sent Jardin jubiler comme une rivière au printemps, la submerger d'un amour et d'une approbation qui pourraient rassasier un siècle d'orphelins.

C'est presque assez. Cela ne ressemble à rien de ce que Jardin lui a donné depuis son élagage. Mais au cœur du tourbillon lumineux de couleurs douces et apaisantes, une minuscule part d'elle reste de côté : elle voit une main sur une gorge et pense : *Vivement que Rouge voie ça*.

Chère Bleu,

J'aimerais assister à ton triomphe. Connaissant en partie ta mission, la nature de ton incorporation, ayant inscrit dans mon cœur le bruit de tes pas, je perçois le Changement que tu vas déchaîner sur nous. La saison se termine. Tu seras libre, de ta convalescence comme de ta tâche. On m'enverra assurément défaire les dommages que tu auras causés. Et nous courrons de nouveau, toutes les deux, en amont et en aval, pompier et pyromane, comme deux prédateurs que seuls les mots de l'autre contentent.

Ris-tu, écume marine ? Souris-tu, glace ? Observes-tu ton triomphe avec la distance d'un ange ? Phénix aux flammes saphir jailli des cendres, me demandes-tu encore de contempler ton œuvre et de désespérer ?

Je m'égare. Je parle de tactiques et de méthodes. J'explique comment je sais comment je sais. J'utilise des métaphores pour approcher par la bande l'immensité que tu représentes.

Je t'envoie cette lettre depuis une étoile qui

tombe. L'entrée dans l'atmosphère l'entamera, la mettra à l'épreuve, mais ne la fera pas fondre entièrement. J'écris en lettres de feu dans le ciel, une chute qui égale ton ascension.

Tes louanges me blessent, car si j'évoque si facilement certains sujets, si je cours sur un terrain qui te semble miné, ce n'est pour moi que de la terre. Mais ta dernière lettre… Je suis si douée pour passer à côté de certaines choses. Pour m'empêcher de voir. Je me tiens au bord d'une falaise et… Et puis merde.

Bleu, je t'aime.

Est-ce que cela a toujours été le cas ? Ou non ?

Quand est-ce arrivé ? Ou bien cela n'a-t-il jamais cessé d'arriver ? Comme ta victoire, l'amour se répand à rebrousse-temps. Il réclame notre première association, nos combats et nos pertes. Les assassinats deviennent des missions. Je suis sûre qu'il y a eu un temps où je ne te connaissais pas. À moins que je n'aie rêvé de moi comme je rêve si souvent de toi… Nous sommes-nous toujours comblées l'une et l'autre durant ces traques ? Je me souviens de t'avoir poursuivie dans Samarcande, frissonnant à l'idée de toucher les mèches déliées de tes cheveux.

Je veux être un corps pour toi.

Je veux te pister, te trouver, je veux être évitée, taquinée, adorée. Je veux être vaincue et victorieuse : je veux que tu me coupes, m'aiguises. Je veux boire un thé avec toi dans dix ans ou dans mille. Des fleurs poussent, loin sur une planète qu'ils appelleront Céphale, et ces fleurs ne fleurissent qu'une fois par siècle, quand l'étoile vive et le trou noir qui lui correspond entrent en conjonction. Je veux t'en faire un bouquet, cueilli sur une durée de huit cents ans, afin que tu puisses embrasser d'un regard notre engagement tout entier, tous les âges que nous avons façonnés ensemble.

Je deviens rhapsodique ; ma prose se violace. Pourtant, je ne pense pas que tu riras, et même si tu ris, ton rire me ravira. J'ai peut-être lu trop de choses dans la simple formule qui conclut ta lettre. (Mais je ne peux pas surinterpréter tes mots, et celui que tu as choisi n'est pas simple.) J'ai peut-être outrepassé tes limites. Et, pour être honnête, l'amour me perturbe. Je ne l'ai jamais ressenti auparavant… J'ai éprouvé du plaisir sexuel, j'ai eu de courtes amitiés, mais rien ne correspond à ce que je ressens ni ne l'égale. Alors, laisse-moi t'expliquer de mon mieux ce que je veux dire.

Jeune, j'ai recherché la solitude. Tu m'as vue alors : sur mon promontoire, patiente et ingénue.

Mais quand je pense à toi, j'ai envie que nous soyons seules ensemble. J'ai envie de lutter pour et contre. De vivre en contact. D'être un contexte pour toi et que tu sois le mien.

Je t'aime et je t'aime et j'ai envie que nous comprenions ensemble ce que cela signifie.

Amoureusement,

Rouge

Commandante convoque Rouge dans un bureau sur le terrain.

Comme d'habitude, il y a du sang partout. En grande partie gelé, cette fois ; l'odeur est moins désagréable.

L'Agence a choisi un front russe proche de la tresse principale, où les nazis ont trouvé le moyen de réanimer les morts – rien de surnaturel, mais la nature possède des formes étranges que les scientifiques de S20 n'entrevoient que rarement. Les cadavres affamés dégagent une forte odeur de champignon, ce qui suggère une intervention en aval de la part du grand adversaire. Le ciel est presque entièrement blanc, mais la neige a cessé de tomber et il commence à tirer sur le bleu – très haut, très loin.

Les soldats soviétiques ont peur, ils souffrent du froid, sont affamés. Ils vont mourir ici. Ils tiendront leur position juste assez longtemps pour que Joukov puisse en renforcer une autre, plus vitale, derrière eux. Des garçons courageux et bon nombre de filles. Ils partagent leurs derniers feux : des chansons, des blagues de chez eux, ce qui reste dans leurs flasques. Le courage ne les sauvera pas. Pas plus que les visages graves et sinistres de leurs officiers.

D'autres agents de terrain apparaissent et disparaissent, chargés de rapports, de caisses d'armes ou des corps blanchis, vidés de leurs camarades. Ils portent des trophées et des tributs. Tout le monde a l'air terrorisé. Ils sont parfaitement à leur place.

Dans l'ensemble, un bureau bien choisi.

Habituellement, Commandante opère en amont depuis une citadelle de cristal resplendissant ou quelque chose dans le genre. Parfois, l'Agence a convoqué Rouge sur une plateforme nue orbitant autour d'un astre inconnu, oubliant même de lui fournir un interlocuteur humanoïde. Seules les étoiles l'ont écoutée.

Commandante a dû être décantée – tous ses agents l'ont été. Mais il y a longtemps qu'elle s'est retirée dans sa capsule et elle parcourt désormais l'espace et le temps sous forme d'esprit désincarné, entre-tissé aux grandes machines hyperspatiales de l'Agence. Elle ne se matérialise que lorsqu'elle y est contrainte et, dans ce cas, choisit n'importe quelle forme à portée de sa main – ou n'en choisit aucune. Le plus souvent, elle contemple des abstractions et calcule des trajectoires dans le temps, considérant ses nombreux agents comme des vecteurs et des nœuds multidimensionnels. En prenant assez de hauteur, tous les problèmes deviennent simples. Tous les nœuds peuvent être défaits à l'aide de quelques morts, ou de quelques milliers.

Un tel recul a sa place quand le combat se

déroule bien. Les décisions prises loin du front sont protégées de l'insoumission et des infiltrations.

Passant devant des cadavres, Rouge s'emmitoufle dans son manteau. Pas pour protéger sa chair – elle frissonne à peine dans ce froid glacial –, mais pour garder en elle la petite flamme bleue.

Ces pertes demandent une réponse immédiate. Les décisions perdent le luxe de la distance. Commandante reste en aval, bien sûr, mais elle a fait une copie locale du déroulement des opérations, du contrôle des dommages, des missions de reconnaissance, et cette copie grimpe la tresse vers le passé pour cartographier les nouveaux fils que Jardin a tissés, les brins qui ont été modifiés, les nœuds qui ont été noués.

Les officiers sur le terrain, pour leur part, sont vulnérables. Alors ils sont construits dans des bulles temporelles fortifiées, imperméables aux causes et aux effets.

Rouge croise trois hommes qui peinent à contenir leur camarade mort et infecté, un médecin qui tente de suturer une plaie engourdie avec ses doigts gelés, et elle sait que quoi qu'il advienne ici, tout cela passera, que tous ces gens mourront.

En étant à leur place.

Rouge se baisse pour passer la porte de toile de la tente de commandement.

Commandante lui fait face, sous la forme d'une grosse femme en uniforme. Elle porte un tablier et tient des pinces ensanglantées, comme si elle n'avait pas l'habitude de manipuler des objets. Les adjudants se pressent, présentant leurs rapports sur les supports grossiers de l'époque : papiers, polycopies, cartes. Un homme est assis, inconscient, attaché à une chaise en bois. Sous la tente, il fait plus chaud qu'à l'extérieur, mais pas assez chaud pour autant. Les yeux à demi clos de l'homme évoquent des bas-fonds, des lapis.

Rouge salue.

« Sortez », ordonne Commandante à son équipe, qui obtempère.

L'homme reste. Il ne fait aucun bruit. Peut-être qu'il ne se rend pas compte de ce qui se passe, à moins qu'il espère se faire oublier.

Pour tous les sujets pratiques, elles sont seules. Rouge attend. Commandante fait les cent pas. Ses mains sont couvertes de sang et elle ne semble pas le remarquer – ou s'en fiche. Des plis d'emprunts, soucieux, barrent son visage. Ces rides appartiennent à la femme dont Commandante habite présentement le corps, mais elles lui vont. La guerre a pris un tour brutal. Rouge imagine la sensation de ces pinces dans sa propre bouche, se refermant sur l'une de ses canines ou de ses molaires, et décide : *Si c'est ainsi que ça se passe, soit.*

« Nous sommes mal en point, dit Commandante. Un long travail, minutieux, de la part de l'ennemi, des pièges en amont et en aval, tous déclenchés par un seul agent, provoquent un effet de dominos. Une opération que je qualifierais de brillante si elle ne nous avait envoyés si violemment dans les cordes. Mais nous pouvons nous estimer heureux :

leur nouvelle tresse est fragile. Nous pouvons la défaire. Et c'est exactement ce que nous allons faire. »

Commandante jette un regard en direction de Rouge, semblant surprise.

« Repos. Je n'ai pas dit "Repos" ? »

Rouge se met au repos. L'incertitude de Commandante sur un si petit détail l'inquiète. A-t-elle des raisons de s'inquiéter ? N'est-elle pas une traîtresse, désormais ?

« Nous avons planifié une solution, grâce à des calculs et à des méthodes un peu plus rudimentaires. »

Commandante pose les pinces sur une table, prend un morceau de papier et le tend à Rouge.

« Reconnaissez-vous cette femme ? »

Difficile de rester au repos. Elle prend le papier et s'oblige à examiner le dessin tracé au charbon, comme si elle cherchait dans sa mémoire un visage aperçu sur un champ de bataille, puis oublié. En observant ces traits qui hantent ses rêves, Rouge se rend compte qu'elle n'a jamais osé les fixer si longtemps, en personne, ni s'attarder sur leur souvenir.

L'homme sur la chaise gémit.

Rouge ne peut pas lui en vouloir. Que sait Commandante ? Est-ce un piège ? S'ils savaient, ne l'auraient-ils pas éliminée ? Leur plan est-il plus élaboré encore ?

« Je l'ai déjà vue, finit-elle par dire. Sur le terrain. J'ai vu ce visage lors de la bataille d'Abrogast-882. Elle en a d'autres. »

Cependant, on retrouve dans chacun d'entre eux le même calme dans le regard, la même grimace cruelle et subtile au coin de la bouche. Elle rayonne. Rouge ne mentionne pas ces derniers détails.

« C'est là que nos observateurs ont remarqué cette ressemblance. »

Dans la tente, il semble soudain faire plus froid que dehors. Des observateurs. Depuis combien de temps ? Qu'ont-ils vu ? Elle se souvient de son combat contre l'ombre.

« J'imagine que c'est l'agent qui a déclenché la cascade.

— Et qui l'a mise en place. Efficace et dangereuse. Aussi dangereuse que vous, à sa façon. »

Une ouverture.

« Je vais la mettre en haut de ma liste de cibles. »

Et nous chasserons tour à tour.

« Retournez le dessin », dit Commandante.

Quand Rouge a pris le papier, son verso était vierge. Il est désormais couvert d'un nœud multicolore qu'elle a plutôt l'habitude de voir en trois dimensions. Un fil vert, qui d'après elle devrait être bleu, serpente jusqu'au cœur de la tresse – mais il change parfois de direction pour en croiser un autre, qui est gris et devrait être rouge. Dans quelle mesure peut-elle feindre l'ignorance en restant crédible ?

« Je ne comprends pas.

— D'après ce que nous sommes parvenus à reconstituer, ses interventions en amont et en aval ont formé le cœur de cette nouvelle tresse. Mais ces détours, eh bien… Cette ligne grise représente votre propre trajectoire.

— Nous nous sommes croisées sur Abrogast-882, dit Rouge. Et aussi à Samarcande, il me semble. »

Qu'est-ce que Commandante peut savoir de plus ? Elle voit par abstractions, tensions, poids, par propositions et contre-arguments.

« À Pékin. »

Comment Rouge peut-elle justifier cette topologie qui l'amène, encore et encore, près de Bleu ? Elle réfléchit, tout en essayant de ne pas en avoir l'air.

« Vous ne me comprenez pas, répond Commandante. Nous pensons que vos chemins se sont croisés parce qu'elle a volontairement effectué ces détours. Souvent discrètement : en amont ou en aval, des altérations si minimes qu'elles sont presque indétectables.

— Que voulez-vous dire ? »

Rouge sait ce que Commandante veut dire, mais elle a aussi un rôle à jouer.

« Cet agent vous a repérée. Son comportement suggère une passion pour les gestes grandioses. Elle vous manipule. Subtilement, peut-être si subtilement que vous ne vous en rendez pas compte. Ses maîtres veulent trouver une faiblesse dans nos rangs. »

Cela pourrait être vrai. Ce n'est pas le cas, mais c'est possible. Elle sait que ce n'est pas le cas. Elle le sait.

« Je suis loyale. »

Pas exactement le genre de choses que les gens loyaux disent, mais Commandante, perdue dans ses pensées, n'y prête pas attention :

« Nous pensons qu'elle veut vous retourner. Qu'elle sème la discorde. Des détails insignifiants, qu'on remarque à peine. Elle ne cherche pas à vous tuer : nous vous avons scannée sans rien trouver. »

Quand ce scan a-t-il eu lieu ? Qui l'a effectué ? Qu'ont-ils détecté d'autre ?

« Elle attend une ouverture de votre part, poursuit Commandante. Que vous lui posiez une question, que vous établissiez le contact. Un geste si discret qu'il pourrait échapper à notre surveillance. Ce message est notre porte d'entrée. Nous l'utiliserons pour frapper. »

À l'extérieur, une pièce d'artillerie fait feu. Les oreilles de Rouge sifflent. L'homme sur la chaise gémit. Commandante ne bronche pas. Rouge ne sait pas ce qu'elle est censée faire. Elle ne devrait pas feindre la bêtise face à cette femme, mais elle a besoin du temps qu'une explication peut lui fournir.

« Que suggérez-vous ?

— Connaissez-vous la stéganographie génétique ? demande Commandante. (C'est l'une de ces questions auxquelles Rouge n'a pas à répondre.) Nos plus brillants esprits vous aideront à fabriquer le message. Nous allons mettre fin à cette menace, l'éliminer – sans ce pilier, les récentes avancées de l'ennemi seront faciles à détricoter. Agent, vous êtes un élément crucial de l'effort de guerre. »

Commandante prend une lettre cachetée sur le bureau et la lui tend. Elle serre le pli un peu trop fort, n'ayant pas l'habitude d'avoir des mains. Rouge l'accepte. L'enveloppe est maculée de sang, et la poigne de Commandante a froissé le papier.

« Suspendez toutes vos opérations en cours. Transférez-vous dans le brin indiqué ici. Mettez-vous au travail. Sauvez le monde.

— Oui, chef. »

Rouge se met de nouveau au garde-à-vous.

Commandante lui rend son salut, puis saisit de nouveau les pinces. Quand Rouge quitte la tente, l'homme sur la chaise est déjà en train de hurler.

Un camarade lève la main, il veut lui parler. Mais Rouge part en mission. Elle parvient à parcourir dix brins, un continent et plusieurs siècles dans le passé, avant de s'effondrer au pied d'un immense mur d'eau arc-en-ciel appelé Mosi-oa-Tunya, sans pleurer.

Elle observe, les yeux ouverts.

Quelque temps après, une abeille bourdonne près de son oreille et danse devant elle, parmi les gouttelettes d'eau. Rouge lit la lettre que l'insecte écrit dans les airs et une douleur étreint la flamme dans sa poitrine.

Elles peuvent réussir. Elles doivent réussir.

À la fin, elle tend la main. L'abeille vient s'y poser et plante son dard dans sa paume.

Plus tard, quand Rouge est partie, une petite araignée, étonnamment aventureuse, ramasse le cadavre de l'insecte. Puis, quand l'araignée a fini son repas, Fouilleuse la mange.

Sang de Mon Propre Cœur,

Je danse pour toi dans un corps conçu pour la douceur, un corps qui se déchire pour se protéger de ce qu'il aime. Cette lettre va te piquer quand elle sera terminée. Laisse-la faire et lis le post-scriptum dans les affres de son agonie.

Je danse – cette lettre va être très ennuyeuse –, car cette chose en moi, cette chaleur qui m'envahit, ce soleil levant qui tient à peine dans mon ciel intérieur ne veut pas se taire. Savoir que nous sommes aussi égales sur ce point – le rythme de mon sang qui bat, cette fête qui ne diminue pas, même si je la ravage –, Rouge. Rouge, Rouge, Rouge, j'ai envie de t'écrire des poèmes, et je ris, comprenant, tandis que j'enseigne ma joie à ce petit corps, riant de moi-même, soulagée. Soulagée d'être allongée sur une dalle de pierre avec un couteau au-dessus de moi, de voir tes yeux et tes mains qui le guident.

Cet abandon devrait me rassasier. Il m'a fallu tout ce temps pour le comprendre.

Rouge, je t'aime. Rouge, je t'enverrai des lettres depuis tous les temps, des lettres d'un seul mot, des lettres qui caresseront tes joues et t'attraperont par les cheveux, des lettres qui te mordront, des lettres qui te marqueront. Je t'écrirai par fourmis balle de fusil et guêpes pepsis, par dents de requin et coquilles de pétoncle, par virus et par le sel d'une neuvième vague emplissant tes poumons. Je…

Vais m'arrêter ici. M'arrêter. Ce n'est probablement pas ainsi qu'il faut faire. Je veux des fleurs de Céphale et des diamants de Neptune, je veux brûler les mille terres qui nous séparent pour voir ce qui fleurira dans leurs cendres, pour que nous le découvrions ensemble, main dans la main. Je veux te rencontrer dans tous les endroits que j'ai aimés.

Je ne sais pas comment procéder entre individus comme nous, Rouge, mais je suis impatiente que nous le comprenions ensemble.

Amoureusement,

Bleu

P.-S. : Rouge, je t'écris par piqûres, mais c'est moi, le véritable moi, qui le fais : éventrée par cet acte, agonisant les tripes à l'air dans la paume de ta main.

Si Bleu était moins professionnelle, elle chanterait en tranchant la gorge de sa cible confortablement bordée sous le couvre-lit de brocart et les draps de soie de l'hôtel *La Licorne**, qu'elle regrette presque de souiller. Sa mission la plus facile depuis son grand succès, et tout cela dans ses brins préférés ; Bleu se sent presque en vacances, elle est si détendue, si heureuse. D'autres s'occupent désormais de la nouvelle pousse, pendant qu'elle trace des sillons neufs dans la chair tendre.

Elle ne chante pas, mais le glougloutement clair du sang du comte sous ses mains lui arrache un soupir, et les ballades se pressent sur sa langue. *Oh, le comte avait bonne figure !*

Bleu n'a jamais vraiment établi de plans. Pas les siens en tout cas. Son boulot consiste à exécuter (elle éclate presque de rire en se lavant les mains, se retient), à accomplir. Elle est familière des exhortations des poètes édifiants dans une demi-douzaine de brins, des souris, des hommes, des plans, des canaux, de Panama – mais désormais, elle prévoit. Elle s'assied devant le miroir octogonal de sa chambre – qu'elle ne quitte jamais par la porte, naturellement : se conformer aux clichés à deux sous lui procure un plaisir subtil – et tresse lentement, soigneusement ses cheveux noirs. Elle appose un circuit coloré sur les brins, en tire une carte, et songe aux surfaces, aux opposés qui se correspondent, à la stupéfiante réciprocité d'un reflet. Elle sélectionne distraitement des scénarios dans lesquels recevoir et envoyer des communications, tandis qu'une main croise l'autre.

Elle a gagné, ce sentiment est familier. Elle est heureuse, ce qui l'est moins.

Elle emprunte l'escalier pour aller boire un verre avec son alibi, souriante, pensant déjà au cognac qu'elle a aperçu plus tôt, le plus rouge d'entre eux, et à la manière dont il va emplir sa bouche d'un feu délicieux.

Jardin la regarde par les yeux de l'alibi.

Bleu ne bronche pas, mais le léger legato qu'elle imprime à son allure peut passer aux yeux de Jardin pour un faux pas. Les doigts de Bleu s'enroulent sur le dossier doré d'une chaise, lentement, un sourire se forme au coin de ses lèvres. Elle tire le siège et s'assied, tandis que Jardin lui verse un verre de vin rouge pour accompagner le sien.

« J'espère que tu ne m'en veux pas de passer à l'improviste, dit Jardin, dont le regard vert et malicieux se lève vers Bleu. Mais j'avais envie de trinquer à notre succès en personne. Pour ainsi dire. »

Bleu glousse et tend la main au-dessus de la table pour serrer chaleureusement celle de Jardin.

« C'est un plaisir de te voir. Pour ainsi dire. (Bleu retire sa main, saisit son verre, lève un sourcil.) Mais quelque chose te préoccupe.

— Avant tout, trinquons. (Jardin lève son verre ; Bleu l'imite.) Au succès durable. »

Leurs verres s'entrechoquent ; elles boivent une gorgée. Bleu ferme les yeux en léchant la couleur sur ses lèvres, abolit son nom tout en s'en couvrant la langue, écoute la verdeur veloutée et profonde de la voix de Jardin.

« Tu es en danger, dit Jardin d'un ton doux, presque navré. Je veux te mettre au lit. »

Bleu ouvre les yeux, feignant une légère surprise :

« C'est très flatteur, mais j'attends d'une dame qu'elle m'offre d'abord le dîner. »

Le rire de Jardin est un bruissement de feuilles. Elle se penche en avant et Bleu se sent tomber dans ses yeux, goûtant le confort qu'ils promettent, le repos.

« Ma chère, dit Jardin, ton succès, bien qu'exceptionnel, a un petit côté, disons, ostentatoire. Même si tout est relatif. Quand tes frères et sœurs fleurissent et se fondent de nouveau en moi, toi… (Jardin passe doucement son pouce sur la joue de Bleu, avec une tendresse qui lui fait trembler la mâchoire.) Tu prends racine dans les airs, mon épiphyte. Il n'est pas difficile de t'attribuer la nouvelle croissance, à toi toute seule. Tu as toujours, poursuit Jardin en plantant ses mots dans le sourire de Bleu tel un figuier étrangleur, été trop encline à vouloir signer ton œuvre. »

Si Bleu était moins professionnelle, elle aurait l'air sonnée. Elle se mordrait peut-être la lèvre. Elle aurait peut-être muré l'intérieur d'elle-même, comme une tombe, l'aurait enfoncé dans un bois avant d'y mettre le feu, paniqué par les « quoi », les « quand », les « depuis combien de temps ».

Au lieu de cela, elle dissèque les mots de Jardin, ses regards, ses intonations, en profondeur, mais n'y trouve rien d'autre qu'un reproche bienveillant sur une vieille habitude. Elle se penche en avant, prend les mains de Jardin entre les siennes.

« Si tu m'incorpores maintenant, dit-elle d'une voix égale, nous allons perdre le terrain que nous avons gagné. Plus lentement, certes, mais ce sera un pas de côté plutôt qu'un pas en avant. Garde-moi et nous pourrons profiter de cet avantage. Tu dois le sentir… sentir la différence ? Nous sommes au bord de quelque chose.

— Les bords, traditionnellement, on s'en écarte.

— Ce sont aussi des endroits parfaits pour faire basculer ses ennemis, répond Bleu. Traditionnellement. »

Jardin rit doucement et Bleu sait qu'elle a gagné.

« Très bien. Une fois que tu auras terminé ici, va vers l'amont jusqu'à ce que tu trouves ma marque, puis douze brins au-dessus. Il y a une délicate opportunité là-bas. (Jardin recule lentement les mains.) Tu es plus précieuse que tu ne le penses, mon virevoltant. Soit prudente. »

Et puis, Jardin a disparu et Bleu fait un commentaire lapidaire sur la force du vin, tandis que son alibi retrouve ses esprits, rit, et que le soir se dissout dans l'allégresse.

Le lendemain matin, quand Bleu rend la clé de sa chambre, le concierge semble déconcerté.

« Toutes mes excuses, mademoiselle, dit-il. Il y a une erreur sur votre note… Je vais la refaire…

— Vous permettez ? » demande Bleu.

Elle ne tremble pas, n'est pas nouée ; elle tend avec assurance sa main gantée vers le document, voyant déjà ce que la bavure d'encre représente, déguisée en improbable virgule. Elle la lit sous le regard du concierge.

« Ah, oui, dit-elle d'une voix chaude et vive. Mon amie et moi avons un peu fait la fête hier soir, mais un champagne si raffiné aurait été de trop. Vous avez raison, ajoute-t-elle en souriant. Nous n'avions rien de spécial à célébrer. »

Elle froisse consciencieusement le papier taché avant que le concierge puisse le récupérer, paye la nouvelle note, sort de l'hôtel et imagine le cri de la femme de ménage, dans une heure, à la place du sien. Dehors, un gardien brûle des buissons ; sans ralentir, Bleu jette la première note dans le brasier.

Après son départ, Fouilleuse ôte la facture fumante des flammes et la mange, encore brûlante.

Chère Bleu…

Je ne peux pas…
Je
Merde
En bref :
Ils savent.
Pas tout. Pas encore.

Mais ils te connaissent. Ton coup de masse, ton piège, ton triomphe, ton émergence… Tu les as salement amochés et ils ne te laisseront pas recommencer. Jamais.

Ils savent que tu es proche de moi. Ils ont réussi à retracer notre relation, depuis ses prémices, malgré toutes nos précautions. Ils n'ont pas les lettres – je ne crois pas en tout cas –, seulement ton intérêt, notre proximité dans le temps. Ils le sentent à travers les brins, comme des araignées. Ils pensent que tu veux me retourner. Y as-tu songé ? Est-ce pour cela que tu m'as contactée la première fois, même si les choses ont évolué depuis ?

Ils pensent que tu attends que je te contacte. Que je t'envoie une lettre. Je n'ai même pas le courage d'en rire. Ils disposent de machines capables de réécrire le code des cellules, de déformer les protéines. Ils ne t'ont jamais rencontrée, ne t'ont jamais lue, mais ils en savent assez sur toi pour te briser – si tu les laisses entrer. Et ils pensent que si je t'écris une lettre, tu

Je n'arrive pas à l'écrire. Putain, je n'y arrive pas.

Ils sont si malins, et si bêtes.

Ta lettre, son piquant, sa beauté. Ces toujours que tu promets. Neptune. Je veux te retrouver dans tous les endroits que j'ai aimés.

Écoute-moi : je suis ton écho.

Je préfère détruire le monde plutôt que de te perdre.

Je vois une solution. C'est – ça devrait être – facile.

Laisse-moi partir. Et je te laisserai partir.

Je vais écrire leur lettre. L'envoyer. Ne lis en aucun cas ce que tu recevras. Si tu ne meurs pas, ils verront que leur gambit a échoué. Peut-être que l'intérêt que tu me portais n'était qu'une ruse. Peut-être que je n'étais pas encore mûre à tes yeux. Peut-être que tu as repéré le piège avant qu'il se déclenche. Peut-être que Commandante s'est trompée. Elle s'est déjà trompée par le passé, tout comme les machines.

Contente-toi de ne pas lire ma prochaine lettre. N'y réponds pas.

Et nous partirons chacune de notre côté.

Je déteste ça. Je n'ai jamais détesté autant quelque chose. Avec tout ce que tu représentes pour moi et que tu représenteras toujours, nous ne pouvons pas nous contenter de partir. Nous ne pouvons pas simplement nous quitter.

Mais je le ferai si cela te permet de survivre.

Ils vont nous surveiller plus étroitement que jamais. Nous pouvons nous battre. Nous pourchasser mutuellement dans le temps, comme nous l'avons fait pendant des siècles, avant que je ne connaisse ton nom. Mais plus de lettres. C'est fini tout ça.

Si je dois mourir, soit. Je me suis engagée dans cette guerre pour mourir.

Mais que tu meures. Que tu souffres. Qu'ils te défassent.

Je t'aime. Je t'aime. Je t'aime. Je t'écrirai dans les vagues. Dans les cieux. Dans mon cœur. Tu ne le verras jamais, mais tu sauras. Je serai tous les poètes : je les tuerai, je prendrai leur place, et toutes les déclarations écrites, dans tous les brins, te seront destinées.

Mais plus jamais comme ça.

Je suis vraiment désolée. Si j'avais été plus forte. Plus rapide. Plus maligne. Meilleure. Si j'avais été à ta hauteur. Si…

Tu n'as pas envie de m'entendre me maudire ainsi.

Tu devras brûler cette lettre. J'espère que tu pourras la conserver. J'en garde le souvenir. J'imagine tes mains sur le papier. J'imagine ta flamme.

J'aimerais pouvoir te prendre dans mes bras.

Je t'aime.

R

Rouge élabore une conclusion.

Cela lui prend plus temps qu'elle ne le pensait. Elle n'a jamais autant peiné sur une lettre. Jour après jour, elle dort dans la pièce blanche, se réveille dans cette blancheur et se douche seule. Puis les spécialistes arrivent pour l'aider à préparer le poison.

Les spécialistes parlent rarement, jamais avec elle. Elles portent des combinaisons de protection munies de visières transparentes, tandis que Rouge va pieds nus. Elles arrivent le matin et repartent le soir. Rouge, elle, reste. Pendant que les spécialistes travaillent, elle cherche leur visage : elles sont belles et calmes, comme une maison que personne n'habite, mais qu'une équipe nettoie quotidiennement. Elle ne pense pas qu'elles aient toujours été aussi calmes. Commandante les a vidées, sanctifiées dans ce but.

Le message de Rouge doit subir le moins d'interférences et de supervision possible, pour éviter que le poison trahisse son origine collective et alerte leur proie.

C'est ce que Commandante a dit. Rouge ne sait pas si elle doit croire tout cela.

Elle opère prudemment. Elle ne maudit pas les murs vides de son laboratoire désert, même quand les spécialistes sont rentrées chez elles. Elle ne veut prendre aucun risque, au cas où Commandante l'écouterait.

Elle dort et rêve de lettres.

Ce sera une plante. Elle a choisi cette forme : une plante cultivée à partir d'une graine, pour donner à Bleu toutes les chances de s'en détourner. Elle la dote d'épines. De baies d'un rouge maléfique, de feuilles sombres et huileuses. Chaque détail crie poison.

Elle s'attend à ce que les spécialistes protestent, mais elles n'en font rien.

Rien n'est plus simple que de tuer un agent de Jardin. Ils meurent comme tout le monde – et puis leurs spores se disséminent, leurs aigrettes de pissenlit portées par le vent deviennent graines, leurs profondes racines donnent naissance à de nouvelles pousses. Pour les détruire, une seule solution : une décoction pour briser les chaînes de la mémoire, emmêler la ligne du germe. Il faut viser avec soin. Les spécialistes ont des échantillons de Bleu, des gouttes de sang sur des lamelles, une mèche de cheveux qui lui appartint peut-être. Avant que Rouge trouve un moyen de les subtiliser, elles les mettent dans la marmite.

C'est une lettre de mort. Elle n'aura de sens que pour sa destinataire. Ses mots fatals seront entrelacés dans le message de Rouge, cachés, jusqu'à ce que le charme opère. La stéganographie, ou l'art de dissimuler des écrits. Un message dans un autre message.

Elle écrit, au premier niveau, une lettre assez simple, comme s'y attend Commandante : l'expression de son intérêt ; une tentation, un défi. Pas très différente de la lettre que Bleu lui a envoyée à l'époque.

Elle pense : *Ne lis pas ça.*

Elle se souvient de ce qu'elle ressentait, il y a si longtemps, en la provoquant, en se réjouissant de sa victoire. Myrtille. Bleu *da ba dee, da ba da.* Humeur Indigo. Elle tente d'opposer ce souvenir à tout ce qui est arrivé depuis.

En vain.

Quelle voyageuse dans le temps je fais, songe-t-elle.

Bleu ne se laissera pas prendre. Elle écoutera. Elle a reçu la lettre. Elle comprendra. Il le faut. Le seul futur dont elles disposent les réunit et les sépare. Elles ont vécu si longtemps sans se connaître, combattant à travers le temps. Elles étaient isolées, ne se parlaient pas, mais chacune a modelé l'autre et a été modelée en retour.

Il suffirait de revenir à ça. Pourquoi pas ?

Ce sera douloureux. Elles ont déjà souffert, pour se sauver mutuellement la vie.

Pourtant, il y a une autre voie, qu'elle ne supporte pas de tracer ; pourtant, elle n'a pas le choix, car si Bleu est subtile, elle est aussi téméraire, et c'est peut-être la dernière chance que Rouge aura.

Alors, une fois que les spécialistes sont parties, elle dissimule un autre message dans le message qu'elles ont caché dans le sien. Elle insère de nouvelles significations dans les lignes du poison et les camoufle pour que les techs ne remarquent rien, pour que même Commandante ne remarque rien. Elle l'espère en tout cas.

La stéganographie est l'art des messages cachés. On glisse un message dans une grille de mots croisés, un roman, une œuvre d'art, dans les taches de lumière d'une rivière à l'aube. Même le message secret peut en dissimuler un autre, comme ici. En mangeant l'une des baies que Rouge a conçues, l'on trouverait un message simple, et dans ce message, le poison. Et dans le poison, plus profondément, impossible à lire autrement qu'en mourant, elle ajoute une autre lettre. Une véritable lettre.

L'idée qu'elle sera lue la répugne, mais elle l'écrit quand même, car, quelle que soit la suite des événements, c'est la fin.

Et parce que c'est la fin, elle ne peut s'empêcher de rendre belle cette arme mortelle.

La graine a sa brillance. En croissant, elle lui donne une odeur. En fleurissant, elle lui donne une couleur, une profondeur. En portant ses fruits, elle lui donne éclat et goût. Même ses épines sont diaboliquement ouvragées. Elle signe d'amour un objet de mort.

Même maintenant, elle doit donner à Bleu quelque chose qui soit à sa hauteur.

Bleu ne la lira pas. Elle remarquera le piège.

Tout ira bien.

Et les choses redeviendront comme avant.

Il n'y a rien à changer, même si tout a changé.

Elles peuvent y arriver.

Quand elle a terminé, elle dort, d'un sommeil agité.

Le lendemain, le labo est fermé. Il va être détruit : une bombe, un détail de l'histoire. Rouge regarde l'explosion. On lui a ordonné de ne pas faire de quartier. Elle a quand même sauvé quelques vies, que l'histoire pouvait épargner.

Dans le nuage de poussière, elle lit une lettre.

Elle s'en va.

Plus tard une ombre se déplace parmi les cendres, mange.

Chère Rouge.

Comme bon te semble.

B

Parmi les rampants, Bleu regarde les comédiens qui se pavanent et s'agitent une heure sur la scène.

Dans cette vie, elle est l'apprentie d'un apothicaire, une étude en ombres et lumières : des cheveux noirs coupés courts sous une casquette plate en feutre, un pourpoint noir, une chemise et des collants blancs. Elle a effectué l'opération délicate de Jardin – accélérer une matrice, ralentir l'autre – et traîne maintenant dans les marges, assistant à la première d'une nouvelle pièce.

Si Bleu était une érudite – un rôle qu'elle a joué assez souvent pour savoir qu'il lui aurait plu –, elle dresserait, à travers tous les brins, la liste exhaustive des mondes dans lesquels *Roméo et Juliette* est une tragédie et ceux où c'est une comédie. Lorsqu'elle visite un nouveau brin, elle adore assister à une performance sans savoir comment elle se terminera.

Elle n'y prend présentement aucun plaisir. Elle regarde la pièce avec une ferveur intense, comme on attend une prophétie.

Elle part avant la fin.

Elle retourne à la boutique. Une plante en pot

– un croisement étrange, d'après son maître, d'if et de ciguë – est posée près d'une fenêtre. Des feuilles sombres et huileuses ; des épines d'une perfide élégance ; des baies aussi rouges que les demi-lunes que ses ongles creusent dans ses paumes chaque fois qu'elle les regarde.

La forme de la lettre est éblouissante. La sienne, beaucoup moins.

Ce qui, plus que tout, la rend furieuse.

Elle l'a fait pousser, consciencieusement, à partir d'une graine étrangement marquée, difforme, qui avait des reflets bleus dans le sachet en papier rempli de semences brun clair. Elle a observé pendant un an – tandis qu'elle attirait la vie dans un corps et la chassait d'un autre –, sa croissance ridicule, telle une promesse jamais tenue, une partition jamais jouée.

La plante est rédigée à l'aide d'une écriture géomantique évidente, une sorte de binaire grossier tiré de manuscrits levantins. Le nombre d'épines et de baies sur une branche forme des figures divinatoires – *Conjunctio*, *Puella* – dont une simple analyse des noms donne accès à un alphabet plus élaboré. *Chère Bleu, j'ai réfléchi à ta proposition, mais j'ai besoin d'une marque de confiance. Je prends des risques en communiquant avec toi, et j'ai donc déguisé la véritable lettre en poison : ingère-le et tu sauras où et quand me retrouver.*

On ne dirait même pas que c'est elle qui parle. L'idée d'un piratage ourdi par quelque visage gris de l'Agence, qui plane dans l'esprit de Rouge pendant qu'elle écrit, emplit sa bouche de colère. En rêve, elle se voit parfois à califourchon sur cette brute, en train de réduire son visage en bouillie, sauf que ses poings ne cessent de glisser, de s'écarter, et la brute rit, rit, jusqu'à ce qu'une plante pousse dans sa bouche et prononce le nom de Bleu.

Les bons jours, elle enfonce expérimentalement les épines dans ses doigts en pensant à des échardes. Les mauvais jours, elle remonte soixante-dix ans en amont, pour voir Londres brûler.

Aujourd'hui est un très mauvais jour.

Une baie est tombée. Bleu a presque crié – et s'il s'agit d'un paragraphe ? – et l'a ramassée sur le sol, l'a tenue entre le pouce et l'index, l'a posée dans sa paume, s'assurant qu'elle n'avait pas été percée par une épine, perdant une minuscule gorgée de son jus. Il n'est pas encore temps, se dit-elle ; une année n'est rien pour attendre une lettre révoquant la première, une lettre contredisant la contradiction de la première. La date limite de réponse est inscrite dans la mortalité même de la plante.

À vrai dire, Bleu se sent insultée. C'est tellement évident, si grossier. Rouge lui dit de ne pas lire sa lettre suivante – et la voilà, s'annonçant comme un poison, un test de l'intérêt de Bleu, du succès de Rouge. Si Bleu la mange, elle mourra. Mais dans le cas contraire, le camp de Rouge saura qu'elle a été prévenue, soupçonnera Rouge et la détruira.

Son cœur aurait dû être brisé par quelque chose de mieux. Cette trahison devrait avoir des crocs plus acérés. Tout ça… Tout ça. Et maintenant ceci.

Pourtant, elle caresse les feuilles. Pourtant, elle se penche pour humer la tige : un mélange de cannelle et de pourriture.

Elle a toujours su qu'elle la mangerait jusqu'à la racine.

Il y a autant de baies que de lettres qu'elles se sont envoyées. Elle les mange lentement, les yeux fermés, en écrasant certaines contre son palais, d'autres entre ses dents, faisant rouler leur douceur sur sa langue. Elles ont des arrière-goûts variés, amers, et la propriété anesthésiante des clous de girofle – frustrante quand les épines commencent à déchirer ses joues et sa gorge : elle veut sentir chaque détail.

Elle mâche les fibres de la plante en pensant à des ortolans, songe à se couvrir la tête d'un linge blanc pour une plus intime communion. Elle essuie le sang vif sur ses lèvres et rit, de plus en plus doucement, avalant chaque nuance gustative.

Elle pense : *Écœurant par son propre délice.*

Elle essuie les larmes sur son visage et les sent se mélanger, visqueuses, à son sang. Elle a l'impression de sentir, à l'intérieur d'elle-même, une torsion dans le sens contraire des aiguilles de son être.

Elle se lève, se nettoie le visage, se lave les mains et s'assied pour écrire une lettre.

Arrête.

Bleu, je suis sérieuse.

Je t'aime. Mais arrête. Ne lis pas ça. Chaque mot est un assassinat.

Très chère Bleu, ma Bleu adorée, sage farouche imprudente Bleu, n'ignore pas ce danger comme tu as ignoré la mort et le temps par le passé. Il ne s'agit pas d'un simple risque de glissade, d'un monstre croisé par hasard, d'un dragon, d'une bête des bois, d'un dieu extraterrestre qu'il te faudra piéger ou vaincre. Rien d'aussi gentil. Ces mots ont été conçus pour te défaire et ont été ciselés avec soin. Tu ne t'en remettras pas.

Pose cette lettre. Nous demeurons présentes l'une pour l'autre, en tant que souvenirs, en tant que rivales. Nous nous affronterons dans cette chasse à travers le temps, comme nous le faisions quand je t'ai vue pour la première fois. Nous pouvons toujours danser, en tant qu'ennemies. Arrête maintenant, vis, aime et lâche prise.

Arrête, mon amour. Arrête. Trouve un purgatif, un hôpital, un chaman, un de tes cocons thérapeutiques – tu en as encore le temps. Tout juste le temps.

Bordel, arrête.

À chaque ligne que j'écris, je dois t'imaginer en train de lire… et imaginer ce qui t'a poussée à lire jusqu'ici, en ignorant mes conseils, tandis que ton corps se révolte et que le poison te réclame. Cette idée me tord les tripes. Si tu lis ceci, c'est que je ne te mérite pas. Que je suis lâche. Je les ai laissés m'utiliser. Si tu lis ceci, j'ai été transformée en arme et ils m'ont plongée dans ton cœur.

Je suis si faible.

Abandonne-moi. Pars maintenant. Tu as encore une chance – même si elle est mince. Je t'aime. Je t'aime. Je t'aime.

Pars.

À toi pour toujours,

Rouge

Et pourtant, tu es encore là, n'est-ce pas ? Insensible à mes ruses, Indigo. J'espérais que tu partirais, te sauverais. Mais tu restes. Je pense que j'en ferais autant. J'espère que je serais aussi courageuse que toi. Que nous serions toutes deux prêtes aux mêmes sacrifices pour lire les dernières lignes de l'autre, écrites dans l'eau et l'éternité.

Je t'aime. Si tu lis ceci, c'est tout ce que je peux dire. Je t'aime et je t'aime et je t'aime, sur les champs de bataille, dans les ombres, dans l'encre qui s'efface, dans la glace qu'éclabousse le sang des phoques. Dans les cernes du bois, les vestiges d'une planète qui s'effrite dans l'espace. Dans l'eau qui bout. Dans les piqûres d'abeille et les ailes des libellules, les étoiles. Dans les profondeurs des bois isolés où j'errais durant ma jeunesse, les yeux levés vers le ciel – et même alors, tu m'observais. Tu t'es glissée rétrospectivement dans ma vie et je t'ai connue avant de te rencontrer.

Je connais ta solitude et ton assurance. Toi comme un poing serré, une lame : un éclat de verre dans le monde verdoyant de Jardin. Pourtant, tu n'aurais pas ta place dans le mien. J'aurais aimé pouvoir te montrer d'où je viens, main dans la main, te montrer le monde que je participe à construire et à protéger. Je ne pense pas qu'il t'aurait plu, mais j'aimerais le voir se refléter dans tes yeux. J'aurais aimé voir ta tresse, j'aurais aimé que nous ayons réussi à fuir ces horreurs et à en trouver une autre, pour nous, toutes les deux. C'est tout ce que je désire désormais. Un petit endroit, un chien, de l'herbe verte. Toucher ta main. Passer mes doigts dans tes cheveux.

Je ne connais même pas cette sensation et tu es…

Je suis désolée. Non. Si nous en sommes arrivées là, si tu t'es montrée aussi égoïste… Ce n'est pas ce que je voulais dire. Je t'aurais combattue pour toujours. J'aurais lutté avec toi à travers le temps. Je t'aurais retournée, aurais été retournée. Je ferais n'importe quoi. J'ai déjà tant fait et serais prête à recommencer, et plus encore. Et pourtant, me voilà bêtement, t'écrivant une dernière fois, et te voilà bêtement en train de me lire. Une bêtise qui enfin nous réunit.

J'espère que tu ne liras jamais ces mots. Je répugne à les écrire ; je sais que tu vas souffrir pour arriver jusque-là. Il est toujours trop tard pour dire ce qui compte. Je ne peux plus t'arrêter maintenant. Je ne peux pas te sauver. Nous n'avons que l'amour contre le temps et la mort, contre les puissances qui veulent nous écraser. Tu m'as tant donné : une histoire, un futur, un calme qui me permet d'écrire ces mots alors que je tombe en morceaux. J'espère t'avoir donné quelque chose en retour… Tu veux sûrement que je sache que c'est le cas. Et ce que j'ai fait restera, quelle que soit la manière dont ils tissent le monde contre nous. C'est terminé maintenant. Pour toujours.

Que vais-je faire, ciel ? Lac, quoi ? Merlebleu, iris, outremer, comment peut-il rester quelque chose quand tout est terminé ? Mais ce ne sera jamais fini : voilà la réponse. Il y a toujours nous.

Très chère Bleu si profond… à la fin comme au début, et dans tout ce qui les sépare, je t'aime.

Rouge

Rouge arrive trop tard.

Elle n'aurait pas dû venir du tout. Commandante va surveiller les choses de près, car c'est son triomphe, tant attendu. Rouge s'en fiche.

Elle rêve très rarement, mais rêve cette nuit, de comédiens et d'une scène vide, de Bleu écrasant une baie empoisonnée entre ses dents, et en se réveillant, Rouge hurle, trempée de sueur. Elle ne peut qu'articuler des mots sans émettre de son, sans savoir si elle est complètement éveillée, comme si un panneau de verre s'était fissuré dans son âme. Elle est prise de terreur. Elle ne fera pas confiance à l'Histoire ou aux rapports des espions.

Les fils brûlent lorsqu'on y pénètre. Elle se détache de l'air dans la rue boueuse, qui pue la merde, d'une Albion quelque part en amont. Le soleil faible dans le ciel petit-lait ne la réchauffe pas. Elle porte un pantalon, un long manteau, des gants simples ; pour les locaux, elle pourrait aussi bien être nue. Son passage provoque des remous. Elle ne restera pas longtemps. Jardin, paniquée, lance des pousses vers l'amont pour l'attraper, la traquer, la tuer ; Commandante, sentant cela, envoie ses propres agents à sa poursuite.

Qu'ils aillent tous se faire foutre.

Elle connaît la boutique, l'a observée de loin, et elle s'y engouffre, nimbée de brume, dans un mélange d'odeurs écœurantes de fruits et d'herbes en train de sécher et de métaux lourds ; chaque mur est couvert de végétaux en cours de dessiccation. Une cliente consulte le maître alchimiste, une veuve aux joues striées de larmes ; ils regardent Rouge, choqués, effrayés. Elle les fige d'un geste de ses gants. Monte l'escalier, trouve la chambre de l'apprentie. Frappe une fois, enfonce la porte.

Elle est là, affalée sur le lit.

Elle pourrait être en train de dormir, baignée de soleil, mais il n'en est rien. Le sang a déjà coagulé. Rouge voulait que le poison soit indolore, mais le peuple de Jardin – celui de Bleu – s'accroche à la vie, et défaire cette emprise demande une certaine sauvagerie. Bleu s'est battue pour… Au début, Rouge ne supporte pas de penser au mot « mourir », mais c'est de l'hypocrisie. Ceci est sa faute. Le moins qu'elle puisse faire, c'est de l'assumer. Elle reprend :

Bleu s'est battue pour mourir en paix. Rouge ne remarque la douleur que parce qu'elle sait où la chercher et qu'elle sait aussi à quoi ressemble Bleu quand elle a quelque chose à cacher.

Son visage, pourtant. La mâchoire serrée, les lèvres à peine écartées. La poitrine immobile. Ses paupières sont entrouvertes, dévoilant le blanc de ses yeux, injectés de sang.

Elle serre d'une main une lettre contre sa poitrine. Sur la lettre, le nom de Rouge. Son vrai nom. Bleu ne devrait pas le connaître. Elle n'a jamais dit qu'elle le connaissait. Une dernière confession, une ultime provocation.

La lettre est cachetée.

Le ciel devrait se déchirer.

Le monde est vide, ses multiples tresses sont des fils absurdes de chewing-gum emmêlés. Qu'elles meurent.

Rouge tombe à genoux près du lit. Elle passe les mains dans les cheveux de Bleu ; la sensation est différente de celle qu'elle imaginait, une dernière mauvaise blague. Elle les serre, touche le crâne de Bleu, sent son immobilité, et laisse ses propres sanglots la réduire au silence.

Par la fenêtre, le ciel change de couleur. Des plantes grimpantes germent dans les lames mortes du plancher. Des alarmes résonnent dans les couloirs froids de l'Agence et le soigneux ordonnancement de Jardin. Des agents démasqués, en danger, morts. Des monstres qui grimpent en amont pour la trouver, la tuer, la sauver.

Elle serre Bleu, sent sa froideur, sa raideur. Le monde frémit et le ciel s'assombrit. Jardin va peut-être brûler tout ce brin, plutôt que de risquer que son infection se répande en aval.

Cependant, tandis que le ciel devient noir et que des cris commencent à retentir à l'extérieur,

Rouge, cédant à la couardise, ramasse la lettre et s'enfuit.

Elle est rapide, féroce, et contrairement à ses poursuivants, se fiche de savoir si elle pourra retrouver le chemin de la maison. Elle glisse de brin en brin. Des villes naissent et déclinent autour d'elle. Des étoiles meurent. Des continents dérivent. Tout commence et tout échoue.

Elle se retrouve sur une falaise au bout du monde. Des champignons atomiques fleurissent à l'horizon ; un reste de reste d'homme s'éradique.

Les mains de Rouge tremblent lorsqu'elle lève la lettre. Le cachet est une tache, un point, une fin. Il se rit d'elle, aussi rouge que Rouge, affamé, et Rouge désire des dents, s'accroupir sous des dents, une caverne qui serait une bouche où elle pourrait se cacher, être mangée, avalée. Disparaître. C'est la fin. Bleu aurait dû écouter. Elle aurait dû s'enfuir. Comment a-t-elle pu mourir ainsi ? Comment a-t-elle pu mourir tout court ?

Ses premières larmes sont de colère, mais la colère se consume vite. Les larmes demeurent.

Elle glisse un doigt sous le rabat. Le sceau se brise aussi facilement qu'une colonne vertébrale.

Elle lit.

Autour d'elle, le monde brûle. Les plantes se fanent. Les vagues déposent des carcasses sur le rivage.

Rouge hurle en direction du ciel. Elle demande des comptes à des Êtres auxquels elle ne croit pas.

Elle voudrait qu'il y ait un dieu, pour pouvoir La maudire.

Elle lit de nouveau.

Un vent radioactif la balaie. Des organes cachés s'activent pour la maintenir en vie.

Une ombre se tient derrière elle.

Rouge se retourne et regarde.

C'est la première fois qu'elle voit la Fouilleuse, son ombre ; même maintenant, elle ne distingue qu'un contour, une distorsion, un cristal plongé dans l'eau claire d'une rivière… et une main, tendue. Finalement, ce n'est pas une créature de l'Agence… ni une chose de Jardin. Ce devrait être un mystère, la révélation d'un secret – une réponse.

Quelle importance ? pense-t-elle. *Qu'importe tout ça ?*

Elle fourre la lettre dans cette main tendue, vitreuse, et se jette de la falaise.

Elle s'accroche à son désespoir tandis que des pierres pleuvent autour d'elle et que d'autres approchent ; le ciel est une ruine bombardée, mais juste avant l'impact, elle craque. C'est une fin trop douce, trop facile, trop rapide. Bleu ne lui aurait pas accordé une mort aussi propre. Et puis, Rouge a toujours été lâche.

Sanglotant, jurant, anéantie, à un cheveu des rochers, elle s'échappe dans le passé.

Oh, Rouge.

Ta torsion à l'intérieur de moi. Ta vrille. Tu es un fouet qui se déroule dans mes veines, et j'écris entre le recul et l'impact.

Bien sûr, je t'écris. Bien sûr, j'ai dévoré tes mots.

Je vais tenter de me calmer, de m'ordonner pour rester lisible. Je me rabats sur le papier et l'encre, car je n'ai pas le temps, désormais, de faire autrement – et c'est un luxe, d'une certaine manière, que de pouvoir procéder ainsi. D'écrire à la vue de tous. D'écrire, aussi, au rythme de ce que je ressens des événements. C'est fascinant, d'une certaine manière, et tout ce que j'ai jamais désiré d'une ennemie. J'aimerais que tu puisses m'entendre applaudir.

Bravo, mon fruit de grenadier. Bien joué. Neuf sur dix.

(Je laisse toujours un point pour encourager la progression.)

Cette douleur dans la molaire est une touche intéressante. J'ai passé les sueurs froides et je pense que mes mains commencent à trembler ; excuse si tu veux bien les imperfections de ma plume. Tu devrais y voir des marques de ton triomphe.

Au départ, j'ai été déçue, tu sais – l'évidence de ce double bluff. Je trouve que tu as trop protesté. Mais ça a fini par fonctionner : j'ai croqué ta pomme empoisonnée. Il n'y aura pas de cercueil de verre pour moi – ce que ton Changement a toujours été – et certainement pas de prince nécrophile pour me projeter dans une autre histoire.

Tu aurais été un agent formidable pour notre camp, vraiment. Si une chose m'attriste dans tout ça, c'est ce gâchis de toi – calme, saine et sauve dans des endroits froids et hérissés de piquants qui n'osent percer ta peau.

Le diamant descend et décrit une spirale sur son sillon. J'éructe des anachronismes en me calmant. D'une certaine manière, je suis heureuse de communier sur ce point avec l'Univers. Je ne suis morte qu'une fois – la fois dont je t'ai parlé – et c'était très différent. C'est étrange : effacer quelqu'un peut lui permettre d'intégrer une histoire plus large.

Je t'aimais. Ça, c'était vrai. Et ce qui reste de moi ne peut s'empêcher de t'aimer. C'est ainsi que tu gagnes, Rouge : un coup au long cours, une main subtile, parfaitement jouée. Tu m'as jouée comme une symphonie et j'espère que tu ne m'en voudras pas d'être un peu fière pour toi, pour cette trahison magistrale.

Je te vois désormais comme le sablier rouge sur le dos d'une veuve noire, décomptant ma vie en gouttes d'un sang de plus en plus froid. Je t'imagine découvrant ce qui restera de mon corps, faisant tournoyer tes voiles de nanites pour disséquer, analyser, consommer ma dépouille. Je m'attends à ce que l'opération soit d'une épuisante minutie. Ennuyeuse, même. J'espère bien être morte avant ça.

La douleur est vraiment insoutenable. C'est merveilleux, vraiment. Est-ce ainsi lorsqu'on ne ressent plus la faim ? Beaucoup moins fatigant que l'autre option. J'aimerais pouvoir repartir en amont et…

Je pense qu'on y est. Je dois garder des forces pour sceller cette lettre. Sinon, que dirait Mme Leavitt ? Ou Bess ? Ou Chatterton ?

Merci, Rouge. Ça a été une sacrée virée.

Prends soin de toi, ma baie d'if, ma cerise sauvage, ma digitale.

À toi,

Bleu

Rouge tue le temps.

Elle arpente les voiles du passé, femme à la robe de feu et aux mains baignées par le sang de l'ennemi. Ses ongles en lames de rasoir vous entaillent l'échine ; elle vous suit comme une ombre dans de longs couloirs déserts, son pas aussi régulier qu'un métronome, inéluctable. Ange noir, elle tue par compassion dans les ruines de métal tordu de Mombasa et de Cleveland.

Commandante l'a réprimandée pour s'être exposée dans la boutique de l'apothicaire, mais elle a affirmé qu'elle avait besoin de vérifier, de s'assurer que la menace était neutralisée. Commandante l'a-t-elle crue ? Peut-être pas. Peut-être que sa survie est une forme de torture.

Elle a perdu toute la subtilité dont Bleu lui reprochait de manquer, sa vieille patience combative pour un travail bien fait. Elle abandonne ses outils, se réfugie dans les fondations physiques les plus dégoûtantes. Remporter cette bataille, perdre celle-là, étrangler ce vieil homme maléfique dans la baignoire de son appartement au sommet d'un gratte-ciel, se sentir vide parce que tout est vide :

dans la guerre qu'ils mènent à travers le temps, quel avantage gagne-t-on en assassinant des fantômes qui, grâce à un léger Changement dans les fils, reviendront à la vie ou vivront des existences différentes, dans lesquelles ils ne croiseront jamais la lame du bourreau ? Des tâches répétitives, des meurtres. Tuer et tuer encore, comme des mauvaises herbes, tous les petits monstres.

Aucune mort ne demeure, sauf celle qui compte.

Dans cet état, Rouge est inutile à l'effort de guerre. Elle pourrait aussi bien pelleter de la neige. Mais elle est un héros, et les héros peuvent pelleter de la neige si cela leur chante.

Jardin envoie des armes pour la contrer ; elles puent la verdure et jaillissent en hurlant de tresses étrangères, empruntant d'étranges trajectoires pour atteindre la région fantomatique qu'elle arpente. Des partenaires adéquats pour tuer ou mourir.

Elle visite l'Europe, parce que Bleu s'y plaisait.

Elle pense désormais ce nom dans sa tête. Que risque-t-elle ?

Elle voit Londres grandir et brûler, en amont et en aval ; elle s'assied au sommet de Saint-Paul et boit du thé en regardant des fous lâcher des bombes sur d'autres fous, qui courent sur les toitures en plomb pour éteindre les feux. Elle participe à des révoltes contre les Romains. Elle allume un grand incendie en pleine épidémie. Dans un autre brin, elle l'éteint. Elle laisse une foule en colère la mettre en pièces. Elle parcourt les rues où grouille le choléra pendant qu'à l'étage, Blake griffonne ses apocalypses. Dans certains fils, le métro fonctionne toujours, longtemps après que la ville a succombé aux robots, aux émeutes, ou a simplement été abandonnée, toute cette histoire adorée devenant une coquille vide pour des êtres qui marchent, tels des dieux, vers le ciel, et Rouge monte dans les wagons rouillés et déserts, tourne en rond, sentant une odeur de pourriture qu'elle n'arrive pas à identifier. Lâche, les rails l'appellent – il ne sert plus à grand-chose de lutter. Lâche, elle a peur de continuer et peur de chercher une fin.

Même un immortel ne peut éternellement emprunter la ligne circulaire. Elle erre dans les tunnels suintants, où grouillent des rats dotés de conscience ; ils puent et couinent, leurs queues glissent sur la brique et Rouge aimerait qu'ils l'attaquent. Ils ne sont pas si bêtes – ou alors sont cruels. Elle tombe à genoux et la marée de rongeurs se referme sur elle, les moustaches dures frottent contre ses joues, les queues s'enroulent autour de ses oreilles. Quand la vague se retire, elle est de nouveau en train de pleurer et elle pense savoir à quoi ressemble la caresse d'une mère, même si elle n'en a jamais eu.

Elle se souvient du soleil. Elle se souvient du ciel.

Rouge ne peut pas rester éternellement sous terre. Elle ne sait pas pourquoi elle a choisi cette station, mais elle quitte les rails et remonte vers la surface.

Elle va voir une dernière fois la ville, et puis…

Même calme, certaine, elle ne peut formuler ce qui suit.

Elle s'arrête, la main sur la rampe, assaillie, non pas par ce bon vieil esprit français de l'escalier, mais par d'autres, ceux qui chuchotent à votre oreille quand vous montez vers une chambre familière, vous assurant que si vous frappez, si la porte est ouverte, votre monde va changer.

Après un long moment, Rouge se rend compte qu'elle regarde fixement une fresque. Une copie de tableau ancien, qui fait la publicité d'un musée depuis longtemps réduit en cendres. La fresque survit ici, dans un métro qui ressemble à un bunker.

Un garçon agonise sur un lit, près d'une fenêtre.

L'une de ses mains est serrée sur sa poitrine immobile, l'autre traîne sur le sol. Il est beau et porte un pantalon bleu.

Rouge recule en titubant, s'adosse au mur.

La fenêtre entrouverte. Le manteau en tas à côté du lit. La boîte ouverte. Les hanches à demi relevées. La pose est juste, dans ses moindres détails, si ce n'est l'absence de lettre et le fait que le garçon de la fresque, sur son lit, ne ressemble pas du tout à Bleu. Pour commencer, ses cheveux sont roux.

Sous terre, Rouge est prise de terreur. Elle pense : *C'est sûrement un piège.* Elle se sent observée par un esprit bien plus subtil et bien plus vaste qu'elle. Mais s'il s'agit d'un piège, pourquoi est-elle toujours en vie ? Quel est ce jeu, saphir ? Une si lente victoire, ô cœur de glace ?

Le garçon mort demeure.

La perte de certains faussaires de la fin du siècle. Chatterton, ce garçon merveilleux.

Et puis, elle comprend : Bleu ne la tuerait pas. Elle le sait. Elle l'a toujours su.

Pourquoi alors ? Une provocation ? Je m'inscrirai dans le monde, afin que tu me voies dans toutes les tresses et pleures ?

Et pourtant. Rouge n'a pas compris la référence du tableau – et Commandante ne ferait pas mieux. Pour Commandante, l'art est une curiosité, un détour sur la route des mathématiques pures.

Rouge songe à la stéganographie, aux messages cachés, aux cernes des arbres.

Je vais tenter de me calmer, de m'ordonner pour rester lisible.

Elle se souvient de cette dernière lettre. *Un coup au long cours*, a-t-elle écrit, *une main subtile, parfaitement jouée*. Se souvient du moment *entre le recul et l'impact*. Se souvient du *fruit de grenadier* et à quoi sert ce fruit.

Il se colle dans la gorge. S'éparpille en une centaine de graines. Il ramène les filles de la Terre vers le pays des morts – mais la mort les renvoie.

Qu'est-ce que tout cela, à part la rêverie illusoire d'un esprit limite, qui s'accroche à des brins d'herbe face à la mort et au temps ?

Qu'est-ce que l'amour, déjà, mais…

J'aimerais pouvoir repartir en amont, a écrit Bleu.

Rouge pense : *Il reste une chance*.

Une chance ? Un piège plutôt, une tentation, un suicide au visage avenant. Chacune de ces solutions serait plus proche de la vérité.

Tout cela en supposant que c'est bien Bleu qui

a envoyé ce message – que Rouge ne l'a pas fabriqué, en cherchant désespérément des significations dans des images abîmées, qu'une torsion de la tresse voisine balaiera à jamais. L'art va et vient dans la guerre. Le tableau sur le mur du métro est peut-être dû au hasard. Elle a peut-être tout inventé.

Mais.

Il reste une chance.

Le poison de Rouge a été conçu pour tuer un agent de Jardin – comme Bleu. Il n'aurait pas eu de prise sur un membre de sa propre faction. Quelqu'un qui aurait ses codes, ses anticorps, sa résistance.

Pendant que ses agents poussent, Jardin les abrite dans des *crèches** entourées de pièges. Bleu a failli mourir dans la crèche de son enfance – élaguée, altérée. Cet épisode a créé un trou dans son esprit. Et tous les trous sont des ouvertures.

Rouge n'a aucun espoir d'approcher cette crèche telle qu'elle est. Jardin n'admet que les siens.

Bleu, telle qu'elle est, ne peut pas survivre. Rouge, telle qu'elle est, ne peut pas l'atteindre.

Mais elles ont dispersé des bribes d'elles-mêmes dans le temps. De l'encre, de l'ingéniosité ; des fragments de peau sur du papier ; des grains de pollen, du sang, de l'huile, du duvet ; le cœur d'une oie.

Des rochers attendant l'avalanche. Pour modifier une plante, il faut commencer par les racines.

Le plan qu'elle échafaude comporte d'innombrables façons de mourir, toutes douloureuses. Si Commandante la repère, elle souffrira longtemps et mourra lentement en balbutiant des hallucinations. Si c'est Jardin, elle sera décortiquée, découpée en filets et écorchée, son esprit sera enroulé sur lui-même, ses doigts cassés et tressés. L'autre camp n'a pas plus de compassion que Rouge. Elle va devoir suivre une piste qu'elle et Bleu ont effacée au fur et à mesure, éviter ses adversaires et ses anciens compagnons, pour, enfin, se jeter dans les bras de l'ennemi. Même au sommet de sa forme, elle n'aurait aucune garantie de réussir.

La décision cristallise dans son estomac comme un joyau.

L'espoir est peut-être un rêve. Mais elle va se battre pour le rendre réel.

Elle lève la main pour toucher celle du mort sur le mur.

Puis elle gravit l'escalier et commence sa fouille.

Rouge n'est pas stupide : elle entame son coup de poker par une autochirurgie. Elle s'entaille avec une lame achetée dans la Tolède du XIIIe siècle, détruit les systèmes de pistage les plus évidents. Commandante peut la suivre quand même, tandis qu'elle monte et descend sur la tresse, mais cela prend du temps et Rouge se déplace rapidement.

La première lettre est facile.

Évidemment, ils ne savaient pas encore qu'ils étaient observés. Peu de précautions ont été prises. Elle émerge de l'ombre d'un vaisseau brisé et fixe le ciel de ce monde qu'ils ont détruit et quitté. La lettre est de la cendre ; Rouge s'entaille le doigt, son sang coule dans la poudre grise pour former une pâte, tandis que le monde se fracture. Elle applique des lumières scintillantes et d'étranges sons. Elle plisse le temps.

Le tonnerre approche. Le monde se déchire en son centre.

La cendre devient une feuille de papier, dont le haut est couvert de lignes manuscrites, tortueuses, tracées à l'encre saphir.

Elle la lit, absorbant intimement les premiers mots : *C'est ainsi que nous gagnerons.*

Au milieu d'un hôpital abandonné, Rouge trouve de l'eau dans une machine à IRM et la boit. Dans un gouffre-temple, Rouge ronge des os qui sont tombés. Au cœur d'un formidable ordinateur, elle regarde à travers les circuits optiques. Dans un désert glacé, elle enfonce les échardes d'une lettre sous sa peau. Elle les absorbe, s'adapte. Trouve toutes les nuances manquantes de Bleu.

À mesure que le ton provocant des lettres change, elle doit se montrer plus inventive. Une araignée qui mange une libellule. Une ombre qui boit des larmes, absorbe les enzymes lovées à l'intérieur.

Elle se regarde pleurer dans un marais préhistorique et, même si elle sait qu'il s'agit d'un piège posé par la jeune Rouge pour l'ombre qui la suit, les larmes piquent, brûlent. Elle ne peut s'empêcher de tendre la main, d'essayer de dire, du bout des doigts : « Je suis là. » Parfois, il faut serrer une personne dans ses bras, même si cette étreinte lui fait l'effet d'une strangulation. Elle lutte contre elle-même parmi les ombres et ressent la douleur quand elle brise sa propre hanche.

Elle arpente le labyrinthe du passé en relisant les lettres. Se recrée, elle, et Bleu, qui semble si jeune maintenant, au fond de son cœur.

Elle s'accroche au texte comme à un espar en pleine tempête – Rouge, aux crocs ensanglantés, les hordes mongoles, les malédictions de l'Atlantide, une faim si aiguë, si vive, qu'elle pourrait vous fendre en deux pour laisser sortir quelque chose de nouveau. Le thé d'églantier. Les promesses de livres. *D'avoir pu t'apprendre ça.* S'occuper l'une de l'autre.

Les miettes de pain qu'elle déniche en les cherchant ! Blodeuwedd. *Tu devras pratiquement endosser sa peau.* Combien de temps a-t-elle passé à planifier cela ? *Depuis combien de temps savais-tu, mon humeur indigo ?*

Le savait-elle seulement. Les liens sont fragiles, réfutables. Les miettes ne sont peut-être que des miettes. Rouge les dévore quand même. Elle a décidé de ne laisser aucune place au doute.

Rouge est peut-être folle, mais mourir pour la folie, c'est mourir pour quelque chose.

Les agents de Commandante la flairent, la traquent. Ils la coincent dans un bateau pirate de la flotte de Koxinga qui est en train de couler ; elle les élimine rapidement, chirurgicalement, puis ôte leurs boucliers de camouflage et les revêt.

Une lettre est plus qu'un texte. Elle lit Bleu entre les lignes : des larmes, un souffle, une peau – la plupart de ces traces ont été effacées, mais quelques-unes demeurent. Elle construit un modèle de l'esprit de Bleu à partir des mots qu'elle a laissés, elle façonne son corps à l'échelle de sa lettre. Ou presque.

Enfin, Rouge se tient sur la falaise au bout du monde et tend la main, et son cœur se brise quand elle se voit pleurer dans le monde d'avant. Elle aimerait pouvoir se prendre dans ses bras, s'écraser en une féroce étreinte.

La Rouge brisée serre dans sa main la dernière lettre de Bleu, se jette dans le vide, et ne meurt pas.

La lettre reste : le cachet, la cire qui contient une goutte de sang.

Sur une île désolée, loin en amont, elle pose le cachet sur sa langue, mâche, déglutit et s'écroule.

Elle se fond avec Bleu, à partir de sang, de larmes, de peau, d'encre, de mots. Elle lutte contre la douleur de ce qui croît en elle : de nouveaux organes se développent à partir de cellules souches autosynthétisées, chassant les anciennes parties d'elle-même. Des vignes vertes s'entortillent autour de son cœur, s'en emparent, elle vomit et sue jusqu'à ce que le rythme des lianes s'accorde au sien. Une seconde peau pousse sous la sienne, qui se boursoufle, éclate. Elle se desquame sur les rochers tel un serpent, puis gît, transformée. Alors, un esprit différent évolue aux lisières du sien.

Elle se sent étrangère à elle-même. Elle a passé des milliers d'années à éliminer des corps semblables à celui qu'elle porte. L'écume de la mer transforme le lever de soleil morne en arcs-en-ciel.

La mue de Rouge n'est pas passée inaperçue.

Les fils du temps chantent au rythme des pas agiles de ses sœurs-soldates : l'Agence a senti sa trahison, le retournement de son héros. Elle n'est plus que de la viande, désormais, pour leurs dents.

Si leur colère est déjà si féroce, son prochain tour devrait les rendre fous.

Elle plonge depuis ce fil, tombe dans l'espace entre les tresses. Le temps y est différent : elle reste elle-même, mais aussi un écho de son amour, un coup manqué, un pas vraiment.

Derrière elle, les chiens aboient, les sœurs de Rouge, ses rivales, rapides et féroces ; cependant, l'une après l'autre, elles comprennent où elle va et cessent de la poursuivre. La dernière, trop forte et trop entêtée, continue, de plus en plus proche, sa main effleurant la cheville de Rouge. Mais le mur vert se profile devant elle, la grande frontière où Nos futurs deviennent Les Leurs.

Rouge se jette contre ce mur, qui ne voit que la Bleu en elle, bouillonne, commence par résister, et elle pense : *Ça y est, tentative échouée, c'est terminé.* Mais le mur s'ouvre soudain et elle le traverse en trébuchant, puis il se referme rapidement derrière elle. Sa poursuivante vole en éclats.

Rouge tombe, flotte, descendant des fils qu'elle n'a jamais osé toucher, en direction de Jardin.

Elle entre comme une lettre, cachetée de Bleu.

Elle se retrouve tout d'abord en orbite.

L'espace ici est malade. Épais. Visqueux. Elle se noie dans une lumière écœurante, aussi dense que le miel. Elle traverse le vide en ayant l'impression de glisser sur de la viande. Le froid touche sa nouvelle peau sans la brûler ; ses poumons manquent d'air, mais elle n'a pas besoin de respirer. À la fois lointain et trop, trop proche, un soleil brille ; un soleil qui est un œil avec une grande pupille en forme de sablier, semblable à celle d'une chèvre ; il balaie l'espace, cherchant des faiblesses à améliorer, à exploiter. Ici, toutes les étoiles sont des yeux qui cherchent sans cesse. Les prophètes de Rouge fulminent contre un univers indifférent ; ici, dans le domaine de Jardin, tout le vaste monde s'intéresse à vous.

La planète autour de laquelle Rouge tourne est devenue obsolète, elle le sait : ses nouveaux organes l'en ont informée. Un espace fluide et épais s'ouvre. Des racines pivotantes vertes descendent de cette brèche, enveloppent le globe et, avec la force d'un élagueur délicat, le réduisent en poussière, aspirant la vie de ses fragments jusqu'à ce qu'il ne reste plus que des cendres. Ces nutriments sont attendus ailleurs.

L'œil qui est un soleil passe à côté d'elle, et Rouge est brûlée par la fureur de son regard.

Elle a commis une terrible erreur. Elle est stupide, elle va mourir loin de chez elle. Comment a-t-elle pu penser connaître cet endroit par des lettres, par les souvenirs d'une amie ? Comment a-t-elle pu être si sûre d'elle, comment a-t-elle pu croire qu'elle avait assez de Bleu en elle pour survivre ici ? Et si elle a mal évalué cela, connaît-elle vraiment Bleu ?

Ces pensées cherchent précisément sa perte : des fissures que les racines peuvent exploiter.

Elle pense à Bleu et ne rompt point.

L'œil poursuit son chemin, puis Rouge en fait autant, sans trahir son soulagement.

Elle parcourt les nombreux mondes de Jardin. Ici, même l'espace lui est hostile. La mousse dégage des vapeurs soporifiques ; les spores dérivent, cherchant les poumons des traîtres où elles pourront nicher. Des constellations phosphorescentes scintillent dans le ciel et des vignes se mêlent aux galaxies ; les lignes d'immenses troncs enjambent les gouffres stellaires. La vie bourgeonne et fleurit, même dans les fournaises en fusion au cœur des étoiles. Rouge est perdue.

Elle cherche Bleu. Elle escalade une mangrove qui pousse dans un océan de mercure, des araignées aussi grosses que ses mains lui tombent dessus et chatouillent l'arrière de ses bras, de son cou, avec la légèreté d'une plume. Leurs soies l'interrogent et elle répond à chaque défi par un souvenir de Bleu. Bleu qui tresse des herbes. Bleu qui prend le thé. Bleu, le crâne rasé, qui vient voler Dieu. Bleu qui brandit un gourdin, un rasoir ; Bleu qui enfante des futurs.

Les araignées la marquent de leurs crocs, une manière périlleuse de donner des indications. Mais bien que ce savoir brûle dans ses veines, la femme que devient Rouge ne meurt pas.

Elle grimpe en amont. Elle travaille lentement, avance avec précaution.

On nous cultive, je pense que tu le sais, a écrit Bleu. *Nous nous enfouissons dans le tressage du temps. Nous sommes la haie, tout entière, des bourgeons de rose avec des épines en guise de pétales.*

Rouge trouve l'endroit. La sagesse des araignées la conduit à une clairière verte de vignes et de papillons, où s'épanouissent des fleurs plus blanches que neige, dont le cœur est un simple point écarlate. Rouge descend au pays des fées.

Il ressemble à l'un des tableaux que Bleu affectionne, mais Rouge sent les dangers qui l'entourent. Les roses dégagent des effluves narcotiques : *Viens te reposer parmi nous pour que nos épines puissent franchir tes oreilles et atteindre la douceur qu'elles renferment.* Un tapis d'énormes papillons aux ailes grises s'envole des branches d'un saule pour venir voleter autour d'elle, se poser sur elle, goûter ses lèvres de leurs proboscides. Des ailes plus coupantes que des rasoirs raclent contre ses tendons. L'herbe pousse pour amortir ses pas, mais Rouge sent la force que la végétation contient sous ses pieds. A-t-elle assez de Bleu en elle ? Si cet endroit découvre qui elle est vraiment, elle mourra sur-le-champ : entaillée par les ailes des papillons, étouffée par les herbes, réduite à de la nourriture pour les roses.

Mais elle est à sa place ici. Cet endroit appartient à la nouveauté, à la Bleuité qui l'habite. Tant qu'elle n'a pas peur. Tant qu'elle ne tremble pas, tant qu'elle ne donne pas au bosquet une raison de se méfier.

Une aile de papillon s'immisce entre ses paupières, mais elle ne crie pas, ne vomit pas, ne s'entaille pas le globe oculaire.

Elle est chez Bleu. Elle ne donnera pas à cet endroit le plaisir de la tuer.

Le pollen épaissit l'air de sagesse. Marcher, c'est nager, alors elle nage, à contre-courant, vers l'amont, le long de la racine pivotante qu'est ce bosquet, vers un passé que Jardin a entouré de murs et de piquants pour protéger la terre fertile où poussent ses agents.

Des graines plantées, des racines qui fouissent le temps.

Rouge nage en direction du cœur végétal du bosquet, entourée par les dispositifs verts et humides qui permettent à Jardin de faire croître et de nourrir ses outils, ses armes. Pourtant, elle regarde ailleurs, avec des yeux humains, et elle se tient sur le versant d'une colline, près d'une ferme, en automne.

Là est allongée la princesse.

La princesse est une créature d'épines, de lisières et de flammes. Elle est une arme grandiose, incomplète, poignante et magnifique. Des rangées de dents luisent dans sa bouche.

Rouge regarde ailleurs et elle est une fille endormie sur le versant d'une colline.

Toute petite, a écrit Bleu, *je suis tombée malade*.

Quand elle aura grandi, elle sera prête à faire la guerre. Mais elle n'est pas encore Bleu.

Rouge s'approche. Les yeux de la princesse s'ouvrent, dorés, resplendissants – et sombres, profonds, humains, les deux à la fois, un piège à l'intérieur d'un piège. Sublime petit monstre, elle cligne des yeux, s'étire entre rêve et réveil.

Rouge se penche sur son lit et l'embrasse.

Ses dents entaillent la lèvre de Rouge. Sa langue jaillit pour laper le sang versé.

Durant ces longs jours passés dans le labo, Rouge a gravé le poison dans sa mémoire, tandis qu'elle transformait les baies en paragraphes : un poison affamé, destiné à retourner les défenses de Bleu contre elle, à obliger Jardin à l'élaguer, à la dévorer de l'intérieur.

Le sang qu'elle donne à boire à Bleu a un arrière-goût de ce poison – et de l'antidote de Rouge, de sa résistance. Un petit virus qui, si cela fonctionne, teintera la jeune Bleu d'une délicate nuance de Rouge.

J'avais été compromise par l'ennemi.

Prends ce morceau de moi, pense Rouge. *Porte en toi cette racine nourrie par ce qui devrait la tuer*. *Porte chaque jour cette faim. Laisse-la te protéger, te guider, te sauver.*

Comme ça, quand le monde, Jardin et moi croirons que tu es morte, certaines parties de toi s'éveilleront. Vivront. Se souviendront.

Si ça fonctionne.

Le regard de la jeune fille qui deviendra Bleu est fixé sur elle, confiant, encore empli de la douceur des rêves. Elle goûte ce qu'on lui offre, y reconnaît la douleur, l'avale.

La faim galope, écarlate, dans les veines de la jeune fille, se répand à travers ses racines dans tout le vallon ; elle pulse et éclate en pétales de fleur, calcine les ailes des papillons. Le bosquet brûle. Rouge s'enfuit. Des papillons embrasés foncent sur elle ; ils creusent des sillons dans ses jambes, dans ses bras, ses entrailles, mais cautérisent les blessures qu'ils infligent. L'un d'eux sectionne le petit doigt de Rouge. L'herbe attrape sa jambe, arrache la peau d'une partie de son mollet droit, mais l'herbe, elle aussi, est flétrie par la faim et Rouge s'en écarte, perdant du sang, puis cherche à tâtons son chemin vers l'amont, vers le camp qu'elle a trahi, vers une sécurité qui n'est plus.

Mais elle n'a pas d'autre endroit où aller.

La lourdeur épaisse et visqueuse de l'espace n'est plus en paix. La colère tend la peau des mondes. Les yeux qui sont des étoiles cherchent un traître.

Jardin la traque.

Rouge est rapide, intelligente, puissante et elle souffre. Sortie du bosquet, la discrétion n'étant plus de mise, elle déploie son armure, ses armes, et transforme sa fuite en combat. Le moins que l'on puisse dire, c'est que ça ne se passe pas très bien. Les étoiles qui sont des yeux la coincent entre les possibles. Elle lutte contre des racines pivotantes géantes dans le vide. Parvenant à s'arracher à leur emprise, elle perd son armure, des os, des doigts, des dents. Elle recourt à son dernier engin de guerre secret, brûle les racines, aveugle les yeux… Toutes les étoiles s'effondrent et explosent en même temps, et Rouge tombe dans une faille entre les mondes, comme dans une bouche béante.

Elle dégringole entre les fils, dans le silence et l'absence de temps, et finit par s'écraser, brisée, ensanglantée, à peine consciente, dans un désert entre deux vastes membres de pierre.

Elle lève les yeux, regarde et, d'une voix cassée, rit.

Alors, les légions de Commandante fondent sur elle comme la nuit.

Le monde de Rouge se résume à une cellule.

Ils l'en sortent parfois pour lui poser des questions. Commandante en a tant, qui sont toutes des variations autour des basiques « pourquoi », « quand », « comment », « quoi ». Ils pensent déjà savoir *qui*.

Quand Commandante lui a posé ces questions pour la première fois, Rouge a souri et lui a dit qu'il fallait demander plus gentiment. Alors, ils lui ont fait mal.

La deuxième fois que Commandante lui a posé ces questions, Rouge lui a dit, une deuxième fois, qu'il fallait demander plus gentiment. Ils lui ont de nouveau fait mal.

Parfois, ils offrent de la douleur. Parfois, un steak et la liberté, un mot qui a vraisemblablement un sens pour eux.

Cependant, quand elle ne subit pas d'interrogatoire, le monde se résume à cette cellule, à cette boîte : des murs gris qui se rejoignent audessus d'elle ; un sol plat et gris ; des coins arrondis. Un lit. Des toilettes. Quand elle se réveille, elle découvre de la nourriture sur un plateau.

Lorsqu'ils viennent la chercher, une porte s'ouvre en un point aléatoire de la paroi courbe. Sa peau est à vif. Il y a des trous aux endroits où se trouvaient ses armes.

Elle les soupçonne d'avoir construit cette prison spécialement pour elle. Ils la traînent le long d'autres cellules, toutes vides. Peut-être veulent-ils qu'elle se croie seule.

Le garde vient la chercher un matin. Elle a décidé que lorsqu'elle dort, c'est la nuit, et que lorsqu'elle se réveille, c'est le matin. En l'absence de soleil, qui s'en soucie ? Ils la traînent dans un autre couloir étroit. Commandante attend. Pas de pinces cette fois. Commandante semble aussi fatiguée que Rouge. Elle a appris l'épuisement lors de leurs nombreuses séances, au cours desquelles Rouge a appris la peur.

« Parle, dit-elle. C'est la dernière fois que je te le demande. Demain, nous allons te démonter et passer les pièces au crible pour trouver ce que nous voulons savoir. »

Rouge lève un sourcil.

« S'il te plaît », insiste Commandante, froide comme l'acier.

Rouge ne dit rien.

Elle ne pense pas aux fruits de grenadier. Elle n'ose espérer. Elles n'ont jamais eu qu'une chance. *Et même si cela a marché, même si elle est réveillée, qui te dit qu'elle va venir te chercher ?*

Tu l'as trahie.

Rouge ne pense pas.

Le garde la traîne de nouveau dans le long couloir désert et s'arrête devant la porte ouverte.

Rouge, prête à être une fois de plus jetée dans son petit monde gris, tourne la tête. Le garde l'observe, ses yeux sont immobiles, scrutateurs ; sa bouche tordue forme une ligne cruelle et subtile.

« Pourquoi fais-tu ça ? »

Une voix bourrue, grave. Ils ne sont pas censés parler aux prisonniers.

Rouge est toujours partante pour papoter. Car… demain, c'est la fin.

« Certaines choses ont plus d'importance que la victoire. »

Le garde réfléchit. Rouge l'a cernée : idéaliste mais non qualifiée, espérant gravir les échelons en se montrant fiable. Pourtant, sa désertion lui délie la langue.

Bleu aurait été impressionnée.

« Tu t'es introduite dans Jardin et en es ressortie, mais tu ne veux pas nous expliquer comment. De ce fait tu ne fais plus partie de notre camp. Pourquoi ne pas les avoir rejoints quand tu en avais l'occasion ? Et nous trahir ? »

Quel sérieux. Rouge était jadis comme cela.

« Jardin ne nous mérite pas. Pas plus que l'Agence. »

Par « nous » elle veut dire elle et Bleu, où qu'elle puisse être – si elle est vraiment. Elle veut dire tous les fantômes, dans tous les fils, qui meurent dans cette guerre ancienne et malade. Même ce garde.

Rouge lui offre cette vérité à la dernière minute. Cela lui sauvera peut-être la vie.

Le garde la jette quand même dans sa cellule.

Rouge heurte le sol et glisse. Elle s'immobilise et ne relève pas la tête. Quelque chose bruisse derrière elle. La porte de la cellule se referme. Tout sera bientôt fini. Elle a fait de son mieux. Le garde s'éloigne, ses bottes résonnent dans le couloir, lourdes, régulières, lentes.

Quand Rouge lève les yeux, un petit rectangle de papier blanc est posé sur le sol.

Elle se précipite vers l'enveloppe, la serre contre elle.

Son nom. Une écriture qu'elle connaît.

Elle se souvient de la poigne du garde sur son bras. Se souvient de sa voix. Était-elle familière ?

Elle déchire l'enveloppe avec son pouce et lit ; dès la deuxième ligne, sa joue est douloureuse, tant elle sourit.

Mon cher Objet Hyper Extrêmement Rouge,

Je ne savais pas ce que tu allais faire.

Je veux m'expliquer – moi, ce moi que tu as sauvé, ce moi que tu as infecté, ce moi qui depuis le début était lié à toi comme un ruban de Möbius.

J'ai planté ta lettre. Je l'ai regardée grandir. Je m'en suis occupée et ai pensé à la nourrir de mon sang, la dotant d'une bouche par laquelle je pouvais te parler. Tu m'as dit de ne pas lire. L'idée de ta *naïveté** m'a charmée et, simultanément, l'idée d'une trahison m'a brûlée. C'était l'une ou l'autre : comment pouvais-tu imaginer que ton échec pour m'éliminer aurait d'autre résultat que ta propre mort ? Comment aurais-tu pu ne pas comprendre qu'il s'agissait d'un test ? Comment, à part en ayant suffisamment confiance en ta conquête pour savoir que je me sacrifierais pour toi, motivée par le spectacle maladroit de ta souffrance ?

Dans les deux cas, il n'y avait qu'une option. Pour te protéger – quelles que soient tes intentions –, je devais te soumettre.

Ce n'était pas difficile. Pour être franche, Rouge, la lecture de ta lettre a été plus ardue.

Quand tu m'as dit que tu n'écrirais plus, quand tu as dit… C'est la seule lettre de toi que j'ai eu envie d'effacer. Si je suis honnête, c'est en partie pour ça que j'ai mordu à l'hameçon. Être défaite, après ce dernier message… Être détruite par toi était plus facile, vraiment, que de vivre avec ce que tu proposais.

Mais je suis avide, Rouge. Je voulais le dernier mot comme le premier.

J'espère que tu n'as pas trop mal pris ma réponse. Je sais que tu n'as peut-être pas été la première à la lire. Je veux que tu saches : je suis morte en pensant que si quelqu'un pouvait me maintenir en vie, ce serait toi. Une pensée un peu prétentieuse, je l'avoue : l'idée que j'étais morte de mes propres mains et que les tiennes m'avaient ressuscitée.

Tu te souviens que je t'ai promis une infiltration dès ma première lettre, t'ai mise au défi de m'infecter. Je ne pouvais pas savoir alors – et toi non plus – à quel point tu faisais déjà intégralement partie de moi, me protégeant du futur. Rouge, tu as toujours été la faim à l'intérieur de moi : mes dents, mes griffes, ma pomme empoisonnée. Sous le châtaigner qui s'étale, je t'ai faite et tu m'as faite.

Bien sûr, la guerre fait toujours rage, mais cette stratégie est inédite. Que dirait Gengis si nous construisions un pont ensemble, Rouge ? Imagine que nous traversions la brûlure des fils et des enchevêtrements, que nous coupions les nœuds de la tresse… Imagine que nous désertions, pas pour le camp opposé, mais pour nous retrouver ? Nous sommes les meilleures dans notre domaine. Et si nous tentions quelque chose que nous n'avons jamais fait ? Si nous essayions d'inciser, de tordre et de tirer sur la tresse jusqu'à ce qu'elle nous accorde un endroit en aval ? Si nous essayions de plier la fourche de nos Changements en une double hélice, autour de notre paire de base ?

Et si nous érigions un pont durable entre nos Changements : un endroit où nous pourrions être voisines, avoir des chiens, boire le thé ?

Ce sera un jeu lent, au long cours. Ils nous traqueront plus férocement qu'ils ne nous ont pourchassées individuellement, mais quelque chose me dit que ça ne te dérangerait pas.

J'ai gagné un peu de temps : tu as cinq minutes pour t'évader. Instructions au verso, même si je doute que tu en aies besoin.

Je me fous de qui remportera cette guerre, Jardin ou l'Agence – vers les Changements desquels se tord l'arc de l'Univers.

Mais peut-être est-ce ainsi que nous gagnons, Rouge.

Toi et moi.

C'est ainsi que nous gagnons.

RÉFÉRENCES

Ozymandias, sonnet de Percy Bysshe Shelley (traduit par Cl. Dandréa)
The Futur's So Bright, titre de Timbuk 3
In Memoriam A.H.H., poème de Lord Alfred Tennyson (traduit par Cl. Dandréa)
Jabberwocky, poème de Lewis Carroll (traduit par G. Leclerq)
The Sedge, poème de John Keats (traduit par J. Bétan)
Manfred, poème de George Gordon Byron, dit Lord Byron (traduit par B. Laroche)
Ontario Sucks, titre de The Three Dead Trolls in a Baggie
Blue (Da Ba Dee), titre d'Eiffel 65
Mood Indigo, titre de Duke Ellington
Ain't No Mountain High Enough, titre de Marvin Gay
Mighty Quinn, titre de Bob Dylan (dans la traduction, l'adaptation par Francis Cabrel)
A *Red, Red Rose*, poème de Robert Burns (traduit par G. Gâcon et P. Bensimon)
Proverbes 3:15

David Copperfield, roman de Charles Dickens (traduit par P. Lorain)
Macbeth (Acte V, scène 5), pièce de William Shakespeare (traduit par F-V. Hugo)
Roméo et Juliette (Acte II, scène 6), pièce de William Shakespeare (traduit par B. Laroche)
1984, roman de George Orwell (traduit par A. Audiberti)
#0000FF, titre de Jasmine Sokko

Le Livre de Poche s'engage pour l'environnement en réduisant l'empreinte carbone de ses livres. Celle de cet exemplaire est de :
200 g éq. CO_2
Rendez-vous sur
www.livredepoche-durable.fr

Composition réalisée par Soft Office

Achevé d'imprimer en février 2023 en France par
Maury Imprimeur – 45330 Malesherbes
Dépôt légal 1re publication : mars 2023
N° d'impression : 268561
LIBRAIRIE GÉNÉRALE FRANÇAISE
21, rue du Montparnasse – 75298 Paris Cedex 06

79/3891/5

Screenplay	Terry Gilliam and Charles Alverson
Directed by	Terry Gilliam
Produced by	Sandy Lieberson
Executive Producer	John Goldstone
Cast includes	
Dennis Cooper	Michael Palin
King Bruno the Questionable	Max Wall
Chamberlain	John Le Mesurier
Mr Fishfinger	Warren Mitchell
Griselda Fishfinger	Annette Badland
Princess	Deborah Fallender
Squire	Harry H. Corbett
Landlord	Bernard Bresslaw
Poacher	Terry Jones
Herald	John Bird
2nd Herald	Neil Innes
Merchant	Frank Williams
Other Squire	Rodney Bewes
A Guard	John Gorman
Another Guard	Brian Pringle
A Prince	Simon Williams
Armourer	Brian Glover
Bishop	Derek Francis
Merchant	Peter Cellier
Merchant	Anthony Carrick
Fanatic	Kenneth Colley
Fanatic	Graham Crowden
Fanatic	Christopher Logue
Landlord's Wife	Alexandra Dane
Large Knight	Dave Prowse

And a cast of thousands!

A Michael White Presentation

Ralph Hoover

Pan Original Pan Books London and Sydney

JABBERWOCKY

First published 1977 by Pan Books Ltd,
Cavaye Place, London SW10 9PG

ISBN 0 330 25012 4
Printed in Great Britain by
Richard Clay (The Chaucer Press) Ltd, Bungay, Suffolk

Preface

by R. N. A. P. Rnap, PhD, C & A, MCC, BLT

They were neither the best of times, nor indeed the worst of times. Time did not exist. Existence did not count. The Heavens reeked with sulphurous portents while Scorpio was astride the Goat in the Seventh Quadrant. From green hills and dusky woods, dewy swards and the crag of naked granite, echoes of iron upon iron foretold the dawning of the Dark Ages.

An unHoly scream in the Night!

The unbearable rasp of an alarm clock being wound up for the next twelve centuries!

Rome had upchucked in Italy. The Greeks had pawned their destiny, and lost the ticket while fiddling about in those filthy baths we all know about. Constantinople was a dying city full of bearded outriders from the East. In fair Avignon, his Holiness slipped a disc, and the wheels turned up three lemons and a handful of crisps.

Yet in Albion, the Age of Chivalry was in full flower long before the effeminate Normans arrived in their claret-stained tunics to serve dirty little snails caked in garlic to a beastly ruler whose name will live in History as long as free men everywhere continue to line their bureau drawers with pages of *The Times*.

It was no champagne picnic for the coalminers either, although a decent-looking Knight could have his pick of the farmers' daughters. In short, a hundred different excuses could be offered but History does not repeat itself . . . but History does not repeat itself . . . but History does not . . . but History . . . does not . . . it does not.

Part One
From the Halls of Paddington

chapter one

Dawn's first light spilled, with nauseating glee, across the grey crenellations of the eastern ramparts. A glorious day was unfolding over God's favourite island, yet all this rosy light, this fragrant breeze, the pellucid air of early Spring was in vain. To the slumbering inhabitants of the great walled city of Flagelot, this morning would mark the eighteenth day of dreadful siege.

In his castle chambers, King Bruno lay dreaming a delightful fantasy. His unconscious had conjured up the form of a white knight errant whose magic lance was capable of miraculous combat in the service of King Bruno's favourite cause: the war on dirty floors. In truth, the noble King was obsessed with his castle housekeeping. At this very moment in the dank corridors outside the Royal Bedchamber, an army of his scrubbers, old crones in their early twenties, were down on their hands and knees doing battle with centuries of fossilized muck and grime. No doubt these unfortunate scrubbers regarded themselves as extremely lucky to be where they were this morning: crouched painfully in the shadows of the royal keep.

In the city of Flagelot itself, every man, woman and child who had managed to bribe his way inside the walls likewise regarded himself or herself as the object of extraordinary good luck. For even corrupt, stinking, overpopulated Flagelot, whose merchants were notorious thieves, whose taverns were cesspools of every kind of human vice, whose local police were sadistic jackals, even this foul city was better than being sucked to death.

Such was the fate of all those who remained outside Flagelot's walls. Eighteen days before, a terrible scourge had entered the realm of King Bruno the Questionable in the shape of a ravenous monster. Neither the youngest babe nor the tastiest sample of virginal sauciness was exempt from this beast's diet of human flesh. Were there no limits?

Those who wished for a quick answer to this question were advised to remain in their villages: the monster would soon oblige. Death in the clutches of this monster was the most revolting a man could imagine, worse even than the punishments meted out in King Bruno's courts. The monster was unusual, as far as monsters went, in that he seemed particularly fussy about his food, a picky eater, and a toothless one. According to those who had eye-witnessed his meals (and managed to survive), the monster refused to eat either human bones or human brains. He left his victims lying on the ground like carcasses of fish, all flesh removed except from the vaguely familiar head.

It was reported that when he dined on his victims, a most terrifying noise was heard. 'Like he had a bleeding whirlwind down his gullet, sucking it all off the poor bastard,' was how one survivor described it to the King.

First news of the monster reached Flagelot in the form of a man called Dick Lugo, a dwarf of most unsavoury reputation, a fugitive from the King's justice. Dick Lugo lived with his brother, Hump, in the deepest forest near the eastern frontier of the realm. Together they preyed on the King's game as poachers, ensnaring any furry beast unlucky enough to cross their booby-trapped terrain. Poor Hump. Poor, poor Hump. Luckily, Dick thought, *he* had been poaching in a different section of the forest that afternoon. It was only the next morning when, alarmed at Hump's absence, Dick went to search, that he found his brother's remains sprawled in a meadow, his poacher's sack beside them in the wild flowers, empty. The grisly bones nearly drove the dwarf mad: he immediately vowed to quit poaching and the forest forever. Six hours later, he reached the city and made the mistake of trying to soothe his jangled nerves in one of Flagelot's infamous public houses. Perhaps it was the sour, polluted wine? The dwarf was soon pouring out his story to anyone who would listen. Unfortunately, one of those who overheard was a member of the King's Questionable Guards, Deep Forest Division, on a three-day leave. Recognizing Dick Lugo as a wanted poacher, he ordered the dwarf straight to the King's dungeons.

The next morning Dick was quickly tried and executed despite his efforts to alert the bemused, disbelieving judge, the King's Chamberlain, to the terrible – the terrible what? – which had devoured his brother. In cases of poaching, although this was a capital crime, the King's justice was merciful. The dwarf's sufferings were cut relatively short. He merely had his hands and feet amputated and was hung upside down over the ramparts to bleed to death – in a matter of hours.

That very afternoon three more country-dwellers arrived from the hinterlands to tell the same terrifying tale. But this time one of the men had actually seen the monster: watched it suck to death his wife and her aged mother outside their cottage on the fringes of a village called Sumping Beck. This man's account was so harrowing, so piteous, that the King, when informed of the details, ordered a Royal Commission to investigate. Two days later, the Royal Commission itself was sucked to death on the banks of the River Spew. From this moment, the news spread across the realm like an epidemic of drooling fever.

The response of the country folk was unanimous: mass flight to the sanctuary behind the great walls of Flagelot. To the citizens, the merchants and inkeepers of the city, this invasion of simple folk was not altogether unwelcome. In truth, it provided these monsters with the opportunity of a lifetime.

chapter two

In his chamber, the King's Chamberlain suddenly awoke to the second ear-splitting cry of the cock. For a moment he drifted, let his eyes close, his arm reached for the fluffy pillow to block out the light. The bird let out a third bloodcurdling screech. Passelewe sat bolt upright, reached for the small iron ring hanging by a cord behind his bed, and gave it a yank. Mounted in an unusual iron cage high on the opposite wall, this morning's rooster was staring down at Passelewe with a bloodshot yellow eye, gathering wind for another ear-splitter. All the wretched bird heard was a 'click' just before the heavy steel blade which Passelewe had released went slicing clearly through its feathered neck, landing in the grooved bottom of the cage with a loud thunk! 'Off in three, miserable chicken,' crowed Passelewe. 'Three' was not bad.

In less than ten minutes, the Chamberlain was on his way to the morning's first appointment, the ritual 'Awakening' of the King. With a taper to light his path, Passelewe carefully probed his way through the hazardous corridors of Flagelot castle. Although it was dawning bright and cloudy outside, within the castle walls it was as cheerful as a bat's armpit. Here and there, a sconce burned high above on the wall, marking a place where the King's workmen were furiously labouring to halt the disintegration of stone and mortar. Everywhere in the gloom were scrubbers on hands and knees, grinding their rags into the floors by the dim light of little candle stubs. Passelewe was careful to keep his eyes up high where the danger would come from – a collapsing ceiling, a ton of mouldering wall. He kept tripping over the scrubbers, stepping on them. 'Excuse me, my lord. A thousand pardons, my lord,' they cried at his ankles.

Twenty minutes after he had set out, and after several mistaken turnings, Passelewe rounded a corner which led him to the great oak door of the King's Bedchamber. Passelewe set his shoulder to the door. After great effort, it began to glide across the stones and reveal, inch by inch, the interior of what sounded like a ward for consumptive horses. King Bruno's snoring was famous throughout Flagelot's court, especially to those maids who, in earlier times, had enjoyed the rare privilege of spending a night with the Questionable. Passelewe was immune to the racket. Once he'd got the door open wide enough to squeeze inside, he headed for the drapes. Drawn back, they revealed a tiny window, set into the upper wall, which let a thin ray of sunshine into the room. With the light falling across it, the huddled figure of the sleeping King began to twitch and yelp in a manner which could only be compared to that of a cowardly goat being beaten by its sadistic master. Ah, thought Passelewe, the Questionable is dreaming.

At a table along the far wall, he began to prepare the ritual Tub. First he poured fresh rainwater into a large basin, next he added the secret extracts prescribed by Marvin, the Royal Quack, taking care to get them in proper proportion, and finally he decorated the Tub with a sprig of fresh lavender and several orange blossoms. Muttering a brief oath over the lovely Tub, he turned with it in his arms and faced the twitching, mewling sheets. 'Come sire, it is time to break your fast.' Passelewe dumped the Tub's contents on the King's bottom in one graceful swoop.

'Yeeeeee!' screamed the wrinkled gnome as he catapulted into the air: the King of all Flagelot.

'Good morning, Your Majesty.'

'Ah, yes, good morning, Passelewe. Thank you.'

'No need for thanks, sire. I am at your service.'

'Thanks just the same,' said the King, standing in his drenched nightshirt, shivering beside the bed.

'Here, let me find your robes, sire,' said the Chamberlain, fishing through a mound of garments in a corner of the room. 'I believe there is a haunch left over from yesterday's lunch. Perhaps some marinated coxcombs, if you desire. Shall I tell the cook you wish breakfast served in your room? Allow me to inform you: there is a delegation of some importance awaiting you this morning. Perhaps you wish to take your meal in the Great Hall?'

'Whatever you say, my loyal friend, just give me some clothes if you would. What's the *trouble* there?'

'Nothing, sire. I'm looking for the cleanest robes I can...'

'*Never mind* that, Passelewe.'

'According to your wishes, of course, my lord. Here,' said Passelewe, handing the King a greasy ball of fabric that he guessed was the Royal Undershirt.

*

'Surely you must see, Your Majesty, this meeting is of the gravest urgency, considering what the...'

'Keep sweeping there,' interrupted the King. They were making their way towards the Great Hall and, as usual, King Bruno was more concerned with his scrubbers and workmen than the political advice of his Chamberlain.

'Please, Your Majesty,' Passelewe insisted, 'something must be done!'

'Damn you if you're not full of the truth, man! What are we paying them for in the first place?' King Bruno nodded towards a group of workmen clustered around a scaffold.

'You misunderstand me, sire. Not them. It's this mons...'

'You there, mason!'

'Yes, sire?'

'That stone there. It's a bit proud.'

'Which stone, sire?'

'Up there. Use your eyes, man!'

The mason tried to follow the King's glance up into the bosky reaches of the corridor. 'It's not, sire. It's not proud at all.'

'It *is*, I tell you.' King Bruno strode forward and began to hoist himself up into the rickety timbers of the scaffold with all the grace of an arthritic chimpanzee. 'And I'll prove it to you.'

'Your Majesty!' squawked Passelewe.

'Quiet, man! It's obviously a case of architectural treason.' As he climbed, the scaffold began to sway ominously from side to side. It nicked into the wall above the King's head and sent down a gush of powdery mortar which provoked a coughing fit in his Royal Highness. Collecting himself, he muttered, 'Damn wall, I'll have you knocked from here to Wogland or my name isn't Bruno the Questio ...'

'Quick, sire, the timbers are about to collapse!' cried Passelewe.

'Too much to bear ... eh, how's that?'

'You'll die, my lord!'

'Well I thought it was ... It certainly looked too proud from down there. Foreman! Foreman!'

'Sire?' said the foreman.

'Help me down, man.' The foreman was quick to oblige his King. 'That's better.'

'Is that all, Your Majesty?'

'Now then, you,' said King Bruno to the foreman. 'Keep an eye on that mason there. I don't want any treasonable stones thumbing their noses at me in my own castle. You understand?'

'Yes, sire.'

'And that window up there. It's no good at all. Can't you make it larger? Give us a bit of daylight in this gloom.'

'Not unless you want the whole wall falling down on our heads, sire. We don't know what's holding this 'ere wall up as it is. Doing our best, sire. But it wouldn't be wise to go knocking any more holes in this mush.'

'Mush? I see.' Shaking his head, the King followed Passelewe's gesturing away from the scaffold and down the corridor. The foreman, however, continued to follow him like a collie at heel. They passed two doorways, the heavy doors jerked open at the last moment by keepers who were alert for the sound of royal stumblings twenty-four hours a day. The foreman kept clearing his throat and bending his face down near the King's ear until Bruno could stand no more. 'Well, good, foreman. Keep up the good work. And give this to the men.'

He tried fumbling through his robes, to no avail. 'Sir?' said the foreman.

'Never mind, never mind. Give the men my compliments.'

'Yes, sire,' sighed the foreman, bowing, as the King passed ahead.

'Really, my lord. I must insist we hurry now or else ...'

'What's that, Passelewe?'

'I said that I must ... WATCH OUT SIRE!' screamed the Chamberlain, but too late. King Bruno, whose eyes had wavered from foreman to adviser without pausing to consider the direction he was taking, had walked straight into a door. Now he was sitting on the floor, rubbing the royal nose with both hands. As the Chamberlain stooped to inspect the damage, a piteous wail rose on the far side of the door.

'Oh dear me. Dear dear me, sorry Your Highness. It's these damn hinges, so sorry King Bruno. It's *stuck*. Oh, please God, open up, come on, open please! Oh, my, yes, it's coming, it's opening, sorry Your Highness.' As the door swung open, the voice grew louder and a scrawny man was revealed struggling with the heavy portal. King Bruno dropped his hands from his face but before he could get out a word the keeper had flung himself prostrate on the floor.

'Forgive me, dear King! God, sire, mercy, please. I've opened this door and closed this door for thirty-seven years. My father before me, his father before him, at this same door. My mother, my wife, oh dear, spare me ... just this once? Oh the shame I have brought on my family. Oh, this bad door. Bad, evil, naughty door!' He crawled along the stones and began biting the offending wood. 'I hate it, I hate it, *see* my lord? I hate the naughty door.'

The King's countenance had undergone several transformations during this performance, from anger to astonishment to sympathy. Magnanimously, he reached out his hand to the sobbing keeper's twitching head and gave it a brief pat. 'Quiet, good and faithful doorkeeper. I knew your father before you when I was but a little prince. Your King has decided amongst himself to be merciful: to spare you the terrible justice he might be tempted to dispense for this assault upon his person. Here, help me to my feet, man. That's it, up we go.'

As King Bruno was being helped to his feet by the suddenly euphoric doorkeeper, Passelewe began to stamp his feet. 'Sire, sire! You're late!'

'As you wish, faithful friend, as you wish.' The two men made their way through the obscure passage, leaving the doorkeeper to push the stubborn door closed again. As the sound of royal stumblings diminished in the distance, so too did the doorkeeper's efforts.

chapter three

Upon entering the Great Hall, King Bruno came to a sudden halt. His eyes popped out of his skull as if a valve had just opened in his neck and this was now filling his head with highly pressurized sludge. The royal chin dropped eight inches towards the floor, ending up somewhere around the royal knees, while the royal eyebrows headed straight for the leaky ceiling.

'Who are those people?' gasped King Bruno. 'What are they doing in my Great Hall?'

Silhouetted in a sunlit doorway at the end of the chamber, a shabby mob was milling uneasily under the eyes of a platoon of Questionable Guards. Although the Great Hall was rather less sumptuous than the basement of a tenement in East Newark, New Jersey, cluttered as it was with broken lances, half-filled cups, wax-encrusted casks, strings of blood puddings and dried garlics, it was still the King's favourite room. Here sat his royal throne; here he took his royal meals; here he entertained his royal guests. This group of peasants was an affront to his royal dignity. These tied-cottagers, these pimply lads, these nagging mothers with their mewling babies, were, in any case, an average random sampling of Flagelot citizenry.

'As I've been trying to inform you, sire,' said Passelewe, 'these are your people: peasants from the countryside. They have been waiting here since first light.'

'What do they want?'

'The monster has driven them from their fields. They feel that you, as their King, should now...' But the Chamberlain was cut short when across the floor of the Great Hall a man came running, his arm high in the air holding a menacing object. Instantly a dozen Questionable Guards converged upon him. In seconds they had floored the attacker and were punishing him with flailing gauntlets. A sergeant unbuckled his double-bladed axe and raised it as if to hack the man's body into fifty kilos of chipolatas. The other Guards moved aside. The blade gleamed high in the air like a butcher's day-dream, but Passelewe's voice rang out: 'Stop in the Name of the King!'

The sergeant froze in mid-swing; the Guards turned with insulted expressions on their faces. And then the King's voice was heard, a muffled rasp, from beneath one of his guards who, at the first sight of the attacker, had buried him beneath his enormous armoured body. 'Let His Majesty rise, Guards. The wretch is subdued.'

'Why, Passelewe, why?' asked King Bruno as the lout climbed off.

'For your protection, Highness.'

'What is this about? A bunch of strangers in my Great Hall.'

'Bring that man to His Majesty's side,' Passelewe ordered. The muttering Guards did as they were told, regarding their captive with nervous giggles. The Chamberlain helped King Bruno to his feet.

The 'attacker', who was shoved to his knees before the King, turned out to be an old man with a rather dignified expression in his clear mauve eyes. 'Sire!' he cried, 'the monster is ravaging the country. It has sacked our homes, destroyed our fields, driven us from our villages! We are forced to come here to beg your aid. We must implore you, King Bruno, for your royal assistance or we shall perish, trembling like rats, in the alleyways of this city.'

King Bruno was embarrassed. 'My goodness! Do get up. You'll get your rags all dirty.'

The old man thrust out the 'weapon' he'd been holding when subdued by the King's thugs: a parchment covered with hundreds of names – a petition. 'Please take this, O King, it is our last hope for release from the monster. Only *you* can help us. This monster is so monstrous. Its raw-rimmed eyes . . .'

'Purple eyes,' called a man from the crowd of peasants who had moved to within twenty yards of the scene.

'Excuse me?' said the old man, turning to look at his people.

'Those eyes were purple,' continued the peasant cockily, '*I* ought to know. It stuck its head right through my roof, grinding those long, sharp, white teeth around my furniture . . .'

'What? Never, you never saw the monster. It has no teeth!' cried another.

'It does too!'

'I must say I was led to understand that this monster was toothless,' interjected Passelewe.

'Ay, toothless! How else did it suck my poor husband to death?' roared an unpleasant hag.

'Tell him about the flames out of its mouth!' shouted a ferret-faced lad of fifteen.

'What flames?'

'And out of 'er bleeding arse too!'

'Great hairy thing, it are!'

'Nay, the monster's all silver with black tinges on its belly.'

'Toothless? You ought to see my wife's mother if you think it's toothless.'

'Naw, it's green and reeking with dirty brown pukey stuff.'

'Grey!'

'Mewling little grunts, next the huge whirlwind roar, all his shoulders disappearing...'

'I'll swear those eyes were purple.'

'Swear his mother died a virgin, he would!'

'That's it, pink with rather crusty eyelids, and a tattoo on the back.'

'Toothless!'

'...Potato...'

'What???'

'What's potato?' cried King Bruno.

'Silence!' shouted Passelewe. The delegation had deteriorated into a shouting, punching, screeching, mewling, farting, groping grovelling mob of working-class origin.

'What is potato?' repeated the King for the third time.

'SILENCE, PLEASE!' roared the Chamberlain.

'Huh?'

'I said, Silence! The King has spoken. The King has a question.'

'How's that, your Majesty?'

'We merely wish to know ... somebody mentioned "potato". What, pray tell, is a potato?'

'Oh that. Well, Your Majesty, that's what we call ... who's got one to show His Majesty? Eh, who's got a potato to show King Bruno here what it is we're talking about,' said a middle-aged peasant.

'I got one 'ere, right 'ere!' cried a crone. 'Jest so long's I can get it back. This be my only keepsake to remember poor old Marty by. Last thing I seen of him.'

'Quiet, give us the potato, woman,' demanded Passelewe. The crowd parted for the crone, who was muttering and rummaging in her skirts as she came towards the Chamberlain's outstretched hand.

'Ay, it's down here someplace, sir. Heavy thing, it is. This potato's a good'un, sire. Careful please.'

'Just let us see it, woman.'

'Sure. I get it back now?' she asked, digging in the front of her frock. 'It's my only remembrance of poor dead Marty.'

'Stop fiddling with yourself, woman. Hand it here.'

'Here it be.' She moved unexpectedly and not a person saw the potato until it lay in the palm of Passelewe's hand. Lumpy, greyish, nearly half a pound of tasty baking spud; Passelewe's first reaction was to fling it violently across the room.

'Christ's limitless mercy, woman, I shall have your hide! How dare you foul my hand with such muck?'

'What was it, Passelewe?' asked the King.

'Sire, pay no mind. Better you did not know.' Meanwhile the old woman went scrambling after the discarded potato and grabbed it up in her hands. She began to coo to it in a soothing whisper, calling it 'Marty'. Passelewe could hardly believe his eyes. He shook his head, and ordered: 'Guards, arrest that woman and have her tightly chained. I fear she's possessed.'

'Passelewe, I demand to know what that was she put in your hand?'

'My dear sire, if you demand, I must supply. It is, however, hardly fit for royal consumption. The old harlot put a piece of offal in my hand. What these peasants would call a "donkey's apple", I believe. Clearly the Devil has taken her on a long honeymoon. I'll see that she's burned before vespers, sire.'

'Begging your pardons, if I just might interject a word or two,' said the old man who had originally delivered the petition.

'You've said too much! Bringing this rabble into the castle wasn't enough? You had to bring a possessed woman here as well? Bless your miserable horoscope that it was *my* hand, not the King's, which touched that piece of manure.'

'Sire, hear me out,' pleaded the old man directly to King Bruno.

'Well, maybe you'd better just go,' said Bruno. 'My Chamberlain is rather upset about getting that donkey stuff on his hand.'

'But sire! It was not as the Chamberlain believes. That was a potato, not manure, which the old woman gave him. A "potato" is what the people call these strange objects which drop out of the monster's mouth whenever he appears. The countryside is full of them. I myself have seen the monster, sire, and I know this is true. Through his slobbering gums come rolling these greyish, brownish lumps of matter, "Potatoes". A kind of drool, perhaps, but the people attach many significances to them. Sire, I beg of you, if the old woman is mad, it is only for having watched her husband consumed by this terrible beast – who left behind that potato as her only souvenir of the poor man. There are people among us who say these potatoes are magical instruments, charms to work miracles, the sweet fruit borne by a bitter monster. I do not know myself, sire, but I know that this potato was not what your Chamberlain, with all due respect, thought it to be.'

'You mean these things come dribbling out of the monster while he's eating you?' asked the King.

'Yes, sire. And at all other times as well.'

'Sire, this is worse than I thought!' shouted Passelewe. 'Instead of animal rubbish, this is monster rubbish: the shit of the Devil! We must confiscate every potato in the land before Flagelot is destroyed by terrible plague, by drooling fairies, by Antichrists!'

'Hush, loyal dog, aren't you jumping to conclusions?' said King Bruno. 'After all, you're only the Chamberlain. Occult objects like "potatoes" are Marvin's concern. Let us confiscate one and see what the Royal Quack makes of it.'

'Sire? I beg of you,' cried Passelewe, 'do not make me touch another potato. At this very moment,' he raised his hand, trembling, as if it were glowing purple, 'my flesh is accursed. I ought to have it severed from me, cut off at the joint, before the poison seeps into my heart and I become one of Satan's disciples.'

'Later, Passelewe. First let's get that potato and deliver it to Marvin's lab.'

'Sire? It's Devil's dung you would have me touch?'

'Hardly. They say it comes out of the monster's *mouth*, correct?' King Bruno turned to the old peasant, who nodded his head in solemn confirmation. 'Not dung. It's more like a kind of vomit or something, Passelewe.'

'SIRE!'

'What, faithful and obsequious friend, is it now?'

'I SHALL LOSE MY MIND!'

'I doubt it. Anyway, guards, will you show these ... my

subjects out, please? And fetch that old woman back from the dungeon – with her potato, please.'

'But King Bruno . . .'

'Enough, submissive and long-winded fellow, you are becoming intolerable.'

'Sire,' protested Passelewe, but by the time he'd finished the word, it was a mere whimper. As for the mob of peasants, their clumsy attempts at bowing and curtseying were lost on the King who had suddenly noticed a scrubber neglecting her duties in another part of the Hall. He hurried towards the poor woman, who was unlucky enough to have been glimpsed in the act of picking her nose, shouting, 'You there, what in God's name do you think you're doing? This is not a holiday camp. Get back to work!'

Shaking his head, Passelewe followed the King, wondering when the first deadly effects of contact with the 'potato' would begin to reveal themselves. Perhaps he'd be turned into a lizard? Or even worse, one of these peasants? Perhaps Marvin would have a remedy for potatoes?

chapter four

'Out! Out! Out!'

Seated in the front room of The One Metre Board on his morning tea-break, Wilf Grizzle smiled at the appalling sound of Ida Reek's harridan voice. No doubt she and her husband, landlord Bill Reek, were ejecting another lot of country arseholes who could no longer pay their bill. Grizzle dipped a piece of lard-smeared crust into his cup of grey liquid and lifted it to his lips. Noisily, he sucked the soft centre out of it and then discarded the remaining crust over his shoulder. Grizzle knew from experience the dangers involved in eating one of Reek's crusts. He'd once seen a starving mongrel dog pick one up and promptly break his jaw on it. Grizzle could only imagine the fearful damage such a crust would do to a man's insides.

'Keep moving, please. That's it. Move along and she won't hurt you.'

That was Bill Reek's voice, pushing them down the hallway, thought Grizzle and belched. Old Bill played the softie to Ida's tough act. Actually, thought Wilf Grizzle, the Reeks were two of the swellest people he'd ever known. Real sweethearts. But they ran a business and, as everybody knew, running a business was a serious business.

Grizzle had been taking his morning tea-break in The One Metre Board for the past seven years, ever since he'd been promoted to chief steward in the firm of Bog & Bog, Wine Merchants Ltd. The Bog & Bog warehouse was just around the corner from the Reeks' establishment, and although Mr Bog did not exactly approve of Grizzle taking this break in the middle of a busy morning's work, it was, Grizzle boasted to the Reeks, a sign of how much Bog needed him that the boss had never actually dared to *forbid* Grizzle's tea-break. For their part, the Reeks were rather sick of hearing just exactly what Wilf Grizzle would say to Mr Bog should Mr Bog ever have the nerve to tell Wilf Grizzle to knock off these tea-breaks in The One Metre Board. The Reeks were his friends, Grizzle would say, and nobody, not even Mr Bog himself, could tell Wilf Grizzle that he didn't have the right to buy a cup of tea off his friends come eleven o'clock of a morning. And furthermore ...

'Out! Out! Out!'

'But we've no other place to stay.'

Poor bugger, thought Grizzle, he's wasting his time if he thinks he can chisel any sympathy out of Ida Reek with a load of nonsense like that.

'I know, but what can *I* do?' said Bill Reek. He had pushed them to the doorstep now. 'You have no more money.'

'But if we're found in the streets with no money the guards will put us out of the city gates.' That was a woman's voice, must be the wife, thought Grizzle. He moved down the bench towards the window to get a better look when Reek tossed them out into the street.

'Out! Out! Out!'

That ought to do it, thought Grizzle. He was right. Suddenly the ejected lodgers came clattering into view. It was a family – he'd thought it might be a family – man and wife and two brats. The kids were crying and going on about 'the monster' while Bill Reek was stepping out to block the doorway for good.

Grizzle noticed that all four of them were on crutches: all four of them were missing a leg! Kind of cute, thought Grizzle, the family resemblance and all that. He'd been wrong, however, to think *all* four of them were on crutches. The little boy, he now saw, was supporting himself by clinging to his mother's skirt – which was giving her a hell of a time trying to keep her balance on the crutch and support her kid too.

'Out! Out! Out!' From the sound of Ida's voice Grizzle guessed she was on her way back to the kitchen, leaving Bill to sort them out once and for all.

'Listen, folks, nobody hates this any more than *I* do,' he said. 'I've heard they're dying like flies outside the gates. And the chances are that you, with your handicaps, will be sitting ducks for the monster. I mean I can't see you outrunning the monster, or climbing trees, or crawling into caves, or swimming out of his path, or anything.'

The two children sent up a piteous wail.

'God forbid you should get put outside in your condition. But look at it from *my* point of view. Even with these ... you still owe me about ... oh, six crowns.'

Grizzle craned his neck to see what 'these' were. What you did know, Grizzle thought, was that Bill Reek is one hell of a clever businessman. Behind him, Grizzle noticed, Reek had piled four wooden legs of varying sizes which he had obviously accepted as partial payment for the family's debt. Another thing Grizzle noticed was that the bundle the husband was carrying in his free arm was not a sack of rubbish, as Grizzle had thought, but an infant child wrapped up in an old blanket. The reason he noticed this was because Bill Reek was fumbling with the blanket, much to the father's dismay, obviously searching for something. What do you know! Grizzle could hardly suppress his guffaw when he saw what old Bill was after. It turned out the infant child had a little wooden leg of its own. There was old Bill unstrapping it and putting it into his back pocket.

'That makes us even. Now doesn't it feel better not to owe a penny in the world?' asked Bill.

'Well, yes ... in one sense, I suppose it does,' said the father, looking from Bill's smiling face to the poor little one-legged nipper under his arm. 'I guess so.'

'Of course it does,' said Bill and clapped the man lightly on the back, nearly toppling him. 'My goodness, it's chilly out here. I'd better get back inside. Wouldn't want to catch a cold. You folks take care of yourselves now, you hear? Drop us a line if you get a chance. Let us know how you're making out. And be certain to come back if and when you get any money.' Flashing one more ruddy smile at the family, Bill Reek stepped back inside the inn and slammed the door in their faces. Grizzle watched the family turn and hobble up the street.

There, thought Wilf, but for the grace of God ... Well, it would make a good story in the pub this evening. Right now, he reckoned, he'd better be heading back to old man Bog's warehouse.

'Out! Out! Out!' Mrs Reek's voice rang out from the kitchen.

'They're gone, Mrs Reek,' shouted Bill to his wife.

'Right, Mr Reek.'

'Bill please, Bill,' called Grizzle.

'Be right with you, Wilf. Just as soon as I get this timber stowed away.'

'Take your time, Bill. Old man Bog can survive without me for another few minutes, I wager.'

*

When Grizzle rounded the corner of The One Metre Board, he found himself at the edge of a small crowd collected around Tiny Moples. Good old Tiny was a freelance, door-to-door, sidewalk-hustling scam artist and well known throughout Flagelot. He had collected a group of country peasants and was obviously in the middle of a pitch. Grizzle couldn't resist taking another minute off work to catch Tiny's action.

The fat huckster was dressed in an elegant, blue outfit this morning. His blond hair with grey streaks at the temples was beautifully cut, giving his dissipated features an oddly angelic twist. 'Now, good gentlefolk, I have here in my very own hand one spherical-shaped object, what the lay person might call an egg, or fruit of the hen,' crooned Moples.

Grizzle laughed at the way these idiots craned their necks to get a look at the egg which Tiny Moples was flourishing above his head.

'Notice as I revolve it in the sunshine how it gleams with simple unaffected goodness and piety. An egg, the very essence of egg, and fit to bless the table, the bowl, the spoon, the very lips of our King high above us in his castle.'

'God bless the King!' shouted one particularly foolish-looking bumpkin with a large orange wart on the end of his chin. He got a few menacing looks for his trouble.

'Could you restrain yourself?' said Moples, picking up the vibrations of the crowd.

'Now, as I was saying, this is an egg any decent, honest working-man would be proud to own. An egg which is fit, believe me, for a farmer's humble table. But this morning, my gentle villeins, as we cluster here inside this besieged city, thinking with humble thoughts of the humble tables we have left behind on our humble farms in the humble countryside, thinking of eggs we once knew, humble but glorious eggs, let us not think our present circumstances are as humble as all that. For this egg which I possess, this egg which means so much to all of us, I am going to share the pure humility, the glorious treasure, of this egg with ONE OF YOU! Yes, gentlefolk, I am going to offer this egg for sale. In no time, one of *you* is going to be the proud owner of this exquisite egg, scarcely a few minutes' old. It's still warm. Feel!' Tiny Moples extended the egg towards the front row who reached out eagerly, just as Tiny whipped it away. 'See? What did I tell you?'

One peasant turned to his neighbour and confided in tones of awe, 'I nearly burnt myself. It was *that* hot.'

Shaking his head, Grizzle skirted the crowd. It was only twenty yards to the entrance of the Bog & Bog premises and Tiny's voice followed him all the way.

'Who will start the bidding, my friends? Who will start us off with, say, ten crowns? All right, let's hear twelve. Twenty crowns it is for this humble egg fit for the ... all right, sixteen, do I hear sixteen? How about eleven?'

The courtyard of Bog & Bog Wine Merchants Ltd was a flurry of exaggerated activity when Wilf turned the corner and passed through the gates. A few seconds earlier, a dozen workers had been lying in the shade of the warehouse listening to the intimate details of Jock Sturn's marriage. Jock was the company jester, always keeping his mates amused with his mindless and boring rubbish. Now Jock was suddenly transformed into a work machine which was trying to transfer twenty casks a minute from the loading platform of the warehouse into one of the delivery carts. Two other men were rolling one of the great barrels of wine up the ramp into the warehouse. Two others were siphoning wine out of the big casks into smaller ones, for delivery later in the day. This was taking place in a corner of the courtyard beside an old stone trough used for watering the cart-horses, one of which was refreshing itself at that moment. The beast was completely indifferent to several ducks which were floating on the surface, snapping at the horse's ears.

Wilf went directly over to see how the siphoning was going. One of the men had just filled a smaller cask half full of wine. Now he dipped a bucket into the trough and filled it with brownish water. As Wilf watched him carefully, the man topped up the cask.

'Hold it there, Boy. Before you cork that up I want a sample. Give me the cup,' directed Wilf. The worker nodded and ran a few paces over to where an old vessel, smudged and grimy, was lying in a patch of scrub. He fetched himself back to the newly filled cask and poured off an inch of repulsive fluid into the glass, then handed it to the chief steward. Wilf took a mouthful and began to gargle it, while examining the colour of the lumps at the bottom.

'Christ!' exclaimed Wilf after he spat it out. '*Too much wine!*'

'But sir,' the worker tried to explain.

'Not that "but sir" stuff today,' growled Wilf, and cuffed the man a heavy blow across the jaw. 'Fix it, you twit, or you get the sack.'

chapter five

Stanislas Bog's house directly adjoined the rear of his warehouse. At the very moment Wilf Grizzle was knocking one of his workers about, Mr Bog was standing in the main bedroom overlooking the courtyard.

'*Good show*, Grizzle,' said the merchant.

'I beg your pardon, sir?' said a feminine voice behind him. It belonged to Nurse Brawnsack who had just arrived to administer Mr Bog's mid-morning scalp soak.

'Nothing, Nurse. Just one of my men instructing a new lad

in the art of careful wine blending. You're right on time as usual, I see.'

'As usual, sir,' said the nurse, suppressing an urge to vomit as the paunchy merchant turned and revealed his cranial dome with its scabs, bald spots and patches of horribly stained hair. Stanislas Bog suffered from alopecia, a relatively harmless infection of the scalp which nevertheless did horrible damage to the sufferer's personal appearance. The disease was hereditary in nature. Understandably, the Bog mansion, one of the plushest homes in the city, filled with precious pieces of rubbish from all over the world, did not include any family portraits.

Mr Bog removed his jacket and slipped on an embroidered dressing gown. Nurse Brawnsack began to mix the lotions in a silver bowl reserved for that purpose, adding generous doses of a yellow elixir out of a bottle she'd removed from the dressing table.

'Sit down, sir, and I'll get this over with as quickly as possible.'

'What's the rush, Miss Brawnsack?' laughed Bog. He sat down in a chair she'd pulled out for him, and let her arrange a towel across his shoulders.

'You haven't forgotten your council meeting, have you sir?'

'Oh God, yes. The King again, wasting our time with his bloody meetings.' As he spoke, his eyes watched with dismay as Nurse Brawnsack removed from her case a large leather object, a kind of bag-like thing. 'Jesus, I've seen that all my life but I still can't bear it.'

'Now, now, Mr Bog.' She pulled it into shape and then carefully began to fit it over his disgusting head, tucking the edges in above his ears, all the while fighting down the bile that kept threatening to come up her throat.

'It's that Chamberlain who puts old Bruno up to these meetings,' said Bog, watching as she went to retrieve the bowl of medicine which was now giving off a yellowish steam. 'Do something about the monster, Your Majesty! Do something, Your Majesty!' mocked the merchant. 'Why can't somebody *do something* about my wretched head?'

'Please stop fretting yourself, Mr Bog. Just relax.' She poured the mess into the revolting bag.

'Those royals don't realize when they're well off. OOH! Christ, it stings!'

'Almost over now, sir.' She put the bowl down and fitted the cork into the top of the leather pouch. She had to count to fifty in 'Flagelots' and then the treatment would be complete, with only Mr Bog's bedtime treatment left.

'Nine Flagelot, ten Flagelot, eleven Fla . . .'

'Count faster, for God's sake, it's killing me!'

'. . . elot, twelve Flagelot, if you interrupt my thinking like that it'll only take longer, thirteen Flagelot, fourtee . . .'

*

Some minutes later, Mr Bog emerged from his house and was met by his four-man sedan-chair, a luxurious model with walnut and gold fittings and soft yellow deerskin upholstery. As soon as he had settled himself comfortably in the chair, Bog urged his bearers to lift him and make haste. 'And no stumbling today, Martin. As for you, Astin, keep your eyes on the road and not on those strumpets in the Market Row. You almost tipped us yesterday.'

'Aye, sir.'

'The castle then.'

Soon after they had entered the crowded lane, they were joined by another sedan-chair. It was Cornelius Flusk, owner of a large chain of retail stores, to whom Bog sold a great deal of wine. The two vehicles fell in side by side, shoving pedestrians out of their way, toppling baskets of fruit and vegetables, driving porters and peasants up against the walls. Flusk was also on his way to the castle, and as the two merchants exchanged pleasantries, they poked at their runners to drive them faster. It was a point of some prestige among men of their class to have the faster sedan-chair.

'I understand you're opening a new shop,' said Bog.

'Yes, down by the town gate. An area of considerable growth.' He jabbed his stick into the back of his front runner's neck.

'I agree with you,' said Bog, noticing that Flusk's litter had pulled a foot ahead of his and applying a solid clout to the back of Astin's head with his own walking stick. 'I trust we'll be hearing from you with an order soon.'

'Of course. That is, if your prices are as competitive as they were.'

'Surely.' Again, Flusk's stick struck out and his litter regained the lost inches. Bog decided it was time to give some incentive to his back runner. He turned swiftly in his seat, and his hawthorn flew out and cut a neat weal across Martin's face. 'Get a bloody move on back there!'

'By the way, what's the latest wine-to-water ratio? Did you see it this morning?' gulped Flusk. He was now a full half-length behind Bog's litter.

'It just arrived as I left the house. Two wine to one water, but I don't see how it can possibly hold steady at that. They're lucky to be getting any wine at all these days.'

'Is that all?' shouted Flusk, who was standing up in his chair so as to better reach the lower spine of his front runner with the sharp point of his stick. 'If you don't speed up I'll shove this thing up your miserable arse, son of a drooling cow.'

'What's that?' said Bog, who was lengthening his lead by applying a steady tattoo to the ear of his lead runner.

'I said, I thought I detected a certain – shall I say – wanness – in that last shipment you sent me!' shouted Flusk.

'That's odd. It was very robust when it left my premises. Let me send you a sample of our new shipment of port – with my compliments.'

'That *would* be kind of you. After all, it was a trifle embarrassing after we did our own diluting. We had to call it rosé, you know. That's right, you've almost got up to them now.'

'Get rolling, you lazy dogs. I know you're slowing down on purpose,' shouted Bog. 'Call it rosé, did you? I hope you realize I'm putting my own brand of rosé on the market next Wednesday. A rather witty little wine.'

'Really?' cried Flusk. 'Where's it from? If you lose this lead, I'll have you tossed out of the gates by sunset, miserable twits.'

'Denmark!' shouted Bog, who had now contrived a way to beat first his front, then his back runners in one series of sweeping overhead strokes. 'We did a deal with the Danish King personally.'

'The King? Haven't you heard the news?'

'What news?' Bog bellowed. Astin and Martin had opened up a lead of five yards.

'The King has been ... You buggers, they're pulling away from us!'

*

Four chairs had been set up in a line facing the throne in the

Great Hall. King Bruno was nowhere in sight as the two merchants, along with Bishop Creegle and Mayor Flongust, were escorted to their seats by a sergeant of the Questionable Guards. Mr Bog was amused to see that Bruno's scrubbers were, as usual, looking quite harassed out of their minds. The old boy must be up to his usual tricks, thought Bog. Thank the Lord he wasn't so poor that he had to send his own children to work in Bruno's castle. Although, come to think of it, Bog's youngest daughter had been carrying on in the most scandalous fashion lately. He'd caught her talking to that odious man, Jock something or other, out in the warehouse a few days ago. If she was going to start rutting with the hired men, dragging Bog's name through the sewers of Flagelot, disgracing her poor dead mother, Bog would have a word with her. The King was paying thirty sovereigns a head for young scrubbers these days. He'd let that slip over dinner tonight, and given her a 'look'. If she didn't get the message, well he wouldn't be the first decent Flagelot parent to rid himself of a troublesome child in such fashion. And it would give him extra points with old Bruno, who took pride in the pedigrees of the women he got to scrub his floors.

'Your *seat*, Citizen Bog,' said the sergeant, interrupting Bog's train of thought. He was the last to lower himself into his chair. As he did so, the Herald stepped forth from beside the throne and began to sound off in pompous tones. All four of them had to jump to their feet again. This Council business, concluded Bog, was the world's biggest farce.

'Attention! Hear ye, hear ye, our most glorious King: Bruno the Questionable.'

The four Council members sat down. But today the Herald was particularly loquacious.

'Son of,' as all four stood up, 'Olaf...'

They started to sit.

'... the Loud.'

They hesitated.

'Grandson ...'

Wisely.

'... of Sigi the Unimportant.'

No one moved.

'Great-grand-nephew of Emperor Otto the Bent...'

Go on, you chatty gypsy, go on, thought Bog, see if I care.

'... Conqueror of Freedonia. Past grandmaster of the Royal Order of Lowndes Victor. Saviour of Wales and Cornwall.'

What a case of logorrhea!

'President of the Republican Discouragement Society. Mixmaster to the Royal Cocktail Circuit. Primate of the Church of Santo Domingo. Holder of the Charing Cross, the French Croix of Gare St Lazare, the Lead Box of the Order of Huns, the Danish Doffo Cluster, and the Stained Glass of the Austrian General Dragnet. His most Royal Highness, yes, and a personal friend of all of you, well known to hundreds of his loyal subjects, that rollicking, frolicking old gentleman, scholar, and Flagelot's favourite despot, let's have dead silence please for King Bruno the Questionable!'

Bog sat down, finally, only to jump to his feet again as King Bruno appeared from behind a drapery (secret passage no doubt, noted Bog) followed by his Chamberlain, Passelewe. Not until the King was seated in his throne could Bog and the others take their places at last.

'Your Majesty,' began Passelewe, in his dignified voice. 'Your Council convenes today in solemn session to discuss the terrible havoc which the creature known as "the monster" has wreaked upon your countryside. He has completely paralysed commerce ...'

'What?' shouted Mr Bog.

'Hardly, old boy,' cried Mr Flusk.

'... terrifying the populace,' continued Passelewe. 'Sending your rural subjects in flight, endangering the existence of every one of your people ...'

'With *all due respect*, Your Majesty,' interjected the Mayor, 'some of us on the Council would like to give our own view of the situation.'

'As soon as I'm finished with the general introduction,' snapped the Chamberlain.

'Begging your pardon,' said Bog, 'But that's hardly an objective picture you're painting there, Passelewe.'

'It tallies with the reports of our intelligence agents. It matches the accounts of the eye-witnesses themselves, Mr Bog.'

'It's a load of rubbish,' said Flusk. 'This city has never had it so good.'

'That's a matter of opinion, Flusk. May I finish now, gentlemen?' demanded Passelewe, who was standing with his arms akimbo, looking like an outraged dowager who had just been denied her regular table in the Ritz.

'No!'

All eyes moved to the King, who had spoken this obviously final word.

'But Your Majesty . . .'

'Please, my overbearing comrade, *I* will speak now.'

There was enthusiastic applause from the four Council members. 'Tell him, Your Majesty, just tell him who's the King around here.'

'I am, Mr Flusk, and I have a question for you gentlemen.'

'Sire, ask your question and we shall do our best to answer you.' It was the first thing Bishop Creegle had said all afternoon, noted Bog. The old boy was gassed as usual.

'Gentlemen, can any of you tell me: what is a "potato"?'

'A potato?' asked Bog.

'Sire?' said Flusk.

'What's that, sire?' gulped the Mayor.

'King Bruno, it was indeed "potato" you just said?' queried the Bishop.

'Indeed it was. And I ought to tell you that my question was a rhetorical one. I know the answer to it myself. Rather, I do *now* since I have spoken to my devoted Royal Quack, Marvin of Bayswater.'

'Tell us, sire!'

'Yes, sire, tell us!'

'Please, sire, the suspense is killing us!'

'All right then,' said King Bruno. 'Since you asked me, I'll tell you.'

'Do, sire!'

'A potato,' said the King, 'is the answer to all our prayers.'

'Yes?'

'A potato is the rarest thing in all the world. Do you know what that means, gentlemen?'

They traded looks of consternation.

'Come, come gentlemen, do I have to spell it out for you? A potato is rare. A potato, in fact, is the rarest of the rare. Rarer than gold, rarer than precious spices, rarer than diamonds, rarer than central heating, rarer than anything in the world. What, then, does that make the potato?'

'Valuable, sire?' ventured Bog.

'You've got it, Bog! A potato is valuable, very valuable. Now do you know where potatoes come from?'

'Hardly, sire.'

'That only goes to show how rare they are, Flusk. But *I* know where potatoes come from. So do all the miserable peasants crowding our already overcrowded city. The tiniest little six-year-old peasant child knows where potatoes come from. But you, gentlemen, do not. So, once again, I must enlighten you. Potatoes come from monsters.'

'Sire, can it be true?'

'It is very true, Bishop. And let me tell you, I, for one, feel especially flattered. For *we*, at this very moment, have a monster at large in our kingdom, spitting out potatoes at the most incredible rate . . .'

'Sucking people to death!' interjected Passelewe.

'Of what importance is that? People are of little importance. They are hardly rare, certainly not valuable. People are pale and wan and feeble compared to the noble potato. The potato is man's best friend. The glorious potato, the wondrous potato, the sanctified and dazzling potato. God has sent us a monster with a belly full of magnificent potatoes. And, be it God's Will, as I interpret it, our duty is to collect these potatoes and spread the word . . .'

'What word?'

'The word "potato", of course. Spread the word and the fact, the fact that we possess a fortune in priceless potatoes, spread it to every other kingdom in immediate proximity.'

'I'm getting the picture now, Your Majesty,' cried Bog. 'You're thinking of exporting these potatoes to other countries. Countries which don't have potatoes of their own, potato-less, potato-starved, poor un-potatoed kingdoms.'

'Indeed, Bog, and more! We'll sell our potatoes at auction, to the highest bidder, being careful to maintain a large surplus of our own,' cried Flusk, now caught up with the marvellous possibilities of the scheme.

'I see I did not miscalculate your intelligence, gentlemen. You read my mind,' said the King.

'By your leave, King Bruno,' said the Bishop, 'I would ask you one question if you will.'

'Yes, Bishop?'

'How do you propose to collect these potatoes when, as you

say, they come from the mouth of the monster himself? How do we get the potatoes out of a countryside littered with carnage? Who will you find brave enough to risk the terrible death which the monster inflicts, just to collect a few potatoes? The problem seems rather a stiff tautological one to me.'

'Simply logistics, Bishop,' snapped Flusk.

'If the potatoes are worth what His Highness says they are, you'll find plenty of our boys willing to risk their necks,' said the Mayor.

'I wonder?' said the Bishop. 'I think you must ask yourselves, "Would I myself be willing to risk death between the gums of the monster in order to collect a few dozen potatoes which, should I fail in my mission, will not be worth a single farthing to me?" '

'That's rather a long question to ask myself,' said Flusk.

'But come to think of it,' said Bog, 'I do see what you're hinting at. This potato question presents certain practical difficulties.'

'Fear not,' proclaimed the King, standing before them to indicate that the audience was nearly at a close. 'It is a problem which I, Bruno the Questionable, am working on.'

Part Two
To the Halls of Tripoli

chapter six

'Dennis!' shouted Frank Cooper. 'What are you doing back there?'

'Taking stock, father,' was the chirpy reply.

Frank Cooper looked up from the workbench in his modest thatched cottage in the village of Dorkminster.

'For God's sake, Dennis, I thought you took stock this morning.'

Dennis popped his head round the corner. It was a young, unattractive face, keen, naïve and, perhaps, a bit thick. 'Well, yes, I did. But you know it never hurts to keep an accurate, up to the minute stock. These days a business has to be on its toes every ...'

'Never mind that blather,' said the older man. 'Come here and help me with this brandy cask. I want to show you how to knurl these staves.'

'All right,' said Dennis reluctantly. 'I suppose I can finish the stock-taking later.'

'How many times can you count twenty-odd casks and barrels, I ask you?' sighed Cooper as his son came over to where he had the skeletal frame of a neat two-litre cask on his lap.

Mr Cooper was a genuine craftsman and, as such, a strange bird in Dorkminster. Every cask which came out of his workshop was the result of loving hours of effort, the finest materials, a devotion to detail. His neighbours thought Cooper quite a remarkable man. These were modern times. How could he afford to spend so many hours building a single brandy cask. As for Mr Cooper, he regarded such talk of 'modern times' and 'efficient labour' as blasphemy. Once upon a time he had cherished fond hopes for his son who, he dreamed, would learn the artful craft of cask-making at his knee. The sad truth, as Cooper finally admitted to himself, was that Dennis was quite a different sort of young man from what his father had dreamed of and yearned for all these years. Dennis's idea of a contribution to the business was to 'take stock' over and over, counting the same barrels up to five times a day. As if, thought old Cooper, he expected them to jump up on their staves and run out of the house.

'All right, Dennis, put your right hand here and hold this firmly in place. Your *right* hand, idiot!'

'Sorry, father.'

'That's better. Now don't let go or the whole cask will fly apart. The secret of cask-making, as I've often told you, is to build enough pressure into the staves so that each one is fighting the other – but equally! You understand?'

'Kind of, father. But I still don't get how you can tell if they're fighting equally or if one might be fighting just a little harder than the others?'

'That's where your careful preparations come in. That's why I've always told you of the importance of measuring *exactly*. But the trick, the real secret is in the knurl. See how I align this underneath the edge of that one, and the stave falls into vertical alignment with the base groover? Dennis!'

'Sorry, father. Yes, go on now.'

'What were you thinking . . . never mind! I'm going to put the last stave in, the most critical one. Put your left hand here now.'

Dennis did as he was told but at that moment a man walked into the cottage.

'Dennis! Frank! How are you lads making out?'

'Good day, Mr Fishfinger. Can we help you in any way?' said Dennis, forgetting all about the importance of keeping his hands on the nearly-finished cask. As a result, the staves suddenly crumpled in his father's lap.

'Dennis, for the love of God!'

'What's that you're working on there, Frank?'

'Go away, Fishfinger,' said the old man.

'He's friendly,' laughed the bald fisherman. 'Now, Dennis, I've got some business. I'm looking for barrels to ship dried dogfish down to the city. Big demand since this monster scare. Prices soaring.'

'Gee, that's great. But tell me, Mr Fishfinger, do you really believe there's anything in these stories about the monster destroying whole villages and . . .'

'You bet there is, Dennis. Never seen the monster myself, of course, but when I was up to Muckley the other day . . .'

'Muckley?' sighed Dennis. 'That's quite a journey, isn't it?'

'Over two miles if it's a footstep.'

'Someday *I'm* going to travel.'

'That's my boy, Dennis, you've got a healthy get-up-and-go attitude. But all in time, eh lad, all in good time.'

'Yes, sir. You're interested in placing an order for some barrels then?'

'Not so fast, Dennis. I've got to have them cheap, you know. Sending them down to the city, there's no chance I'll ever see them again.'

'I understand, sir. I think you'll find that we can meet your needs. Just how inexpensive did you have in mind?'

'No more than two pence apiece!'

'What's that?' cried Frank Cooper, looking up from re-assembling his beloved cask. 'Two pence? What in hell do you think you're talking about, Fishfinger? I can't turn out a decent barrel at that price. Two pence?'

'But, gee, father, don't you think ...'

'Now listen here, Frank, they don't have to be all that great. I mean, you don't have to give me a rosewood cask to ship a load of salted fish down to the city. I don't care *what* you give me, in fact, just so long as they last till they get there. This is easy money, Frank. Very easy money.'

'Never!' shouted Mr Cooper, slamming his fist on the workbench.

'But father, just this once you could ...'

'I've told you a million times: I don't make barrels to last for a few hours. I make casks to last for centuries. What you want, Fishfinger, are bags. Not barrels. Now get out of my house.'

Fishfinger laughed and gave Dennis a look indicating that the old man was even crazier than he had thought. Dennis was despondent and followed him out into the yard.

'Look, I'm sorry, Mr Fishfinger. Dad's a little old-fashioned, as you know.'

'Not to worry, Dennis. The old boy has been like that since we were kids together. Anyway, this time he's given me a good idea. I'll get Wat the Mercer to run me up some cheap burlap sacks at a dozen a penny.'

'I wish you'd let me try to talk to father about this, Mr Fish-finger. I think I could persuade him that it would ...'

'Forget it, Dennis. Your father was right: bags are the answer here.' He turned to go.

'One more thing, Mr Fishfinger?'

'What is it?'

'Would you mind if I dropped by this evening and saw Griselda?'

'That's up to you, Dennis.'

'But you wouldn't mind, sir, if I just came by and said hello to her?'

'That's your decision, boy.'

'It's okay then?'

'You'll have to figure it out for yourself, lad. I've got to get down and catch Wat.'

'Then I'll see you later, Mr Fishfinger, probably?'

' 'Bye, Dennis.'

chapter seven

Dennis reached the bank of the River Sambo just as the sun was about to spread its golden frappé all over the eastern horizon. Little frogs were trading courting croaks in the ooze by the shore, while in the lush foliage overhead, a regal osprey spread its red and yellow wings. The dark, wide river was moving with relentless but completely indecisive power in several different directions at once. At this time of day it was common enough to get these backwashes from the nearby harbour at Dorkminster, just several hundred yards round a bend in the Sambo. It was evening and Dennis, unsurprisingly, paid no attention to the fact that the sun was setting in the wrong direction.

He was preoccupied with digging his small raft out of its hiding place, a thick reedy part of the river bank. The reeds kept jabbing his eyes and groin and he wished he didn't have to hide this raft, but he did have to in case the person he'd stolen it from came by and saw it, which would probably mean, Dennis knew, that the original owner would take the raft back. Which would be a shame, even a tragedy, because he'd have no way to ferry himself across the river to see his beloved Griselda. Which was what he was about to do now if these nasty reeds would just give him a chance and let him get the raft out of this mud.

Once he succeeded in getting himself launched, he wasted little time in poling straight out into the Sambo, never dropping his eyes from his goal: a house built on stilts on the opposite shore, the Fishfinger residence. Dennis thought he could make out a white figure sitting on the porch, kicking her legs above the water. As he got nearer, he became more and more certain that it was Griselda, just as a man who is approaching Mt Everest from, say, five miles away, becomes ever more convinced that it is indeed a mountain he is approaching. It was most romantic to be out on the Sambo at this time of the evening (despite the fact that the sun had now changed its mind about setting in the east and was performing various strange manoeuvres in parts of the sky where it had never previously been known to go), and most idyllic to be poling your way to meet the object of all your hopes, dreams, and fantasies. Yet as Dennis crossed the midway point, ever nearer to his Venus, the romance began slowly to drain out of the atmosphere and Everest loomed ever more colossal on the edge of the verandah, gowned in snowy white lace, the peak itself rather thick-packed with glacial dumbness and numerous freckles.

'Griselda! Griselda!'

'Yeah?'

'Look, it is I, Dennis. Come to visit with you.'

'Yeah.'

'How are you, my love?' called Dennis as he bumped his raft into the stilts below his twenty-four-stone darling.

'Ummmmm.'

'Have you missed me?'

'What?'

'Just a little bit?'

She did not answer but reached into her bodice, picked out something and brought it to her lips. A large, lumpy potato. Griselda bit off a man-sized chunk and proceeded to grind it up in her open mouth while giving Dennis the faintest smile.

'It's lovely to see you again, Griselda.'

'Wha's wrong with the sun?' she said with her mouth still working bovine-like on the raw spud.

'I didn't quite catch that, my dear. Could you repeat yourself?'

'Wha's wrong widda sun up dere, huh?'

'The sun?' Dennis looked up. 'What do you mean?'

'Is movin' roun' an roun',' she said, smacking a fine spray down into his face.

'Yes, love, I see it's moving but the sun always moves. Around and around the ... no, no I'm not supposed to say that: the earth's flat. That's a silly idea I had when I was a boy. But the sun always moves, Griselda.'

'Not in circles an' stupid-like. Makes no sense.'

'Well, I don't quite catch your meaning, my love. But the sun seems to be doing fine over there in the north making those little flip-flops just above the trees. It's a happy sun tonight, I think. Happy for us. I want to talk about *us*, Griselda.'

'Oh yeah?' She broke off another knob of potato between her hippo-sized jaws.

'Yes!' Dennis trilled. 'Because I think about you all day while I'm taking stock. I dream about the day when I can ask your father for your hand and we'll build that little cottage we've always dreamed of over on the far side of the river. You'll be able to wave to your mother from your own verandah and we'll get together for parties and christenings. You'll never be lonely. It will be a beautiful life, Griselda, you'll see.'

While Dennis was in the midst of this tender speech, Griselda's three-year-old brother, Roger, had come out on to the porch. Noticing Dennis on his raft, he casually pulled out his little prick and began to spray it.

'I'll come home from the shop at night and ... Hey you! Look out! Griselda, tell your brother to stop!'

Griselda was licking the last traces of raw potato from her fingers while watching the sun perform its acrobatics in the south-western sector of the sky where, it seemed, it was about to make a show-off exit from the stage, ending this day at last.

Dennis decided it would be drier up on the verandah with his beloved, and began to climb up the slats. Once up, he sat beside her and gazed fondly at her moony profile. He felt the urge to hold her hand. Unfortunately, the hand he took was also the hand which Griselda was intent on licking clean of any remaining molecules of potato. She pulled it back furiously, back to her smacking lips.

'Sorry, dear,' he apologized.

'Don't touch me when eatin', awright?'

'Of course, my love.'

'Mean it.'

'I know you're sensitive, darling,' he said. 'Oh, Griselda, why do you torment me so?'

'What's that?'

'You're so ... so cold. I know I can't ask you to declare your love for me until I'm in a better position to marry. But say you'll wait for me. Say I've got a chance. Say something, Griselda. *Any*thing.'

'Hungry.'

'But why, Griselda? Why?'

'Dunno. Just am.'

'Isn't there anything you want to say to me, to *me*, Griselda?'

'Gotta scratch.' She promptly did so, her hand disappearing underneath blankets of lard.

'Oh, Griselda, I ... what!' At that moment, in the middle of his plea, he'd been splattered with revolting garbage, thrown out of a window by Mrs Fishfinger who, no doubt, was preparing the family's evening repast.

'Oh, sorry Dennis. How's your father?'

'He's fine, thanks. How are you, Mrs Fishfinger?'

'I've got this awful pain in me privates, Dennis. Like I had a rat down there gnawing away. Can hardly stand up, and it hurts so much when I lie down. Other than that, I'm worn to the bone. Think I'll just die any minute now. Not to mention this infernal buzzing in me ears and the way me right eye keeps drooling. Can you stay for supper?'

'Well,' said Dennis, trying to smile while Griselda picked the choicest bits of rind off his bespattered vest, 'I did promise Dad I'd eat with him.'

'Another time then.' She disappeared into the house. There was a series of splashes over to the left and Mr Fishfinger's voice came through the cracks of a primitive outhouse which leaned precariously out over the river.

'Is that Dennis Cooper's voice I hear?'

'Yes, it's me, sir.'

Fishfinger stuck his head out the door. 'I see it's you, boy. What are you doing here?'

'Well, I thought I asked you if ...'

'Don't apologize, boy. There's garbage all over your vest.'

'Sorry, sir.' He began to flick it off, much to the annoyance of Griselda who grabbed for the remaining bits with gusto.

'Ought to take more care about your looks, Dennis. A sloppy appearance is bad for business. Thought you'd like to know that I got old Wat to make up those bags fifteen for a penny.'

'I wish I could have convinced dad, sir.'

'A man's got to keep up with the times, you know. Now when you take over the workshop, I *know* we can do some real business. Though mind you, you'd be wise to keep a clean shirt on you.'

'Yes, sir. Uh, I guess it's getting late. Probably I'd better be going home now.'

'Good,' grunted Griselda. 'Tastes real good.'

'Drop by again, Dennis. Mind you, though, my daughter expects a young man to show her respect in the way he presents himself.' This piece of advice was punctuated with several more splashes beneath the outhouse.

Dennis clambered down on to his raft and untied the mooring line. As he pushed himself out into the hazy twilight, he watched his beloved sweetheart begin a thorough investigation of her right nostril with two swollen pink fingers.

'Goodbye, Griselda!'

Without answering, she got up and went inside.

chapter eight

Three days later, Dennis was down trading some casks for flour and licorice drops from old man Wat when he heard his name being shouted outside.

'Hey, fuckface!'

'Frogbrains, where are you?'

'Come on, Dennis!'

Dennis ran out of the shop and saw three of his young friends running up the road from the direction of his cottage.

'I'm over here, guys. What's up?'

'Come quick, Dennis. Your old man's taken ill.'

'He's very ill.'

'He's bloody knackered, you sod.'

Dennis did not have to be told a fourth time. He set off running back into the dips and bends of south Dorkminster. It took him fifteen minutes to reach his cottage. He was about to burst into the workshop when Clive Thirsk-Munger, the village quack, and a rather scholarly peasant with badly boxed eyes, blocked his way.

'What's happened, Mr Thirsk-Munger, sir?'

'Dennis, how good of you to have come.'

'But I live here, sir. What's happened to my father?'

'Well, boy, let's see. How to break the news ... hum ... you don't have any medical training, eh?'

'Uh, no.'

'All right, then, I'll try to keep this at a layman's level. In the simplest possible terms, your father has developed a definite shortness of life.'

'What? Do you mean ... he's ...'

'Well, not precisely, but I'm afraid that he has achieved what we in the profession call a well-defined duration of existence.'

'You mean there's not much hope?'

'Hope? I couldn't qualify that, but what your father is undergoing is a definite deficiency of expectation, chronologically speaking, I might add.'

'Sir! You can't be saying ...'

'All right, Dennis, let me put it in strict scientific terms. I'd say that the Cardinal Points on your father's temporal compass indicate that he's on a dead reckoning for either the Elysian Fields or the Pearly Gates and gaining altitude.'

'This means he's going to ...'

'Let me show you what I mean,' said Thirsk-Munger, getting down on his knees in the dust of the workroom. He drew a line with his finger. 'Here's the River Styx and here's your father; just about here is the Eternal Ferryman, and way over *here* is the Stygian Shore. Well, the way your father's own personal wind is blowing, I'd say ...'

'Dad's going to die, is that it?' cried Dennis, grabbing the quack by his collar and yanking him to his feet, then pushing him aside and heading for his father's bedroom at the back of the cottage.

'*You* said it, not me,' the quack called after him.

The bedroom was crowded with five or six people, friends who had known Frank Cooper all his life. It was unbearably gloomy, lit with two small candles, and unbearably fragrant, as there were no windows. A priest was kneeling over Dennis's father, whose head was covered with an open Bible. A large cross lay on his chest. As Dennis crashed into the room, his father made a weak gesture for him to come closer. The others moved back out of respect.

'Father?' Dennis shouted into his father's ear, no doubt thinking that it would take a lot of lung power to reach him in the middle of the River Styx.

'Please, Dennis, don't.'

'Sorry, father,' he whispered. 'I thought maybe it was hard for you to hear.'

'No, Dennis, but move closer and keep your voice down please.'

'Yes, father.'

'Not that close, you're standing on the bed cover.'

'Sorry again. You know me, father.'

'Yes!' cried the old man, as if pierced by a terrible stab of pain.

'What happened, father?'

'It's my heart. I haven't long. I'm going to ... to ...'

'Throw up?'

His father shook his head 'No' in silence.

'But father, what will I do? Without your guiding hand ... your skill?'

'Son ...'

'Yes, father?'

'I'll tell you ... tell you ... what you'll do.' As he spoke, he seemed to be gathering the last ounces of his strength.

'Easy, father, you don't want to strain yourself. You can tell me later.'

'No, I've no time. Got to tell you now. You ... you ...'

'Yes, father?'

'You little bastard, you're going to end up just like Fishfinger.'

'Me, father?' Dennis was not sure if he heard his father correctly. 'Certainly, Mr Fishfinger is a very successful businessman, but I'd be perfectly satisfied if I only ...'

'You've no understanding of craftsmanship, no appreciation of beauty, no sense of eternity, no feel for the wood and the knurls ...'

'But...'

'No, Dennis, let me finish. You're a shallow, dull, pretentious little stock-taker! STOCK-TAKER!' Mr Cooper shouted this last word so loudly that his body nearly jack-knifed off the bed.

'Father!'

'You little prig, I'd like to break your legs and...'

'You're delirious, father.'

'You... you... you're everything I despise in the world.'

'Father, *please*, we're not alone.' Dennis turned and looked at the cow-like faces of the priest and of his neighbours. 'I'm afraid Dad is raving a bit.'

'No, he's not,' snapped an old woman, his dead mother's best friend.

'It's all true,' said Cooper, getting up on an elbow. 'You and your mewling and puking kind will drive the good, the honest, the just out of this world! Do you hear me? Out of this world!'

'Honestly, Dad, I just wanted to improve the business a bit.'

'Hah!' cried the old man, jerking with pain, 'Ha, ha, ha!'

'You have to admit, Dad, that times do change...'

'They do! But you won't have my business to change ... to improve ... any more. Oh, no. Because I'm leaving you out in the cold.'

'But, father, honestly I don't understand ...'

'Don't understand? You damned ninny, I'm renouncing you! You're no son of mine; you're not Frank Cooper's son. Get out! Get out of my house, *stock-taker*!' And with that final word, the elder Cooper released the last of his life's breath. His eyes suddenly turned up inside his head, his chest heaved, his legs quivered, and for one instant he seemed almost to lift off the bed. Then he fell back on to the rough mattress, and Death brought a perfectly satisfied smile to his lips.

Dennis moved to embrace the body, crying, 'Please, can't we just discuss this rationally without your getting so upset and...'

'Don't touch him, sonny,' said the priest, grabbing Dennis by the shoulders. 'You heard what he said. We all heard the man.'

'But what am I supposed to do now?'

'I think you had better pack.'

*

The croaking of the frogs and the chattering of the crickets masked the slurping sounds of his raft, as Dennis poled within twenty yards of the Fishfinger house. There was a light in every window, reflected in long yellow spears across the river, and Dennis could hear the clinking of pewter plates, the chomping of human lips, indicating that the Fishfingers were still at supper. Such a beautiful night, thought Dennis, yet streaked with such tragedy. A small shower of bones and gristle flew out of the window and hit the river with hardly a sound. He eased himself against the stilts carefully, so as not to send the entire house crashing down, and whispered, 'Griselda?'

There was a murmur of conversation, punctuated by loud smacks, but apparently his call had not been loud enough. 'Griselda?'

'Go 'way. She's eating.' That was the voice of fourteen-year-old Mick Fishfinger.

'Is Griselda there?' Dennis called louder, knowing that she must be from the enormous fart which had just come rattling through the floorboards.

'Is that you, Dennis?' called Mr Fishfinger.

'Yes, sir. May I speak to Griselda, please?'

'She's eating her supper, Dennis. What can I do for you?'

'Well, I'd like to see Griselda for a minute, sir. Because I've ... I'm going away.'

'Yes, so I've heard.'

'My father ... he ... and ...'

'The man obviously lost his mind at the end, but that's life. It was his property, not yours. Tough luck, Dennis.'

'I'm leaving for the city tonight, Mr Fishfinger. I'm going to seek my fortune there and I'm sure I'll make good somehow. I'll be back for Griselda just as soon ...'

'Sure you will, Dennis. Goodbye.' Fishfinger took his head out of the window.

'But, Griselda, say something. *Anything.*'

'Pash the potatosh,' said Griselda with mouth full.

'I heard you, darling. You *are* there, Griselda, beloved ... oh, darling! Now listen, I've got to go away. Yes, tonight. But not, my love, for long. I know it will be hard for you and I don't know exactly when ...'

'Yucky urghh! Thash rotten!' cried Griselda, and threw the offending morsel out of the window where it landed on the raft at Dennis's feet.

'What's this? For me? Oh, my beloved, you *do* care. A keepsake, something to remind me of you always. Oh my Griselda,

I shall carry this next to my heart till once again we meet.' He picked up the gnawed potato and dropped it down his shirt.

Mick Fishfinger stuck his reptilian face out of the window. 'My father says if you don't sod off in about one second he's going to bounce a brick off your ugly face. If I were you, I'd take his word for it.'

'Yes, all right, Mick. Well, goodbye, goodbye, everyone! Goodbye, Griselda.'

Another fart burned the floorboards. But no reply to Dennis's farewell emerged from the Fishfinger house. Sadly, the young lover poled his way back through the silvery moonlight.

chapter nine

The journey from Dennis's village to the city of Flagelot should have taken, on a good day, no more than eight hours on foot. However, considering that there hadn't been a 'good day' in the kingdom for one hundred and forty-eight years, not since the beginning of the reign of King Laz the Binding, in 572 AD, perhaps twenty-five hours was a more reasonable estimate. But it took Dennis four whole days before he reached the low hill overlooking the great walled city, having crossed the quicksands and snake grasses, the scorched earth and dense forest of a land in serious upheaval, not to mention chaos, shambles, or any other of those words so popular with hack journalists assigned to the Albion beat.

Dennis was only one among a multitude of loud and disgusting refugees fleeing for their lives. The monster's reign of terror had grown steadily more terrible in the past few days. Frankly, that was no surprise. Those peasants who had insisted on maintaining their rustic good nature and lubberly optimism about this affair now bore witness to their folly with various gross wounds, stumps and deformations beyond description. Served them bloody right, thought the cynics, who had left their villages days earlier in order to set up fast-food franchises and cart-washes along the refugees' line of retreat.

Dennis was neither optimist nor cynic: just a lad with an

unfortunate enthusiasm for taking stock. Along the road to Flagelot, he'd been robbed by gypsies, cursed by a priest, fondled by a sixty-four-year-old farmer called Steve the Queen, spat upon by infant children, flayed by a brute weight-lifter named Ken, and kissed awake one morning by a drooling corgi known as Bozo. He'd been food-poisoned in a roadside papaya-juice stand after consuming a rancid Cornish pasty and invited to invest his life savings in a bond issue called End of the Rainbow Productions, Ltd (which was sure to double his money just as soon as its 'expedition' got back from laying claim to the edge of the world). As he was penniless, he had had to turn the offer down but the lost opportunity was still smarting. At another point along the road he'd fallen in with a group of starving monks who had been reduced to a diet of strong brandy and the odd bit of finger or toe. These brothers had had him half trussed-up and a fire burning before Dennis sensed something *was* rather odd and managed to escape with only a small mouthful missing from his right shoulder blade.

The closer they came to Flagelot itself, the more dangerous became the road. What might have looked from the air like a solid river of humanity serpentining along the hills and valleys was, in fact, a solid river of humanity serpentining along the hills and valleys. A man dared not turn his back on his wife or his daughter even for a second. There were too many roadside 'bargain' clip-joints where the chance to pick up a nice set of matching earwigs for practically nothing was liable to overwhelm the poor girls. Not to mention the gangs of tough youths who were liable to try something funny with his wife or daughter and force him into the unpleasant situation of having to either beg them to stop or run away before the tough youths figured out that he was a coward, without honour, and thus a good butt for some nasty jokes. Old people clung to their younger relatives for fear of being left behind in the mob and found their offspring hacking at them with scythes and axes. The closer they got to the city, the greater was the quantity of bodies lying in the road. These were climbed over, kicked out of the way, set afire or, in some cases, literally ploughed through.

Such shocking violence was completely new to Dennis. Naturally he was utterly fascinated by it, along with everyone else. There was something so, well, 'entertaining' about watching a young man bleed to death on the side of the road. Something really quite 'moving' about the mound of bodies where two feuding clans from rival villages had exterminated themselves at long last only a few kilometres short of the city. Something rather 'hypnotic' about all this carnage and, come to think of it, jolly 'intoxicating' as well. The mob of survivors, the closer they got to the city, began to behave as if this were some kind of festive occasion, a bank holiday outing, or a randy maypole celebration. Despite all the hunks of flesh and the appalling acts of cruelty, the spirit of the people themselves had never been higher.

At long last Dennis mounted the crest of the last hill, known as Fag's End, and below him stretched out the great city with its collapsing turrets, crumbling keep, smoking wards, and towering walls festooned with the latest batch of executed corpses. All around him the crowd was arm in arm singing 'Jerusalem' at the top of its lungs, swaying back and forth, surging towards the dewy sward which led up a small incline to the gates themselves. Dennis stopped for a moment to enjoy the view. Never in his life had he dreamed that he, Dennis Cooper, would one day actually glimpse the great city of Flagelot with his own eyes. He felt a burning desire to stand there atop Fag's End with the hymn rising all around him, the smoking walled city up ahead of him, the usual muck festering on the ground below him, and simply to bask in it, revel in it, press it into his mind so as never to forget it. But it was not possible, this great luxury, for the crowd, brotherly arms, the gentle hands of comrades, the comforting touch of humanity, reached out as it went by and jerked him back into its midst where a rusty knife was shoved up against his throat and a coarse voice whispered into his ear, 'Sing, brother, or I'll cut your sodding head off.'

Dennis sang!

*

It was six hours later that Dennis found himself near the head of the line of refugees seeking admission to the city. This was something he hadn't foreseen. One was not allowed just to enter Flagelot whenever one happened to feel like it. There were officials, brutish guards in reality, set at the main gate, who interviewed every peasant and decided whether to grant him or her a visa to enter. This, Dennis had gradually realized, they rarely did. In the past two hours, he had counted over four hundred refugees turned away from the gate. As a result, Dennis was feeling extremely fatigued. Taking stock had never prepared him to count all the way to four hundred.

At least he was now within earshot of the mysterious scene at the gate and he strained to catch every word. A sloppy little fellow in a ragged brown tunic had just pushed his way up to the guards. They seemed to recognize him, for they tried to ignore him. But finally one guard said, 'Look, we told you before: nobody gets in here unless they've got either money or possessions.'

'But I have possessions. See?' The little peasant held up a medium-sized rock.

'That's not a possession, that's a rock.'

'What do you mean that's a "rock"?'

'Look, beat it. I don't wanna have to tell you again.' The guard raised his mailed fist as if he contemplated removing a major portion of the little guy's head with a flip of his wrist.

'Hold on a minute. What if this isn't just a rock? What if it's a diamond?'

'It don't shine. Now I'm gonna hurt you.' The guard backhanded him gently out of the way, a good fifteen feet out of the way. 'Next!'

The peasant finally came to a skidding halt and sat up. 'I could shine it up a little.' He rubbed it on the front of his soiled tunic. 'See? It sparkles a little already.'

'Next!'

A family of six approached the guard. The eldest son carried an elaborate carved oak bedstead on his back, while the father was struggling with a lumpy feather mattress. Mother was coping with several dozen pots and pans, while the three younger children were leading some half-starved chickens and a scrawny nanny goat on leashes.

'Well, now, what have we got here?' said the guard. Just inside the gates, there was a rustle and bustle of interest in this interview. The narrow street was lined with canopied stalls where pawnbrokers and usurers had set up temporary headquarters during the siege. What a fat and loathsome group of bloodsuckers, thought Dennis, although he quickly cautioned himself against judging people from first impressions. If he was going to succeed in the city, he told himself, he'd have to keep an open mind. After all, the only difference between city people and country people was that city people had turned the country into city while country people had not turned the country into anything but country. Which ought to tell you something, especially if you're one of those people who refuses to touch metal of any kind unless he's had his hands baptized in the past seventy-two hours.

'That's a fine-looking bed. I'll give you two farthings for it when you get inside,' shouted one of the bloodsucking pawnbrokers from inside the gates.

'I'm giving out top prices for pots today,' called another bloodsucker.

'Don't listen to these guys. I'll give you a package deal. Two crowns for the whole lot,' called yet a third bloodsucker. 'Plus I'll fix you up in a nice clean hotel.'

'Lay off, you guys,' admonished the guard. 'They haven't got inside yet. All right, let's see that chicken you're leading, little girl. Does it lay eggs?'

'Sure does,' gulped the peasant father.

'Looks a bit deformed to me.' The guard turned to his partner. 'What do you think of those legs, eh, Wally?'

The guard named Wally, who looked remarkably like somebody else, yet without any traces of resembling a cow, shrugged his shoulders. Before he could speak, the little fellow with the rock had pushed his way back to the front of the line.

'Listen, this is no ordinary rock.'

'What!!?'

'It sings.'

'I'm going to break your ...'

'Just listen!' He put the rock up near the guard's ear, and received a tremendous gauntlet-swat which indicated that this time the guard was not fooling. The peasant skidded about thirty yards across the dirt on the edge of his chin before he stopped, sat up, and spat out a large mouthful of native soil. 'Maybe,' he shouted, 'just maybe you're tone deaf.'

The guard snorted and turned back to the family. 'You know, I don't like the look of that goat. I'm going to have to quarantine it.'

'What's wrong with her?' asked the wife, visibly upset.

'Look at those legs. Deformed. You want to bring a bad goat disease into the city, huh? Here, give it to me.'

'But how long must you keep it?'

'That all depends on how sick it is. Don't worry.' He turned to the scribe who was seated at the official table just to the left of the gate. 'These people are okay. Give 'em a three-day visa.'

'Only three days?' cried the mother.

'Look lady, you want to go inside or don't you? Okay then, get moving. Next!'

The peasant with the rock dashed back. 'Listen, before you hit me again, I'll be honest with you. This rock doesn't sing, but it's very valuable. If you let me go through the gate for thirty seconds, I'll exchange it for a bag of silver crowns and prove it to you.'

'Do you think I'm daft?' demanded the guard.

'I swear to you, I can. You'll see.'

'Oh yeah?' the guard's face formed something with an uncanny resemblance to a smirk. 'You hear this nut, Wally? Exchange the rock for a bag of silver, right? Okay, you go ahead. But just thirty seconds, mind you. And if you don't do it, you're in very big trouble, pal. Go ahead. Keep an eye on him, Wally.'

Dennis stepped up. 'I'm afraid I don't have anything really. But it's important that I enter the city immediately.'

'Move off, kid, that's what they all say. Next!' He brushed Dennis to the side.

'You don't understand,' said Dennis, brushing his way back. 'I'm seeking employment. I've recently graduated from a prestige apprenticeship and I need to earn my living. I have several good ideas. I can tell you my resumé in about five seconds if you've got a few minutes. And I . . .'

'Will you get out of here!' He put his gauntlet on Dennis's chest to push him out of the way, but suddenly felt something under the lad's shirt that caught his interest. 'Just a minute. You told me you didn't have any possessions. What's this?'

Dennis blushed. Reaching into his shirt, he pulled out Griselda's potato. 'Just a little keepsake from my girlfriend. She gave it to me . . .'

'I never seen anything like this before. It's kind of cute. Looks like it tastes good too.'

'Please, don't! My sweetheart gave it to me.'

'She did huh? She must really love you. What's this called?'

'I think she referred to it as a potato. Could I have it back now?'

'What's your girlfriend's name, kid?'

'Griselda, Griselda Fishfinger.'

'How old is she?'

'Fourteen.'

'Is she real pretty?'

'I think so.'

'You know, I'm a sentimental guy. Here, you can have your girlfriend's souvenir back.' He handed Dennis the gnawed lump. 'You're a lucky kid, kid, and I envy you. Is your girlfriend good in the hay?'

'Well, I don't know. Her father is a fisherman and I don't think she spends much time in the fields.'

'Really? You know what they say about fishermen's daughters?'

'No, I don't. I know what they say about bakers' daughters, and tinkers' daughters, and cobblers' daughters. They even say something about cooper's daug ...'

The other guard, Wally, was growing impatient. He apparently saw nothing very touching about Griselda's potato or tinkers' daughters. 'Len, cut out the bullshit and get rid of this kid. We don't have all day.'

'Couldn't we give the kid a break, Wally?'

'Just tell him to beat it.'

Dennis was crushed. Bowing his head, he turned and fought against tears as he slunk away from the gates, unable to look the other peasants in the eye. It was his first big failure since not-arriving in the city. But he was unaware of a last-ditch effort the sentimental guard was making on his behalf. After a series of hushed pleas, the guard named Wally finally shrugged his shoulders and said, 'Kid, come back here a second.'

Dennis raised his head and turned. Could this be true? He felt like cheering as he strode hopefully back to the two guards under the jealous eyes of all the other peasants.

'Just show us your legs,' said the sentimental guard. 'Maybe there's a chance for you.'

Obediently, Dennis pulled down his leggings to reveal two shins lightly tufted with reddish fur. After studying them carefully for thirty seconds, the guards shook their heads.

'Tough luck, kid.'

'But ...'

'Next!'

chapter ten

Dennis wandered for perhaps an hour across the dewy sward that surrounded the city on all sides. The light was rapidly fading in the west; the sun was playing no pranks this evening, having been well flogged by the Universe for its recent misbehaviour. Dennis stooped and picked a blade of grass and sucked it thoughtfully. He rubbed a tear from the corner of his eye with his knuckle. Don't get hung up on details, he told himself. Don't get discouraged. Maybe if he could whistle a happy tune to cheer himself up? Maybe if he had something to eat? Even a rancid Cornish pasty would taste okay after two days of zero calories. But he had nothing: no food, no money, no possessions. Perhaps if he could just see Griselda for one fleeting moment and rest his tired cheek upon her enormous ... Well, maybe not that either. You're a miserable failure, Dennis Cooper, he told himself. But you're all you've got.

Perhaps, he thought, there's another gate into the city round at the back? Maybe he'd have better luck there. Or perhaps there was a crack in the walls somewhere? He could suck in all his breath and squirm inside like a worm. Soon his mind was racing with the possibilities of being a worm.

The general outline of Flagelot's walls would appear, if drawn on a map, as a kind of amoeba. There was no regular shape reminiscent of any kind of geometry that anyone on this planet has ever studied. The walls had been designed with one purpose in mind: defence. In order to demolish an attacking enemy, they had been angled and sloped to create as many tricky cul-de-sacs and blind passages as possible. When an attacking army attempted to raise their ladders to scale the fortifications, they found themselves exposed to deadly crossfire from the crenellations above.

As soon as Dennis extricated himself from the dialogue in his own mind, he decided he'd better walk round the city before it grew completely dark. He'd not gone more than a hundred yards before he rounded a corner and there, at the base of the towering walls, he saw a most disheartening example of why today, here in the twentieth century, we put our miserable poor people into neat and enormous concrete packages far away from the restaurant districts of downtown. For there in the shadows beneath the fortress sprawled a shanty town of appalling dugouts and shebangs, crude tents and shacks, the second city of Flagelot. This was the home of the refugees and rejects, those wretches who had somehow imagined they were going to be admitted to the glorious city itself. Fat chance! As these miserable people now realized, squatting like stick-figures in the mud outside their 'homes', too hungry to move, too depressed to cry, some of them outlandishly dappled with red paint in what, Dennis concluded mistakenly, was a crude attempt to identify themselves with the mangled victims of the monster.

As Dennis stared at these people, he gradually realized that they were not in a particularly good mood. In fact, he felt rather self-conscious staring at them. This may have been because a group of children had begun to fling stones in his direction. His discomfort increased when a woman, apparently their mother, came out of a hole in the ground, saw what they were doing, and promptly picked up a stone and threw it so as narrowly to miss Dennis's left kneecap. He waved at them to indicate no hard feelings, and broke into a gallop as fast as his exhausted legs could carry him.

In fact, for the next fifteen minutes, Dennis found it best to keep moving as fast as he could. The walls jutted out and broke away to reveal these wretched shacks squatting in their recesses. None of the 'natives' looked too friendly and several of them had rather good throwing arms, surprising in that they looked so undernourished. His gallop became a complete haul-ass when suddenly a drooling yellow dog caught sniff of him and came snapping at his legs. Dennis was about to provide the dog with its first good meal in days when, luckily, it suddenly collapsed and lay whimpering on the ground, too starved to run a foot further.

The next turn in the walls revealed a section which seemed deserted by all forms of refugee existence. At last, thought Dennis, and slowed his running to a more relaxed jogging. He had no idea how far he'd already run. Nor did he really know how big the city was altogether. But for some reason he had a sneaking suspicion that he was nearing the 'other side'.

Two-thirds of the way down the straight wall, Dennis came to a sudden stop. Was he dreaming? It seemed as if there, only ten feet ahead of him, was the impossible: a doorway. It must be a dream. But if it *was* only a dream, why was the door beginning to open?

The kindly face of a grey-haired gentleman slowly pushed out of the space between wall and door. What a comforting smile the old boy had, thought Dennis. The gentleman's smile grew even broader. He looked carefully up and down, making sure they were alone, and then waved at Dennis. He seemed to be inviting him to come inside.

'Me?' cried Dennis. 'Are you sure?'

The man vigorously bobbed his head up and down to indicate that it was indeed Dennis he wanted to enter.

'Gee!' cried Dennis. 'Thanks a lot.' He broke into a modified sprint, checking all around him as if he were afraid the ground he was running over was full of lurking refugees who were going to tackle him at the last moment. He cut straight to the doorway and came barrelling through ... WHAM! The 'kindly' old gentleman had timed it exactly, slamming the door so as to crunch Dennis's face at exactly the same moment as it locked firmly shut. Dennis landed on his rump in a blaze of astronomy. The next moment a plate slid back on the other side of the door, revealing a barred face-hole. A large brown leather tube was pushed out and began to squirt red paint in Dennis's face. As he was still half unconscious, it took some time for the lad to crawl out of range. At last the obscene instrument disappeared inside, the metal plate slammed shut, and a ghastly laugh was just audible inside the door. For the first time in his life, Dennis was beginning to get pissed off.

*

Unfortunately, there was no back gate to Flagelot. Only massive towering wall, wretched lean-to and shebang, scrawny scarecrows huddled around a cauldron of soup on a bed of pinkish coals. Daylight was gone. A half-hearted rain had begun to drizzle. Dennis dared not approach the soup-watchers so he dropped himself in a puddle of brackish water. He propped himself against the wall for what little shelter (and it was minute) this could offer. He was becoming increasingly aware of the pain in his belly, a scream which was now clearly audible in every cell in his entire body. Once in a while it seemed to be dying down, or at least growing so high-pitched as to benumb itself, but then it would pick up again with a kind of deafening effect which was driving Dennis to the brink. Without realizing it, his hand had wandered inside his tunic and all five fingers had clamped firmly round the rotting hulk of Griselda's spud. Slowly, the hand removed itself from inside his tunic and brought this lump of veg up to Dennis's lips. Involuntarily, Dennis's lips dropped open and revealed two rows of swampy green incisors all set to chomp deep into that Golden Delicious potato...

WHAT IN GOD'S NAME AM I DOING?

Dennis jerked his hand away from his mouth. He shook his head in disbelief. Had he really been reduced to such a level that he was about to snack on his most beloved darling's keepsake? Before he could answer 'Yes', the famine scream in his belly once again picked up.

His eyes turned towards the group of scarecrows squatting in the dimness, two of them blowing pathetically on the miserable ashes underneath their soup pot. Another scarecrow walked up out of the dark and tossed a few specks of grass into the cauldron. Ummm, Dennis's mind swooned, boiled grass. His mouth gushed with naked appetite and he tried to swallow this naked-appetite-gush, but it disappeared half-way past his tonsils. Another scarecrow carefully dropped some broken twigs into the soup. Ohhh, broken twigs! What a feast.

Just as his hand had suddenly arrived at his mouth bearing Griselda's potato, although Dennis had no idea how it got there, so did Dennis now find himself standing in the midst of the scarecrows around their soup pot.

'Excuse me. I thought I recognized one of you fellows from a few days ago along the...'

The scarecrows were tempted. 'Watch him! He's after something. Don't come any closer!' They formed a quaking wall between their cauldron and Dennis, glowering at him like a pack of starving wolverines.

'Actually, I was wondering if I could borrow a little bit of your soup. You see, I haven't eaten for two days.'

'He's after the soup! Get him. Poke a hole in his body. Get a stick. Get the stick!'

'We ate the stick!'

'Get a rock!'

'Go away, this isn't soup. Where's that rock?'

'Now wait a second, I'll do *anything*. I've got to get something to eat,' pleaded Dennis.

'He says he's desperate. Says he'll do anything. Anything?'

Out in the darkness where the dewy sward met the dense forest and disappeared under the drooling rain, there sounded the most terrible cry – half human, half beast, half agnew. What was an agnew? None of the scarecrows remembered but they knew it must be loathsome and terrible. Altogether, those three half-cries added up to:

'THE MONSTER!'

'Really?' Dennis asked. 'Are you sure?'

'I have an idea,' whispered one of the scarecrows to his terrorized friends. 'He says he's desperate and he'll do anything. What do you think? Will he go for firewood?'

The phrase 'go for firewood' provoked the most awful twitching and cowering among them.

'Wait a second,' Dennis said. 'You want me to gather some firewood for you? Of course I will. Nothing would make me happier than to pay my own way with a little hard work. Just point out where I'm likely to find some and I'll be back with all the sticks you can shake a stick at.'

Trembling fingers pointed into the blackness in the direction of the monster's recent shriek.

'Oh,' said Dennis.

'You promised!' shouted a scarecrow. 'You said you'd do anything.'

'Uh, sure, you say ... the firewood's out there?' But his eyes dropped from the darkness and into that foamy infusion of boiled grass and braised twig. 'I couldn't just have a taste first to make sure it was really my kind of thing? You didn't put any garlic in it, did you?'

They shook their heads.

'Garlic gives me terrible wind. That's okay. You can't just give me one little taste first? No, I didn't think so. I better get going then. Firewood coming right up, folks. Save some soup for me, please?' He trilled with nervous laughter but got nothing back except one old man crossing himself and a dozen graveyard stares. ''Bye for now, folks. See you all soon, I hope.'

The least those people could have done was to have wished him good luck, Dennis carped to himself as he edged into the thick pitch of the night. You'd think they'd been brought up in pig-pens with their manners. Come to think of it ...

Dennis spent a good ten minutes expecting to stumble into

the forest as he crossed the no-man's-land of the dewy sward before he, surprised, stumbled into the forest. Luckily the place where he fell contained neither firewood nor rocks. But a few steps later a sharp rap on his shins was a promising sign of firewood in the vicinity. All he had to get, he concluded happily, was one modest armful. Then he could dash back to that cosy feast with those charming people. Really this was rather easy work, he thought, despite the wet, dark, creepy atmosphere and the leaky sensation in his naughty bits. Maybe if he whistled? Why not? He broke into a nasty little version of his favourite ballad, 'Griselda, She So Fine', getting right into the up-tempo lilt of the chorus, whistling his nuts off, scrambling hither and thither to get all the choicest branchlets and twiggies, really this was almost fun. Maybe those scarecrows were just teasing him about the monster? Maybe it was just a dodge so they could keep all the soup for themselves? Now that was a depressing thought, and he pushed it quickly out of his mind. You've got to start trusting people some time. Those were nice, humble, ordinary people – just like his own. They wouldn't do that to him. Wasn't that a pretty hunk of birch wood over there gleaming in the moonless night? Just ripe for the picking, and it would burn so nice...

Needless to say, the scarecrows, after having heard that horrible cry, had been perfectly correct in their hesitation to go on firewood expeditions in that part of the woods. Although in the area, the beast was perhaps a good thousand yards distant from where Dennis actually entered the forest. However, the monster had not remained unmoved by Dennis's spirited rendition of 'Griselda, She So Fine'. It had immediately turned its mammoth torso in Dennis's direction so as to better tune-in to his musical efforts. And if Dennis hadn't been so exuberated in his task of firewood gathering he would have certainly noticed the odd sounds now getting closer and closer to where he stood. The monster moved through the thick forest and tangled underbrush with all the grace of a giant squid. The consequent noise sounded like a starved battalion of Italian paratroopers fighting their way through a jungle of lasagna in the middle of Harrods during the Summer Sale. Or, perhaps, like a monster trampling down through the royal game preserve of Flagelot. As Dennis hopped gracefully over a mulberry bush and reached out towards his desired birch log, the monster loomed into view above the trees. (Unfortunately it was far too dark for an accurate description of the monster to be allowed at this point. But the Author wishes to assure his Readers that a full, detailed description will be forthcoming at an appropriate spot later in this text – which, he reminds you, is at this moment about to reach a climax fraught with immense tension and danger for our hero.) Peering down through the trees, the monster grinned a nauseatingly self-satisfied grin at the sight of yet one more helpless victim. For a few seconds, the monster debated whether it should let loose one more of those terrible yawps (half-human, half-beast, half-agnew) in order to have the pleasure of seeing the surprised victim turn, eyeballs exploding, shrieking with fear. No, the monster was rather bored with that pleasure. It was quite late, and this was going to be the final nosh of the day before crawling back into its lair for a monstrous night's sleep.

Yes indeed, thought Dennis, as he fastened his grip on the birch log and jerked it towards him out of the bush.

'What *do* you think you're *doing*?' lisped a suspiciously effete voice belonging to the owner of the ankle which Dennis had just mistaken for a birch log in this bosky dimness. In fact, the man was a degenerate who had slipped out into this birchy part of the forest to perform a disgusting perversion upon himself (solely a matter of a consenting adult and a consenting tree and, therefore, it will not concern us further), and was now outraged. The pervert leaped to his feet, raised his fist to smite Dennis a paralysing blow, and at that moment . . .

Dennis instinctively ducked to avoid the man's blow and, thanks to his innate cowardice, just missed the vacuum suction whirlwind which suddenly dipped out of the sky to suck the pervert up into the monster's gullet with a most horrible noise. The ground trembled like an 8.9 Richter Scale earthquake. The surrounding trees bent and cracked as if a hurricane had suddenly arrived out of nowhere. The little night creatures, lizards and slugs and crickets, raised their non-voices in a crescendo of non-sound. The scream of the pervert as his flesh was toothlessly gobbled off him in the monster's maw was not very pleasant either. All in all, Dennis gulped, this was bad.

A lumpish object dropped on to Dennis's head. Followed by several more lumpish objects falling in the brush close to where he was cowering. Above his head, the sound of the pervert's cries had given way to the final satisfied whirlwind munches of the monster who, apparently, was well satisfied with his bedtime snack. Thump, thump, thump, the lumps were raining down all over the area, some of them striking Dennis on his legs and back. One rolled off his shoulder very near to where Dennis's hand was clutching the soil. He dared to reach out and touch it. Oddly, the lump was rather familiar. As the sound of the monster seemed to be retreating now, trees crashing and snapping in the near distance marking its trek towards lair and bed, Dennis dared open his eyes and examine this strange lump. Even in the darkness he immediately recognized the brownish knobs of the precious potato, cousin to the darling keepsake he still wore mashed against his chest inside his tunic. Although he had just barely escaped from a frightful end, although he had come within micrometres of being sucked to death, although he had pledged himself to use the word 'although' four times in one sentence and was now successful, Dennis's mind was filled with only one neon-illuminated question:

'Oh, Griselda, why did you do it?'

chapter eleven

Shortly after dawn, Dennis awoke with the distinct impression that last night's mild drizzle had turned into a subtropical cloudburst. A clear blue sky and bright yolk of sun made this difficult to fathom. Why was he being lashed with rain? Dennis rolled on to his back and stared up fifty feet of grey stone: a grinning Questionable Guard was standing at the top of the rampart shaking the last drops out of his rude member. Dennis tried to protest but only got as far as 'Excuse me but...' before the sharpshooter had turned his back and disappeared.

Following his escape from the monster in the forest, Dennis had remembered to grab a few bits of firewood. He had haul-assed back across the dark sward with his mind flashing EATS like a roadside diner. Poor Dennis! The promised soup feast had been abruptly cancelled and the scarecrows had neglected to inform him. They'd packed their rags and pots and decamped into the night, leaving nothing behind but a shallow pit rapidly filling with brown mud. After a brief tantrum, Dennis dried his eyes and set out, determined to find those double-crossing soup-hoarders and give them a piece of his mind. (Perhaps they'd trade a little soup for it?) But to no avail. For several hours, Dennis dragged himself from unfriendly hovel to positively hostile shack, was chased out of half a dozen trenches, nearly had his leg chomped by several angry dogs, and received more than his share of threats and well-aimed rocks, all without encountering a single one of his old friends from the soup party. At last, finding himself by a remote stretch of dark wall, he'd dropped like a load of King Bruno's plaster into the mud and enjoyed several hours of dreamless slumber.

Now that he was awake he saw that he had actually chosen a spot only a few yards from the door where that 'kindly' old man had tricked him the previous afternoon. Unbeknownst to Dennis, his face still bore the livid red stains of the obscene spraying he'd received. But that was the least of his worries. For the hunger siren which had blared through the night was now growing more excruciating every second. He tried to climb to his feet. Umpf. His empty belly made him so dizzy. Better sit for a moment and collect his energy for another attempt. A throbbing sigh of remorse filled his breast. Oh, Griselda, how could I have foresaken you? (In a moment of legitimate danger, of course.) He recalled his first reaction upon finding another potato in his hand. For a moment he had flashed a most disturbing picture of his beloved Griselda being unfaithful to him – entrusting another with a sacred potato not unlike the endearing keepsake which she'd tossed so tenderly on to Dennis's raft only a few days before. Who was this rival? In the clear light of morning, Dennis perceived the foolishness of Jealousy. Obviously, last night's potato had somehow been dropped by the dreadful monster. In fact, there had been bushels of potatoes raining out of the monster's mouth during those few awful moments while the poor pervert was being slurped to death.

Had Griselda been consorting with the monster? Ha! It was unthinkable. (Not all that unthinkable.) No! It was madness. Well, how could Dennis be sure the monster wasn't more Griselda's 'type' than he was? Such thoughts were clearly absurd. Griselda flirting with the monster? Ha ha, heh heh, eh?

Suddenly several peasant ragamuffins came scooting round the corner of the wall, the vanguard of a large crowd of excited adult peasants. The centre of attention seemed to be the strangest draught team Dennis had ever seen. Eight giant, snorting men trotted in tandem, stripped to the waist, hitched up like a team of horses. From the back of their harness they dragged a rope as thick as Dennis's arm. They were headed directly for our lad. Alarmed – he hadn't thought he'd offended them *that* much last night when he tripped over their shebang and crushed the hard-boiled egg a dozen of them were about to carve up – Dennis struggled to his feet. 'Hold it, folks, I didn't mean to . . .'

Dennis suddenly realized the crowd was totally oblivious of him. They had come to a stop and all eyes were on the eight harnessed heavies who had continued to canter up to the 'kindly' old man's door. One of the front pair raised his arm and yelled, 'Whoa!' The team lurched together and halted. 'Yah!' ordered the leader, and the eight horses did a neat side-step dressage to the right, ending with their backs to the door. 'Wheee!' shouted the leader. This was the signal for the last pair, closest to the door, to fall out of formation and bring the end of their rope to the iron ring hanging in the centre of the door. One of them tied a number of intricate and impractical knots, made a great show of yanking tight the cinch, and finally knocked twice.

'Yoo hoo! Are you in there? Open up please, ya filthy bugger, we've something lovely to show ya.'

'What do you mean "lovely"?' answered a gruff voice. The iron plate suddenly shot open revealing the 'kindly' old man himself. 'You cheeky bastard, is it another faceful of paint you're looking for, eh?' He gripped the bars and spat at them.

'GIDDEEYUP!' cried the leader of the human-horses. At once the eight threw their chests into their harnesses and took off at a gallop across the sward. For fifteen yards they picked up speed while the 'kindly' old man glared at them in astonishment. Suddenly the rope pulled taut as a violin string. Quivering, for a split-second, it seemed to hold all in suspended animation while the crowd of peasants held their breath, crossed their gnawed fingers, and made the sign of the cross on their children's lice-ridden mops. A great metallic screech shattered the air and the door burst out of the wall with the 'kindly' old man still holding the bars. Too stunned to let go, he was dragged across the grass. A great cheer erupted from the crowd. 'Let's hear it for the boys!' shouted one particularly inane yokel. 'Hip hip HOORAAY! Hip hip HOORAAY! Hip hip ...'

In the middle of the second cheer, Dennis came to his senses. Why was he standing there shouting like a drunken joiner at a village fish-fry? The door was *open*. He flung himself towards it, his stiff muscles and empty belly forgotten for the moment, displaying world-class sprinting form as he closed the twenty yards between where he stood and ... The Walled City, Flagelot, The Big Time, A Place In The Sun, The End Of The Rainbow ...

Dennis crashed through the doorway just ahead of the mob of peasants who had broken off their cheering to follow his dashing example. Just in time! For an alarm inside the castle had immediately raised a company of Questionable Guards who were closing fast on the breach in their security. Dennis had to dive like a maniac to get there first; he hit, bounced, collided, twisted underfoot, was tossed about like a pebble under this wave of clanking armour which was about to splatter all over the unsuspecting rabble. Dennis quickly scrambled to his knees, pulled himself, ape-style, into the shadows of a rotting shed, down round a corner into an alley reeking with the smell of lard and cat love. He managed to drag himself up to his hips, down the alley, round another corner, up now to his chest, to his shoulders, and down the laundry-cluttered back streets until he was really up there, striding along into the heart, yes the *heart*, of the city, Main Street, Flagelot!

He stopped at last to catch his breath. On the third attempt, he just managed to catch it. The street was absolutely empty, but he was not alone. For everywhere he turned his eyes could feast on the bright signs, notices, adverts, and placards. Butchers, winesellers, fruiterers, mercers, the Joiners' Guild, taverns, headache remedies, toe rags, armour repairs, fresh horses, stale horses, fishmongers, spice-mongers, silk-mongers, scribes, quacks, fish-and-tunip shops, porno parchment shops, anti-plague clinics, the Rialto; a million glittering prizes crowded the walls of this empty space, the main square of Flagelot.

'Morning, Mrs Flora!'

'Morning, Mrs Fauna!'

The new day was alive with the voices of various housewives as they tossed the night's slops down into the street.

'Morning, Mrs Flesh!'

'Morning, Mrs Fowl!'

Dennis was being bombarded with revolting stuff. It wasn't snow.

'Morning, Mrs Gumdrop!'

'Morning, Mrs Grapejuice!'

'Morning, Mrs Slobber!'

'Morning, Mrs Drool!'

Dennis had decided to take refuge in the doorway of a place called Ye Olde Mortgage Society. Amidst the sunny greetings and the flying slops, the Town Crier appeared out of a doorway holding the traditional Flagelot hourglass in his arms like a giant egg-timer. Only a few bits of sand remained in the top, but this was quickly funnelling down. The Crier had made this same journey every morning for fifty years. When he reached the small sundial in the centre of the square (it had been broken for centuries) he puffed himself up with a lungful of air. The last few specks slid rapidly down into the bottom half of the glass. At last, he cried:

'RUSH HOUR!'

In a matter of seconds, the empty square was swarming with thousands of jostling, sullen citizens brawling their way towards God only knew where. Dennis stepped out into the mob and was immediately assaulted, shoved, elbowed, goosed, crunched, licked, ignored, attacked, virtually whipped to his knees. Each time he tried to rise, another passer-by would blast him in the face with his newspaper or push him down again. 'Please. No, wait, help me ... OWCH! Please!' Nothing he'd endured on the long march with thousands of barbaric refugees had prepared our lad for this. At least on the road the violence had been polite, at a pace slow enough that even a country boy could understand things. But this 'rush hour' well, it was rude. Downright, plain-to-see rude. Didn't these city slickers have any manners? It was one thing to punch, stomp, lick and flay. But it was something else if you forgot to be a gentleman at the same time as you were punching, stomping, licking, and flaying. Dennis tried once more to get up to his feet. Impossible!

He had to slither on his belly under the trampling boots and the crippling newspapers until he reached the edge of what seemed to be a gutter. Dennis managed to roll into it. The next step was simple: he rolled out of it and on to the four-inch 'sidewalk'. Phew! A close call. At once somebody began to poke at his right shoulder, somebody who had also apparently sought refuge here from the maiming 'commuters'.

It was an old man with a strangely hooked nose, like a flamingo's, and a face which seemed rather kind, although perhaps a trifle sad. Dennis smiled and the beggar smiled back and pointed down at the pavement in front of him. On a reasonably clean white handkerchief, there were displayed two items: a butcher's cleaver and the beggar's neatly severed foot. The beggar made a funny gurgling noise down in his throat which might have been mistaken for a laugh, and jangled his tin cup under Dennis's nose.

Now if Dennis had not been without a bite of food for three days, what he would have put in that cup would have borne an uncanny resemblance to his guts. Yet as it was, he put nothing in the cup and made a frantic move to get away from that beggar as fast as his two feet could carry him.

Part Three
Who'll Fight Our Country's Battle?

chapter twelve

How the vagaries of Time and Place do confuse our twisted brains! At the exact moment Dennis was beseeching a few peasants for a drop of their soup, King Bruno the Questionable was enjoying a lavish feast at the head of the royal banquet table. Apart from the lumps of plaster in his soup and the odd cockroach in his salad, the supper was most pleasing to His Majesty. The chef had put two of his favourite dishes on the menu: devilled crows' feet and a joint of young pony. Now that he had taken his fill of those delicacies, he was looking forward to digging into a large pudding which was stuffed with dozens of curried prunes and candied dogfish.

It was customary for Passelewe to read aloud to the King on those nights when His Majesty did not have guests. Since the King was brooding on the problem of how best to capitalize on these potato deposits the monster was dropping all over the kingdom, while also dealing with the monster's rather inconvenient appetite for human beings, he had asked Passelewe to read him a few chapters from the royal family's glorious history. Perhaps, the King felt, one of his ancestors would have provided him with a noble example, a regal clue, which might inspire him with a courageous solution to this potato-monster dilemma.

'And so, Your Majesty, King Max, your great-great-grandfather, by a tournament did choose from his knights a champion, Sir Leo Bromiades, to drive the foreign invaders from these lands. Mounted on his mighty charger, Lester, the great knight, waged battle far and wide – until peace once more resounded from burning village to burning village.'

'I say, Passelewe,' asked the King, 'are you not stilting my family history just a mite so as to plant certain ideas in my noble mind?'

'I would not dream of such a thing, sire!'

'You've dreamed of it in the past, my dear Passelewe. In any case, read me that first bit about King Max again. I think I've had an idea.'

'In the year of the Great Itch, when half the kingdom lay devastated by a plague of fawning Hogfish heathens, King Max the Vainglorious gathered a force of six and fifty Knights Bachelor.'

'What exactly does that mean, Passelewe?'

The Chamberlain looked up from the scroll. 'Sire, exactly what it implies: the knights were chaste and pure, without wives.'

'You mean they were a little ... er, a little *that* way?'

'Poofs? I think not. Just happy-go-lucky gentlemen.'

'Do I have any knights like that?' asked the King.

'Sire, you have many knights who have sworn the oath and kissed your royal orb, and who do their best to remain chaste and pure.'

'Name one,' suggested King Bruno.

'Well ... ah, I'm sure I could name a dozen. Do you wish me to continue reading this passage? It doesn't help my concentration when you keep interrupting me.'

'Ha! You can't even think of one name. Listen, Passelewe, there's not a knight "bachelor" in the whole of my kingdom. And you know it. Now, continue reading.' His Majesty sat back with a smug expression.

'... and King Max rode at their head into the Valley of Flatulence. Seeking to confuse the enemy Hogfish, Max hanged half his knights, buried the rest up to their necks in the Dead Swamp and ...'

'A brilliant tactician, old Max.'

'*Please*, sire! And he challenged the leader of the Hogfish army to single combat. Armed only with sword, short-sword, dagger, broadsword, poniard, battle-axe, lance, cultellus, scythe, glaive, mace, crossbow, long-bow, flail, halberd, guisarme, falchion and pole-axe, he cut the beast general in twain. Seventeen years later, the beast general died a horrible death. With that, King Max rode back to the castle to the cheers of his subjects who lined the road for over fifty miles.'

The King pounded the table in approval. 'Fifty miles! That's respect, Passelewe, true respect with a capital "R". By god, you've convinced me. I shall throw the biggest tournament since King Max the Vainglorious.'

'Very good, sire. But may I ask what you'll hold this tournament for?'

'It's been decades since I've heard the clash of lance on shield; the clamour of mighty knights falling off their destriers; the cheers of the crowd; the shrill groans of the ladies; the spurt of blood as dagger is thrust into groin; the cry of the ...'

'Begging your pardon, sire, but those are hardly proper reasons to hold a tournament.'

'What?'

'Have you forgotten the official tournament rules? One holds a tournament in order to choose a champion who will undertake a royal commission. Prizes must be given ...'

'You're joking.'

'... and a special assignment given.'

'What prizes?' The King picked up a candied dogfish and let it melt in his mouth.

'Half your kingdom and your daughter's hand in marriage, of course.'

'Half my kingdom? Do you know what those builders are charging me just to prop up the east tower? God's shingles! I can't afford to keep this roof over my head and *you* suggest I give away half my kingdom?'

'Such are the rules. I didn't make them, sire.'

'And what's this royal commission stuff?'

Passelewe tried to ignore the fact that King Bruno's last question was asked with an open mouth full of masticated dogfish. 'As King, you must give whomever is elected, by trial of combat, a royal commission: a highly dangerous task to accomplish, some near-impossible deed which will benefit all your subjects and prove, once and for all, the knight's prowess. After all, he's going to be your son-in-law. He'll be sharing a royal bed with a royal princess.'

'For that task,' sighed the King, 'he'll need all the prowess he can muster. In fact, Princess Rita is a dangerous assignment all by herself. Have you, by any chance, encountered any of those strange nuns whom she has installed in her chambers?'

'If you are referring to the Sisters of Blessed Alohas, yes I have. Sire, they are a small but genuinely devout order of Hawaiian origin who arrived in your kingdom only a few months ago.'

'There's something rather bizarre about those nuns.'

'Your daughter finds them a comfort and an inspiration. They have promised to teach her the sacred rites of "surfing" as soon as she reaches her thirteenth birthday.'

'Time enough for such nonsense after she's married. Even if I could afford to give away half my kingdom on some champion, what in God's name am I going to do for this royal commission you claim is in the rules?'

'Sire, if you will but think back to the recent demonstration in your ...'

The door behind Passelewe was suddenly kicked open with a loud crash. A hundred pounds of plaster flew off the walls. Into the banquet hall strode a tall, well-built man in a black sarong-like robe which was trimmed with various bits of fur, snakeskin, tinsel and herbs. On his gloved left forearm he carried a hooded owl. The man's head was completely shaved, he wore a large black moustache, and his yellow eyes radiated a kind of mongol intensity. This was Marvin, the Royal Quack.

'Forgive me, sire, for intruding on your evening alimentation. While I was auscultating on my crystal ball, I accidentally monitored the past twenty minutes of your conversation with Passelewe here. I must warn you.'

'Warn me?'

'Warn you! I have brought my esteemed associate,' – he raised his arm indicating the owl which looked extremely weird in its pair of iron sunglasses – 'who, as you know, can communicate with the Dead. While he was inadvertently listening to your remarks concerning the possibility of launching a royal tournament, he received an urgent summons from one of his contacts in the realm known as Hades. Shall I have him tell you what he learned?'

'By all means, Marvin,' said the King, nervously biting a fingernail.

'Speak, Lazaccio.' The Royal Quack nudged the owl ever so gently. Unseen by the King and Passelewe was the ring which the quack wore on his right hand, a ring which could send out a sharp needle over an inch long and which made a considerable impression on the bird as it pierced its feathers.

'PREEEEEEEEEEEEEK!
FUUUUUUUUUUUKYUUUUUUUUU!'
screeched the owl in one of the most earsplitting falsettos ever heard. The silence which followed this horrible clarion call was filled with the sound of plaster cascading off the walls.

'Sire, do you understand?' asked Marvin.

'I understand that if your owl "speaks" once more, this castle is going to come collapsing down on my head. What was that ungodly noise?'

'Allow me to translate for Lazaccio, who speaks an ancient language long forgotten by mortal ears. The owl says that he has a message for you from your great-uncle Bruce, Duke of Tottenham and Laird of the Thistle. He says to beware – that is, to be on your guard – in other words, remain steadfast in your wariness – for there is one man in your kingdom who would repay your royal kindness with coins of the most grubby metal. In short, the late Duke says there is a traitor in your land: a man who will soon attempt to wrest the orb of power from your ordained hands and steal away the fruits of your kingship with searing lies. Furthermore, he considers it only fair to warn you that if you deliver half of your kingdom into another man's hands, you will be only half as strong to resist the traitor.'

'Is that all?' asked the King, who didn't know whether to laugh or cry after this incredible speech.

'No, there is a final postscript in Lazaccio's warning. He says that Duke Bruce bids you consider the fact that there is only one man in the entire kingdom who will make a proper husband for Princess Rita. So it is written on the chalk board of Fate. He is a tall man, quite handsome, noted for his intellectual brilliance and his kindness to animals, whose name begins with the letter "M" and ends with the letter "N": six letters in all. This man will not be hard to find. In fact, he is almost literally under your nose. That is the end of the message. I may be able to furnish more details in the near future. It all depends.'

'Oh rubbish!' said Passelewe. 'Come, Marvin, you're up to your usual foolishness again. You were listening at the door I suppose. And do you expect us to believe that this owl actually spoke all . . .

'Silence, you lisping harpy!' shouted Marvin. 'I have warned you that I will not tolerate your abuse. I am a scientist. I have a degree. The truth which I speak is all true. One more jibe out of you and I'll turn you into a dwarf with an insatiable desire to copulate with frogs. Do you comprehend me, dog?'

Although Marvin was usually seen slinking round the castle in an off-putting Rasputin funk, when he was very angry his voice cracked and his appearance grew twice as demonic.

'Methinks,' interrupted the King, 'that Marvin is trying to discourage us from holding a tournament.'

'You methinks correctly,' snapped Marvin.

Passelewe was canny enough not to take too many liberties when faced with the curse of Marvin. He tried to soften the previous harangue by proposing that they give careful consideration to what Marvin ... er, the owl ... that is, Uncle Bruce ... to the message.

'Wise, that would be most wise, Passelewe,' said Marvin. 'Unless you fancy spending the rest of your life cavorting with your little green friends in some swamp? No, methinks not. And now, my King, I must ask you to excuse me. It is drawing late and I have some important alchemical experiments to conduct, as well as dear Lazaccio's bedtime cocoa to prepare.'

'Whatever you say, Marvin.'

'Good night, sire.' The quack bowed deeply and turned for the doorway in a swirl of robe and rubbishy charms. The back of his outfit was emblazoned with 'Marvin the Quack' in gothic lettering of cheap sequins. He marched across the room and, having let himself out, was careful to slam the door behind him. Another cascade of plaster caused King Bruno to bury his face in his arms. I am getting too old for this, thought the King.

When he raised his head to speak, Passelewe shushed him with a finger in front of his lips. On tip-toe, the Chamberlain crossed the room and made sure that Marvin was walking up the steps to his chambers in the eaves of the castle. Satisfied, he turned and said, 'Really, sire, something must be done about that maniac. Not only is he dishonest, an impostor, given to bugging your conversations and reading your royal mail, but he has an obvious lust for your daughter. How can you bear his gruesome presence? He is pompous, rude, and a foreigner to boot. Something must be done.'

'Calm yourself, my jealous Passy. Marvin is harmless.'

'Harmless? I would rather consort with a pack of hungry lions than spend ten seconds in the same room with Marvin. Sire, forgive my outburst, but you heard how he abused me?'

'Push it from your mind, my dear. Thou dost protest too much. Let us return to this matter of the tournament. Perhaps the owl had a valid point to make.'

'How can you say that, sire? The *owl had a valid point*? Has Marvin bewitched you too?'

'Well, whoever had the point then ... this warning about

dividing my kingdom in half. Just think how upset my loyal peasants would be if they didn't have me to guide them any more, to shower them with my wisdom, to reassure them with my merciful justice? Think also of the low cash reserves in the royal bank, Passelewe.'

'Sire, you must consider this monster which threatens to destroy, not half, but your entire kingdom.'

The King looked up. 'How can you persist in blaming this poor monster which has brought us the dazzling potato. This monster will one day, God willing, fill our coffers with millions of crowns.'

'Sire, this is the point I wished to make before that maniac interrupted us. We have some alarming news from our agents abroad. It concerns the potato supply.'

'How now?' sighed the King. 'Don't tell me one of our neighbours has been visited by a potato-gushing monster too? Don't tell me our monopoly is slipping through our fingers before we've figured out how to exploit this fortune in vegetable jewels?'

'Nay, sire. No other monsters have been reported in any adjoining kingdoms. And our monster seems well content to remain here in Flagelot. This is the crux of the problem. The monster is *too* prolific, sire. Not only does he devour hundreds of your loyal peasants each day, but he pours out bushels of potatoes at a frightening rate. The news of his generosity has reached the commercial capitals of the world. Already, the price of potatoes on the world exchange is dropping wildly. And there are terrifying rumours of foreign adventurers on their way to Flagelot in hordes, determined to steal as many of our potatoes as they can carry back to their own kingdoms.'

'What exactly are you saying, Passelewe?'

'Simply that the monster is too generous with his potato gifts. While we are secure inside this fortress, under siege, foreign devils will sneak in the back door and make off with our resources. The monster must be *killed*, sire, before his generosity kills the potato market. The monster must be *destroyed* – or Flagelot will be destroyed by an army of foreign invaders. The beast must be *annihilated*, my King, or the value of a single potato will be annihilated. Our nation's future is in grave danger. The monster must be *crushed* – or you yourself will be . . .'

'I get your drift. The monster must be made redundant, or else.'

'How clearly your royal mind has captured the glow of Truth, sire.'

King Bruno smiled to hear his Chamberlain praise him so. 'Now let me see. Your next step was to persuade me to choose a champion who would be willing to give battle to the monster.'

'Sire, I confess the idea had crossed my mind.'

'This champion should be brave enough to risk his life in order to slay our monster, so that we may begin our potato harvesting immediately. The chance of one man, even a champion, defeating the monster while remaining in good health himself, appears rather slim, however. If I know your devious mind, Passelewe, you were going to suggest how unlikely it would be ever to see this champion alive after he'd ridden off to perform his noble deed. In other words, having to give away half my kingdom appears rather unlikely.'

'Sire, I must confess that . . .'

'Of course you must, but later.'

chapter thirteen

As the rush hour died away, and the mob of commuters went obediently into their shops and offices, Dennis lurched up the empty street in a daze. He'd taken quite a beating in order to put mileage between himself and that nasty-looking foot.

A strange rumble became audible in the distance. Closer and closer it came, like the roar of a flock of geese or the thunder of a herd of enraged rhinos. Dennis froze, fearing another rush hour was about to come sweeping down Flagellant Street. How could he possibly avoid being crushed this time? The street took a dip directly in front of where he stood and he could not yet see whatever was making this tremendous racket, each moment more raucous, more frightening.

A tall, scraggle-bearded, incontinent loony burst into view at the crest of the hill. A hundred outlandish followers swarmed just behind him. A number of slogans were slung on banners from long-poled crosses; censers wafted sickly-smelling smoke; brass gongs were beaten; drums pounded; a gothic mandolin screeched out the melody of 'Ain't No Hookworms On Jesus'; little kids rolled their eyes back into their foreheads and writhed on the ground as if possessed; and everywhere the air was rent by flying whips and chains as the fanatics flailed away at their own flesh. Other devout fanatics carried huge stones which they dropped on their toes, picked up and dropped again. There was one lunatic, shrewder than the rest, who carried a plate of spaghetti bolognese and repeatedly whipped himself in the face with strands of pasta. Occasionally he would suck one into his mouth with a quick fervent look.

This was Slobbernarola and his congregation of Flagellant believers, whose fame had spread to the five corners of the world, whose fundamentalist religico insanity was one of the major tourist attractions in King Bruno's kingdom. That is, it had been a great tourist attraction until the monster arrived on the scene. In recent days, Slobbernarola had been having a tough time collecting even three crowns at one of his rallies. The regular citizens of Flagelot had long ago learned to take this lunatic and his mob with sublime indifference.

'Repent! Repent!' screamed the monk. 'Cleanse yourselves. The beast is at the gates. Hearken before it is too late.'

So this was the great Slobbernarola, thought Dennis. You'd think a famous minister of God would at least take a bath once in a while.

'O Citizens, hearken to the word of God!'

'O yeah!' shouted his followers. 'You *better* listen! Are *you* listening?'

Dennis nodded his head.

'You better hear this! Listen up when the man says to listen! Open your ears! Get ready to lis . . .'

'Shut up!' shouted Slobbernarola.

'Yes, we're listening! *My* mouth is shut. Shut your mouths!'

'Vanity!' bellowed Slobbernarola.

There were some confused looks among the few peasants who had collected to watch this performance. 'How's that?' cried a farmer.

'I said: VANITY!'

The farmer smiled thickly. 'Yes, sir, that's what I thought you said.'

Slobbernarola shook his head in disgust. What a crew of peckerheads he'd had to tolerate since the monster arrived. He'd better get right to the climax of his act. 'SIN!' he cried in a loony voice. 'SIN AND VANITY!'

'Amen, brother! Preach, brother!'

Suddenly the monk dropped his voice into a confidential whisper. 'Yes, my friends, I have it direct from the Lord that sin and vanity, yours and mine, your brother's and your little baby son's, our collective sin, our universal vanity, are responsible for this monster which the Lord has sent to trap us in this doomed city. Saith the Lord: Vanity of vanities; all is vanity. Likewise with sin, you sinners. LISTEN! TO THE WORD OF THE LORD!'

'We're listening! Tell us, Lord! Sock it to us, Jesus! Hit us with it, Slobber!'

Again the confidential whisper building up in volume to the all-out lunatic harangue: 'The Lord saith: even the Oxyrhnc, the Decapods, the holothurians with grimacing heads, the king crabs with multiple stings, the bristling spikes of the ponderosa boorgle, the Trigla, the Poo Poo Bear, the flying Hogfish army, all these are NOTHING compared to the MONSTER!'

'Nothing, that's right! Nothing! Nada! Zero! Zip! Naught! Nix!' cried the fanatics, whooping with joy.

'Ooooooeeeeee!' cried the farmer. 'That's a whole lot of nothing, brother preacher.'

'There's more!' cried Slobbernarola. 'More than you ever dreamed of, because the Lord saith ...'

Dennis had heard enough. Leaving the crowd of deranged fanatics and their prophet behind, he turned into one of Flagelot's narrow alleyways. How could you believe a man who didn't have the sense to realize he smelled like a skunk? Don't get me wrong, Dennis told an imaginary audience, I'm no atheist. But a priest ought to set a decent example for his flock. He ought to wear clean velvet robes, lots of starched linen, with plenty of gold and silver, otherwise how could you look up to him?

The days of starvation had taken a visible toll on Dennis. As he sauntered past a coffin-maker who was hammering out one of his bargain jobs, he was talking to himself so loudly that even the grieving family with their wrapped corpse looked up and shook their heads. 'Bonkers,' said the widow, nodding in

Dennis's direction. Her children grinned through their tears and chuckled. 'For fuck's sake!' cursed the coffin-maker who had just hammered his finger for the third time that morning. 'Shut up so's I can concentrate on this. Don't want your husband buried in a leaky box, do you?'

'Sorry,' stammered the widow, and went back to her pathetic whimpering.

'That's better,' said the coffin-maker.

Dennis cruised obliviously down the alley, turned a corner, another, and only came out of his conversation (he was declaiming to an enthralled imaginary audience on his own theological interpretation of the monster) when he heard a harridan voice screaming behind a dirty facade. It was The One Metre Board, and the voice was screaming, 'Out! Out! Out!'

'But wait, my son, wait. I beseech you in the name of Christian charity to let me stay.' This was a far more refined, even elegant voice. It belonged to a clergyman who was being backed out into the alley by Bill Reek.

'So sorry, padre, but you'll have to go.'

Dennis was taken aback. Here was a man of God far more in keeping with his ideal of how a priest should look. In fact, as Dennis could see from the cut of the man's clerical rig, this was a bishop.

'I'll give you a blessing, Mr Reek,' said the bishop.

'Sorry, can't spend blessings, can we? Out you go, bishop. On your way.'

'Out! Out! Out!' cried the invisible voice.

'Please. I'll even absolve your sins, and that of your wife as well, if you'll give me one more night.'

'Too late, bish. Had the Archbishop of Muckley in here last week. He absolved the whole lot. Out you go and away you stay. Unless, that is, you've got some sacred relics you haven't owned up to yet. Huh? You don't happen to have a valuable illuminated manuscript tucked into your robes by any chance, do you bishop?'

'I only have this ...' The priest reached into his robes and produced a small gold crucifix inlaid with rubies. 'But I could never let you have this. My mother gave it to me the day I took my holy orders.'

'Can I have a look at it?'

'No!' cried the bishop, stepping back in horror.

'Give you a week's room and board for it – sight unseen. Maybe more if I can look at it, bishop?'

'I'd rather be devoured by the monster than let you profane this holy cross.'

'Okay, padre, devoured you're gonna be. Beat it! Or I'll call the guards.'

At this, the bishop's eyes flashed terror. He began a clumsy retreat up the alley. Bill Reek laughed, looked right through Dennis, and walked back into his inn. Dennis decided to follow, for the smell of something cooking had taken control of all his will-power.

'What do *you* want?' asked Bill Reek, after Dennis had tapped him on the shoulder inside the dark corridor.

'A . . . a job, sir. I'm looking for a job.'

Reek guffawed nastily. 'A job? Hear that, Mrs Reek? This lad is looking for a job!'

'Job! Job! Job!' chanted Ida Reek's voice from behind the kitchen wall.

'I'm very bright. I've got lots of ideas.'

'Ideas? What ideas, you little sod? Can you tell me how to get more than six people in a single bed? How to pull gold out of empty pockets? How to sell water as wine?'

'Well . . . maybe. I don't know.'

'That's what I thought. How much money do you have?'

'Not much but, honestly, I'll do anything. Sweep . . . clean . . . take stock. Anything.'

'Too late,' said Reek and shook his head. 'I just this morning filled that very position. Rufus!'

'Whaaa?' came a grunting, bestial voice from out of the kitchen. Rufus appeared in the doorway carrying a broom: monstrous, subhuman, the drool gleaming down his chin. 'Waaas ya waan?'

'Nothing really, lad. Except that this young fellow says he'd like to have your job.'

Rufus had been looking in imbecile adoration at Bill Reek. But these words sent him into a snarling fury and he lunged for Dennis, his filthy nails digging for the lad's throat. Reek laughed but quickly moved to the bar, reached behind and came up with a dangerous-looking knout with which he savaged Rufus into a quivering mass of custard. 'Down! Down, damn you! Get back or I'll skin you alive! You animal, get down!'

'Ayy argh whass matta owww nay blurg!' groaned Rufus. Reek had driven him into a corner where he glowered at Dennis.

'As you can see,' Reek told Dennis, 'I have no job openings at the moment. And if you have no money, I'll ask you to leave. Or else my arm may get tired of whipping Rufus. Already I can feel it weakening . . .'

'Okay, okay, I'm leaving.' Dennis backed out the hall and into the alley.

'Out! Out! Out!' shouted Ida Reek. Mr Reek came to the door and watched Dennis walk away with his head down, his feet scuffing sadly on the cobbles.

*

Back on Flagellant Street, the lunch hour had begun. The crowds were almost as dangerous as at the rush hour, and Dennis edged carefully along the wall, careful to step over the beggars, wondering how in the name of God he was ever going to get something to eat.

Blam, blam, blam, blam! Someone had turned the corner and was advancing into the thick mob of hungry lunch-hour workers beating a drum. It was a royal Herald from the castle.

'Attention! Attention!'

The crowd let him pass, and all eyes turned to catch the latest news-flash from King Bruno's court.

'In my humble position as Herald to his magnificence, King Bruno the . . .'

Blam, blam, blam, blam! The drummer was less easily quieted than the crowd.

'. . . Questionable. Lord of these Lands. Protector of the Sheep. Sovereign of the Swamps.'

Blam, blam, blam, blam!

'I am privileged to . . .'

Blamtity, blam, blam, blam!

'. . . announce a joust . . .'

Blam, blamtity, blip, blop, blam!

'. . . to the death in order . . .'

BLAM, BLAM!

'. . . to choose a cham . . .'

BLAM!

'. . . pion blam blam that is who will . . .'

BLAM BLAMMY
BLAMBMAMBAMBALMALMBUMBAM!

The Herald reached over, removed the drum from his companion's waist and gently smashed it over his head. The drummer ceased his beating but remained at attention with the drum over his head.

The Herald cleared his throat to regain the crowd's attention. 'Now, as I was saying, the reward to the King's champion for killing the monster will be half the Princess's hand and the entire kingdom.'

Murmurs in the crowd. 'Bloody generous,' said one. The trumpeter leaned over and whispered in the Herald's ear.

'Correction! It's the King's hand and half the kingdom of Princess Rita.'

'That's cheek,' cried a passer-by.

'Hold on! I've just received final confirmation of the *latest* terms,' shouted the Herald. 'It's half the monster and a handjob from the Princess – with the kingdom in escrow.'

Dennis, who had been listening avidly, suddenly caught a glimpse of what seemed like an absolute miracle. Merely fifteen feet away from where he stood, he'd seen a ripe and delicious turnip go rolling across the cobbles, out of one alley and into another. Casting his body odour to the wind, he launched himself in pursuit of this miraculous vegetable.

chapter fourteen

On the sweet dawning of the morrow, all the city was astir with buzzings of excitement, trillings of anticipation, bleatings of delight, gloamings of globber and fweenings of frosper. Not the least of these little parties took place in the royal bedchamber where the King was awakened with the usual Tub – only this morning Passelewe had seen fit to lace the rainwater with Italian spumante. The King loved the tingle of sparkling wine on his bum first thing in the morning. But as soon as he was dressed he had a question that threatened to ruin his jolly mood.

'Where is that Rita? Doesn't she realize the tournament

starts with an eight-thirty chop-off?' complained Bruno.

Passelewe had no idea what was delaying Princess Rita. He'd gladly make the dangerous journey to the north tower to find out. King Bruno had a better idea. He would fetch the lazy girl himself. Although the Chamberlain was less than enthusiastic about this plan, knowing how the King tended to get sidetracked by builders and scrubbers every time he ventured through the corridors, there was little he could do to dissuade the stubborn monarch.

For the next forty minutes, King Bruno wended his way through the penumbras and the lampyrines, the fusties and the skirls, the passages and the cloakrooms of the dark, brooding castle. Up the stairs and under a low arch, left and down another hallway, popping out into an enormous great hall, into a secret passage, falling down three flights into a secret pile of rubbish, turning right and down along a narrow catwalk, then round and round the tower stairs. The polished breastplate of a guard reflected a faint glimmer as King Bruno puffed his way up the final stairs. 'All right, let me see her.'

'See who, sire?' asked the guard.

'Princess Rita.'

'I can't, sire. She's not here.'

'Where is she?'

'In the north tower, sire. As always.'

'I *know* that! But where, in God's armpit is the north tower?'

The guard did his best to direct his sovereign lord and master. So for another forty minutes it was Instant Replay time: penumbras and lampyrines, scrubbers and collapsing mortar, enormous halls deep with rubble, secret passages and the endless skirls of fusty architecture which invested the whole castle with an air of unreality until our royal gnome once more risked serious heart disease by climbing round and round the serpentine stairs of what, he prayed, might turn out to be the north tower.

'Is this the place?' he demanded of the guard at the top of the long climb.

'Hardly, sire. This is your daughter's private chamber.'

'Ah, the place at last,' sighed Bruno. 'Don't just stand there, bring me to her. Where is she?'

A door opened and light flooded the passage. King Bruno

covered his eyes with both hands, staggering forward into a large circular room. 'O Daughter, are you there?'

'Father?'

'Daughter?'

'Father!'

'My daughter!'

'What do you want, pops?'

'Give me a moment to adjust my eyes to this dreadful light and I shall tell you.'

As he blinked himself into luminary adjustment, he gradually became aware of the eerie figures in the room who were staring at him with undisguised hostility. They were a weird lot, these Sisters of Blessed Alohas. They all wore white habits with black stockings and enormous 'flying nun' hats. They sat around a large tapestry-in-progress with their needles busy-busy-busy, a bunch of speedball tattoo artists. Across the room, in their midst, her golden hair radiant with the halo of a young virginal princess who never sits but where the sun doth shine, etcetera, etcetera, was Princess Rita.

'Ah, my daughter, hard at work I see. You ... and the good sisters.'

'That's right, pops.'

'Please, dear. Would you mind not calling me "pops"?'

'What do you want me to call you?'

'Well, how about Your Imperial Majesty, just for a change?'

'Okay, Your Imperial Majesty, what do you want?'

King Bruno saw that this was going to get him nowhere. No use trying to coax a little respect out of this generation. You had to pretend to speak on their 'level', fake a little patience, even tolerance. 'Rita,' he said with exaggerated concern, 'what a lovely, what a perfectly lovely, really absolutely beautiful ... whatever that is you're working on.'

'It's a tapestry, pops. Depicting the famous siege of Castle Woodstock, suffered by our illustrious ancestor, King Duffy the Hell's Angel.' She held up part of the tapestry for him to see. It was a blaring mess of colours and shapes. 'See? In this portion the king is eating his horse on the ninety-eighth day of the siege.'

'Very good, my dear. Now I must remind you that today is a very special day: the first day of my royal tournament.'

'What's that to me?'

'Have you forgotten what I told you last night? The point of the tournament is to choose a champion who will take your hand in marriage. And it's getting late.'

'Have you forgotten what I told *you* last night? I'm a princess and nobody pawns me off on some rusty hero. I'm supposed to wait here in my tower until some handsome prince comes along and tells me to let down my hair. Then we ride away in his white Maserati and live happily ever after, preferably in Monte Carlo or Beverly Hills.'

'Now, dear, put aside your lovely ... put down that rubbish and get down those stairs before I have to call my guards. Do you think I can't make your husband into a prince if I want to?'

'That's hardly the same as marrying a real prince. But let me say goodbye to the sisters and I'll do what you want, go where you want, marry what you want. You're the King, I suppose, the absolute monarch.' She stood up but could hardly keep her balance, eyes cartwheeling, pink skin flushing with hot charges of royal indignation. 'Okay, Your Imperial Majesty?'

'Are you sure you can make it, my dear?' asked the King, alarmed at his daughter's condition. Why had he ever consented to having a daughter in the first place? Probably the fact that Rita was such a problem was due to the fact that her poor mother had died in childbirth, of obesity, during a cold winter, with the plague, on a draughty bench in the stables and the little girl had never had the proper kind of maternal affection which she undoubtedly had never deserved anyway. Oh boy, was the 'lucky' champion in for a surprise. If he ever survived his encounter with the monster.

Princess Rita was now staggering round the room giving her friends sloppy, wet kisses and doing her dipso impression of Blanche in *A Streetcar Named Desire*. 'Now you take care, Sister Bobbi. Be good, Sister Darlene. You too, Sister Kim. Ole Rita here will be right back just as soon as she picks herself a *cham-pee-yon*!'

'Bye-bye, Rita.'

'Take care now, Rita.'

'You be cool, Rita.'

'Don't you worry!' giggled Rita as her father tried to push her out of the door.

The tittering which this last performance provoked in the roomful of Sisters of Blessed Alohas was hardly ladylike. The door slammed and was bolted on the outside by the guard.

Meanwhile, King Bruno was having the Devil's own time getting down the dark, twisting staircase. His shameless daughter was flouncing around, bouncing off the walls, throwing her firm, buttery parts into his side and hissing lascivious threats into his ear.

'Will you knock it off, daughter!'

'Whatsa matter, Your Imperial Majesty, don't you like your itsy bitsy baby Rita?'

'You should be horsewhipped.'

'Is that a threat, or just another of your pathetic royal ejaculations?'

Good Heavens, cried King Bruno silently, forget about the monster. Was there a knight in all Christendom who could rid him of this?

*

At exactly ten minutes past nine, only forty-five minutes late, King Bruno took his seat in the Royal Box. With the Princess on one side and Passelewe on the other, the signal was given for the royal trumpet corps to take it from the top (archaic for 'play the music'). The royal drummer lads came blasting in on the second bar. The royal bartenders came staggering in on the early shift. The royal flag was run up the royal pole. Princess Rita was itching herself in the royal junction. The King blinked and nodded, smiling cheerfully and waving at the crowd, which paid not the least bit of attention. It was time, almost time; all that remained was for the eternal flame to be flown in by donkey satellite and the Royal Assent would be given and the tournament would begin. When the time *finally* arrived, however, King Bruno almost missed his cue. He was staring in horror at his daughter who found it exceedingly comfortable to sit with her legs spread open at a one-hundred-and-forty-degree angle with her knees hooked over the edge of the royal balustrade. This was giving the official 'groundskeepers' a view of noble terrain that had them hopping around like kangaroos in heat (or maybe just Australians). Frantically, the officials caught the King's eye. He obliged them by standing up and giving the royal finger to the mob. Traditional start of all Flagelot tournaments, it set the crowd off in just the right mood, screaming for noble blood.

Two small flags with the knights' heraldic insignia were hoisted at opposite ends of the long jousting course. The two knights who were to be the first to compete were already sitting on their great destriers, like two mobile junkyards loaded and ready to roll. In a few moments the grassy sward would look like a bombed-out kettle factory. The mob could hardly wait. Squires led their knights' horses into the starting gates. At the last minute they handed up the heavy jousting lances to their beloved masters. Starters orders were given, the squires whispered last-minute endearments to their knights, sprinted away, a handkerchief was raised, the drums rolled, and a great THUNK signalled the start. The starter's axe had cut off the first head of one of the condemned prisoners especially recruited from the King's dungeons for this worthy function. It was the chop-off!

Like distant thunder that doesn't stay distant very long, the clip-clops of the mighty warhorses quickly built into roaring tirades: two earthquakes on a collision course. Verily, verily, they ploughed up the grass in a mad effort to blast each other out of the saddle. Lances were lowered, tense and precisely aimed, jutting out over the thin partition which kept the two noble horses from actually running into each other. Only fifty feet separated the two knights only forty, twenty-five, a mere eleven.

The crowd in the stands rose to its feet and let loose a banshee scream.

Nostrils flaring, manes flying wildly, eyes streaming, hooves digging up the turf, the two stallions brought their masters' lances close to their targets.

KER-BANG! WHAP! WHAP! Two simultaneous bulls-eyes.

The two knights went soaring off their steeds in opposite directions, high in the air, great metal bombs about to burst over the ground. The first to hit landed on his back, rebounded, did a terrific one-and-a-half flip with a twist, hit again on his arse, lurched to the side, rolled over twice, and blew his hinges. The judge raised a sign in the official box: a rather generous 8.6, and the crowd was not pleased.

The second knight was much longer in the air, soaring like an iron boiler in a graceful arc that left at least one budding gymnast in the crowd mildly enraged, and then broke the turf, head first, clean as an arrow, rigid. The judges agreed he was only worth a 4.5, very disappointing.

In the royal box, King Bruno joined in with the few spectators who had been polite enough to give the knights a round of mild applause. He turned to see how Rita was reacting to the high drama of this tournament. The Princess was stifling a yawn with the back of her hand, thus jacking up some white cleavage between her breasts for the benefit of a leering stooge in overalls who was supposed to be picking up the knightly remains from the playing field.

'My dear, how do you like it?'

'Is that *it*?'

'Wait, my dear, you'll see. Those two were rather clumsy chaps. The dangerous ones all come in the afternoon session.'

'Let's hope so,' she sighed, and flicked her lips with a point of scarlet tongue for the stooge. Judging from the crude gesture he then made with his right hand, it was obvious that he was also an experienced jouster.

*

In the tent village, thrown up during the night, squires ran hither and thither through the gaudy pavilions on last-minute errands for their masters. At least sixty different banners flapped in the breeze from the tips of the lances which were planted, as per tradition, outside each knight's doorway. Inside, the aspiring champions who were 'on deck' were busy applying the final lube jobs to their bulky suits. Others, who still had a few hours left, lounged on cushions, preparing themselves for mortal combat by praying, listening to soft lute ballads, reading Holy scripture, or combing their hair.

Fifty yards away from the main area of the jousting 'pits', in a black tent, a knight was preparing for his coming ordeal in a rather unusual, not to say weird, fashion. On his knees, the tall knight with the yellow mongoloid eyes, no stranger to readers of a previous chapter, was rubbing a foul-smelling distillation all over his lance. As he did so, he chanted a strange, almost oriental combination of what sounded suspiciously like magical words:

Yankee doodle went to town
Riding on his pony
When his nasty lance came down
Oh my, it was nasty
Nasty Yankee doodle dandy
Yankee doodle all the way . . .

Suddenly this incantation was interrupted by the ungodly shriek of an owl, a hellish owl which must have had an awful pain in the neck to produce such a noise.

'YUUUUUUUUUUPREEEEEEEEEEK!'

'Patience, Lazaccio,' said the black knight. 'Only a few more hours and the Princess will be mine. Or rather, ours.'

chapter fifteen

The miraculous turnip proved itself a most eccentric fruit. Oddest was the grudge it seemed to have against Dennis. Or so our lad believed. For he had spent the entire afternoon and evening in pursuit of the wretched vegetable as it careened up and down the streets of Flagelot, speeding up whenever he was about to reach it, turning sharply down one alley, then into a rain spout, disappearing, only to be glimpsed again moments later as it went rolling amazingly up a steep hill. With his hunger urging him ever onwards, Dennis could not afford to give up the chase. If only that bloody turnip would just disappear. If he couldn't catch it, that is. But no, the turnip kept picking on him!

Darkness fell (THUNK) over the walled city. With it came a lucky break for Dennis. Out of a window someone tossed a perfectly good, only slightly gnawed, crust of revolting bread. It landed on his shoulder. Wasting no time, the lad scooped it up from the cobbles and wolfed it down. Although he hadn't bothered to chew it, doing so would have made little difference. For the baker of that particular crust was the same who supplied the Reeks: it was the nastiest crust in the kingdom. The stomachache which soon began to erupt in Dennis's middle was so painful that it solved the lad's next problem: where to sleep. Doubled up, there was no question of Dennis setting off in search of a comfortable resting place for the night. He simply dropped on his side in the street, and went out in a white flash to a dreamland where enormous green monsters kept stomping on his belly all night. Nevertheless, there was a slight smile on his face. Although his first day in the walled city had not been exactly glamorous, things could have been worse. And there was always another day to make them so.

That day dawned with a chorus of barking mongrels and croaking roosters to reveal Dennis curled up in the gutter with his head resting comfortably on the edge of the kerbstone. Miraculously Dennis's stomachache had disappeared. Well, not exactly. The stomachache had simply relocated itself from inside his body to a mess on his shirt front. Cleaning himself up as best he could, Dennis recognized the good old scream of hunger which was once more serenading his body with its insistent, rather boring demand. Dennis not only recognized it, he welcomed it back as an old friend. Anything was better than having that crust inside him.

Fearing another rush-hour, Dennis moved off down the alley keeping close to the wall in case he should have to dive out of range of a stampeding herd of commuters. He had no cause to fear a rush-hour this morning, however, for it was the day of the royal tournament. An official holiday had been declared.

Well, thought Dennis, the time has come to find a job; a serious job; a well paid job; a job with a future; a job with a comprehensive retirement plan; an important job; a job that would make his fortune and fill his fiancée, Griselda, with unbounded pride; let's face it: a really great job, perhaps any job? It wasn't going to be easy. As Dennis realized after he'd spent two hours knocking on doors, asking for employment, receiving definite threats on his life, serious gobs of spittle in his face, really comprehensive rounds of cursing and commissions to get his ass down the street, or else.

At about ten in the morning, Dennis found himself in the north district of the city on a moderately wealthy street lined with middle-class homes. Just as he was removing his nose from the iron gate which an enraged home-owner had slammed in his face, an odd figure turned into the lane. It was a ratcatcher. With a tray hanging from his neck on which about a dozen dead rats sizzled over a bed of glowing charcoal, the ratcatcher carried in his right hand the traditional Flagelot rat-killing device: a cricket bat embedded with rusty nails. At the sound of his voice, windows flew open, matrons stuck out their heads to get a better look at this colourful medieval character while their children ran to cluster around his knees.

'Rats killed, madame? All your rats? Some of your rats? Two farthings a rat? Twenty farthings for a dozen!' shouted the ratcatcher to the smiling women. Then to their children, 'Get your hot, roasted rats. Only a farthing. Rat on a stick. Get 'em hot!'

Dennis's mouth watered at the sight of those plump grey rats. It was hopeless. He hadn't close to a farthing, and little hope of earning one. Sadly, he passed the crowd round the ratcatcher and turned off the street, walking up the hill in the direction of the King's castle.

Clustered under the wall of the castle, Dennis encountered another crowd of children. They were watching a puppet show, the puppeteer encased in a black bag with only his two legs and a stick supporting the small stage on which a boy puppet was being lectured by an old man puppet, while a dragon kept popping in and out from the back of the stage.

The puppeteer's voice droned:

Beware the Jabberwock, my son!
The jaws that bite, the claws that catch!
Beware the Jubjub bird, and shun
The frumious Ban . . .

Suddenly a kid came racing around the corner shouting, 'They're going to do it! They're going to do it!' The crowd of children immediately lost interest in the puppeteer and took off after the first kid, thirty young voices crying, 'They're going to do it! They're *really* going to do it!'

Several of them were kind enough to remember the puppeteer before they left. They tossed farthings into his cap on the ground. Dennis saw one of the coins hit the cap but roll out.

'Excuse me sir . . .'

The puppeteer had picked up his hat but, still encased in his weird stage, had turned and walked into a wall. 'What? Damned wall. It wasn't here this morning. Somebody ought to tell the King. Leave things alone, I say.'

'But sir, you dropped this.'

'What's that?'

'A farthing sir. It rolled out of your hat.'

'Give it to me!'

Dennis was slightly confused. How could he hand the coin to this bulbous black sack with a stage on top? But the little boy puppet suddenly emerged from the wings and said, snottily, '*I'll* take that!'

Dennis handed it over to the puppet who promptly disappeared with it. A crunching noise was heard, and then the puppeteer snarled, 'Lead! You dare to give me a counterfeit farthing, you son of a washrag!'

'Who? Me?' asked Dennis.

But apparently not. The puppeteer was engaged in a lurching scuffle inside his bag with the boy puppet. 'You little bastard, you're in for it now.'

'Not me, mole eyes,' screamed the puppet.

'Snotrag, I'll wipe my arse with you,' cried the puppeteer.

Dennis wandered off, thinking how good one of those rats-on-a-stick would have tasted if he'd only been less honest. Was there something slightly peculiar about the citizens of this city? Or, thought Dennis, is it just me?

He passed a sign that read: THE KING'S TOURNAMENT – KEEP RIGHT. Okay, thought Dennis, why not? He carried on to the right, careful to keep right at all the next turnings in the road, until he'd gone past ten intersections and came to another sign which read: THE KING'S TOURNAMENT – KEEP LEFT. All right, thought Dennis, must have taken a wrong turning back there. Now he'd carry on to the left.

To save the reader as much unnecessary eye strain as possible, we will cut short the exact description of Dennis's walk to the King's Tournament. Suffice it to say that, after following the left turnings for, say, ten minutes, he came upon a further contradictory sign, took it seriously, wandered off at a new tangent for another ten minutes, encountered yet another contradictory sign, obeyed it, and finally encountered, yes, one more contradictory sign. This time our lad was angry enough to disregard the directions he was given and carried on as he'd been doing for the past ten minutes. Eureka! Within seconds he found himself in the back of the lists, behind the peasant grandstand, surrounded by stalls, vendors, hawkers, lavish displays of food, including one sandwich display of roasted capons between halves of enormous loaves. With the thunderous clashing of knightly combat merging with the horrendous gutteral noise of the mob, Dennis was pierced by a jolt of excitement. He could hardly wait to fight his way into those rickety bleachers to catch a fleeting glimpse of two noble knights engaged in valiant combat. He could hardly wait ... what the hell! It felt as though someone had just given him a soft punch on the ankle, but when he looked down he saw, to his despair, it was that goddam turnip! The veg had snuck up on him. What nerve to actually plop off his leg! It was now rolling away slowly in the direction of a narrow passage leading back into the city. Dennis couldn't help himself. He'd eat that turnip, by God, or die in the attempt.

Sure enough, as soon as Dennis leaped towards it, the turnip began to pick up speed and scooted out of sight. Dennis raced behind, leaping down the steep passage in long macaroni strides, the two walls barely wide enough for a man's shoulders. He saw the turnip turn left into a slightly larger alley, followed, gaining on the turnip, running flat out with both eyes fixed on it, his arms reaching out and down . . . GONZORAMA!

So intent was he on catching that speedy turnip that he hadn't seen the figure piled high with all the various cumbersome articles of a full set of knight's armour. Having suddenly collided with this figure, knocking it *literally* ass over teakettle, Dennis now found himself roused out of his unconscious state by the figure himself, a squire, who was taking this opportunity to kick Dennis around the alley like a brand-new football. 'Hey, wait. I'm really sorry . . .'

'Get up, you worm. Get on your feet!

'Do you see this?' the squire continued, nodding at the eight-inch dagger he was holding rather close to Dennis's guts. 'How'd you like me to fill your belly with it, eh rover?'

'Er, not really,' said Dennis, stepping back.

'Then get busy quick and pick up these bits of my master's Sunday suit. Quick I said!'

Dennis was quick.

'And now,' said the squire (a wonky fellow of about thirty with black hair and one blue eye to match one perfectly normal brown eye) to the armour-laden figure of Dennis, 'we'll be taking a nice walk to the armourer's shop. And for each piece of my master's hardware you drop, I'll carve myself a sweet bit of meat off your arse. Understand?'

'I understand,' said Dennis, 'And I'm very glad you're giving me this opportunity to make things up to you. I feel terrible about having . . .'

'Squire,' said the squire, 'Shut your gob. Keep walking.'

'Achh,' grunted Dennis, his lips pressed shut, 'Mmnthmm unu yyh.'

chapter sixteen

After the lunch break, the quality of the jousting improved considerably, just as the King had predicted. Here were some of his finest knights: Sir Andy of the Clump, Sir Montague, Sir Butcher, Sir Enzo, Sir Steven, Sir Bollinger of the Barracks, and many others. These nobles were descended from generation after generation of renowned and scurrilous warriors. Astride their awesome destriers, likewise the noble products of generations of incestuous breeding, one after another of the King's finest noblemen came out of the jousting pits to take their places at either end of the sward. The handkerchief was raised, the THUNK was heard, the gates swung open, the two knights flew into a gallop, lances were aimed, the moment of impact arrived! Graceful as a bathtub thrown out of a second storey window, the luckless loser went swooping to the ground.

More often than not, both knights would score perfectly sound hits. Both would be sent crashing to earth. The rules stated that if either man was still alive after his unseating, if he was able to get to his feet and stagger over to where his opponent lay, to finish him off with a few skull-crushing blows of the mace or some delicate probing with the end of his sword, then he was, of course, the winner. But if both men survived their unseating, then it was their squires' duty to get them up on their feet as quickly as possible, and the battle would continue until one of the two was definitely finished. Naturally, these were the most popular matches with the rabble in the stands.

By four o'clock in the afternoon, a half hour before the tea break, even the most sadistic among the crowd must have had their bloodthirsts quenched. The grassy sward was stained a rusty hue, littered with carnage and scrap, two deep ruts marking the paths down which the knights would ride at breakneck speed towards their moment of ... truth? The crowd had witnessed Sir Enzo split in half while he lay twitching on the ground by a single blow of Sir Bollinger's two-handed axe. They had seen Sir Steven jousted out of the saddle but tangled in his horse's stirrups and dragged round the circumference of the sward eleven times, shooting sparks, clanking, bouncing, ploughing up the earth. When the horse was finally caught and the squires had removed Sir Steven's badly grass-stained, not to mention crunched, helmet, what poured out upon the grass was far too awful to describe. Sir Montague and Sir Bray de Leveret had unseated each other and risen to their feet, whereupon a fierce hand-to-hand combat ensued. When Sir Bray, having feinted with his sword, landed a savage kick to Sir Montague's groin with the sharp point of his iron boot, he found himself not only the victor but the prisoner of his opponent. No matter how hard he tried he could not dislodge his gruesome foot from the other knight. So the sward was cleared for the ominous, crowd-pleasing appearance of one whose shield bore nothing, but a jet-black background and whose insignia, when raised, proved to be a mysterious, totally unfamiliar profile of a demented owl.

'I say,' said the King to his Chamberlain, 'which one of my knights is this fellow?'

'The Black Knight, sire?'

'I don't recognize him at all.'

'You forget, sire, that every tournament has a Black Knight. Chivalry allows one with the courage, not to mention the cash to buy the armour, to join the tournament in the guise of a Black Knight. His true identity is allowed to remain a secret unless he himself chooses to reveal it. Or unless he is killed, in which case his helm is raised and his face exposed.'

King Bruno raised his eyebrows but did not bother to reply. At the far end of the field, the handkerchief had been raised. THUNK!

Immediately, the two knights cannonaded out of the starting gates, and the crowd let loose a roar of appreciation (mixed with terror) which surpassed anything yet heard that afternoon. Here were the knights! Mighty warhorses! This was the battle! These were junkyards! Yes, two iron behemoths sitting like terrible gods on the back of stallions that looked like they had just sprung out of the firey stables of Hell were now scorching full tilt boogie from opposite ends of the sward. One of these was the infamous Sir Butcher. Six feet seven inches tall, twenty-one stone in weight, feared by man and beast alike, with an insatiable appetite for such goodies as torture and fox hunting, the only man in the kingdom ever to have spat on King Bruno's clean floors and survived, famous for his exploits at the Battle of Mastication and during the Purge of The Facetious when he burned three dozen members of his own family at the stake, Sir Butcher was a national hero of Flagelot. He was the number one seed in the royal tournament. His opponent: the unknown, untried Black Knight.

With each thunderous series of strides bringing the two closer together, the earth shook harder, the rabble cheered louder, the very sky seemed to darken, and the cries of the capon vendors grew increasingly obnoxious. Their horses' manes whipping the air and hooves pelting the earth, the two knights, arses scuddling the saddles, raced forward into the list.

'Go get him, Butcher!'

'Watch out, Blackie!'

The crowd was evenly divided between rooting for Sir Butcher and shouting for the Black Knight's blood.

Only a few strides separated the two. The Black Knight's lance was already lowered and aimed at Sir Butcher's oncoming figure. Sir Butcher was kicking his spurs wildly into his destrier's flanks, his lance dropping suddenly into a fearful angle of sure destruction, while in his free hand he swung a spiked ball-and-chain in a furious circle.

In front of the clubhouse stands, the bookies were offering 1–9 odds on Sir Butcher.

In the Royal Box, King Bruno jumped to his feet in excitement. Princess Rita slapped her creamy thighs and squeezed them with unbearable anticipation.

'Kiss yourself goodbye, Blackie!' cried an oaf high up in the stands just at the critical moment of impact. The centre of the sward exploded with noise, iron, lightning, broken wood, whinny, b.o., bloodcurdling war-cries, horse flesh and slobber.

For a split second, the crowd lost its voice, in spite of itself. It was unbelievable! Impossible! Insane! What The Hell?

Only later, after all the eye-witness reports were compiled and the sheer unreality of the moment had passed away, would that moment emerge in any kind of clarity.

Sir Butcher's lance hit first, but only just. With all the awesome force of a battering ram carried by a hundred strong men, it hit the Black Knight exactly where it was meant to: just below his helmet. Dead centre, it was sure to rip not only the knight off his horse, but the head off the knight. Or such was the theory taught in the poshest jousting clinics.

Amazingly, Sir Butcher's lance blow seemed to have almost

no effect on the Black Knight. Some spectators claimed they saw him start to topple backwards in the saddle but, almost miraculously, he held his seat and the lance passed harmlessly over his right shoulder and missed his head.

At the same time, the Black Knight's lance had struck Sir Butcher what looked like a ridiculously inept blow, glancing off his elbow plate, making only the slightest contact. Yet the effect of that absurd tap on the elbow was to live forever in the memory of every spectator present that afternoon. No sooner had the Black Knight's lance nicked Sir Butcher, but knight and horse together were lofted in a single package into the air, a backwards somersault, knight and destrier melded together upside down fifteen feet off the ground, and then were heard the heartrending screams of the heartless knight as he was squashed beneath two tons of horse, armour, and whatever dynamite had been in the Black Knight's lance. After a few subsiding noises, it was all over. Horse and knight lay motionless in an enormous rubbish heap in the centre of the field.

Pulling his destrier around at the end of the list, the Black Knight looked to the Royal Box and raised his lance in salute. For a few seconds, the King, as well as the crowd, was too astonished by what he had seen to reply.

'Oh daddy,' cried Princess Rita in a voice thick with spanish-fly undertones, '*Wave* to him. Please!'

The King raised his hand and returned the salute. The rabble-packed grandstands found their voices and the resulting tumult must have been audible a hundred miles away. Flagelot had found a new monst ... er, hero. As for its champion, there was quite a lot of jousting yet to come before one could be officially chosen. (The bookies were offering 7–4 odds on the Black Knight. Co-favourite with Sir Andy of the Clump, who had scored impressively in his own first round.) In the meantime, the tea break had arrived. Of the thousands of spectators who were anxious to get this absurdity over with and to commence with the final part of the afternoon's action, the Second Round, only one man was having serious doubts about what he had just seen. This man was Passelewe. He was beginning to sniff a frog in their midst.

chapter seventeen

Sweeny's Armour Shop turned into another disaster for poor Dennis. Having arrived carrying the bulky armour for the squire, and having made the trip without dropping a single vambrace or even one demi-cuissart, he'd set the whole junk-pile down in one corner and had been left free to wander while the squire conducted his business.

The shop had excited Dennis. A giant blast furnace occupied one corner, tended by a sweating assistant stripped to his scrawny waist who had continually to push on the bellows. Other assistants, armour mechanics with bulging forearms and pectorals the size of cobblestones, hammered and chiselled away on various complicated pieces of iron rubbish. There were all sorts of interesting machines in the room: huge caterwauls, a giant pulverizing hammer, man-sized vice ratchets, a knight winch. One noble warrior was having his helmet, which had jammed, removed by a big oaf who kept sledgehammering it until the thin metal cracked like a boiled eggshell and the enormously relieved (deaf and dumb) knight slid into view with a waxy smile. Another assistant was haggling over the price of some special Italian jambarts which he'd ordered from Milan. A squire was claiming that his master refused to wear them: 'Sir Freddy wouldn't be caught *dead* in your filthy Wop jambies. *I told you!* Sir Freddy wears nothing but French jambies, and we're not paying.'

Dennis had become caught up in a conversation with a man who appeared to be Mr Sweeny's foreman in the shop. He was having trouble finding the right hinge for a pair of bottom flanges, sorting around through the rubble and cursing, when Dennis butted in and began to give him a small lecture on the importance of keeping an accurate account of all your stock. Perhaps Dennis had anticipated finding a job in this fashion. Instead, he'd nearly received a poke in the eye with a pair of glowing red-hot pincers. 'Who the hell do you think you're talking to, you dirty little stock-taker?' roared the foreman.

Dennis backed away quickly, too quickly, as the foreman punctuated each word with a jab of the pincers. Too quickly, for he backed right into a fully armoured knight, sending him flying into a row of lances. As these collapsed, one cut through the complicated pulley system of the giant hammer. This, in turn, split the protective grid around the caterwaul. In a matter of seconds, the entire shop was a chaos of out-of-control machines, falling roof beams, and roaring knights.

With the foreman, various assistants, and Sweeny advancing on Dennis through the clouds of dense plaster with various weapons, and as our lad tried to stutter out an apology, a rough hand grabbed him by the back of his collar and jerked him out the front door.

'Run, little worm, run for your miserable life!' Together, Dennis and his squire friend with the mismatched eyes raced through the back-streets. After five minutes, they no longer heard shouts behind them. 'Enough,' said the squire. 'We've lost them.'

Dennis pulled up puffing and looked at his new friend with grovelling affection. 'Gee, thanks. I really appre...'

'Shut up, kid. No need to thank me. That was a marvellous job you just did on Sweeny's shop. What's your name by the way?'

'Dennis, sir.'

'Don't call me "sir", Dennis. I'm only a squire in the service of that lucky son-of-a-bitch, Sir Andy of the Clump. You can call me Jules.'

'Okay, Jules.'

'How does your throat feel, Dennis? Mine is parched, I can tell you. It just so happens I'm about to die of thirst. Fortunately I happen to know a tavern around here.'

'I... I *am* a little hungry,' confessed Dennis.

'All right then, mate, it's settled. I'll bet you're a trifle short of readies at the moment, by the look of you. Don't worry about that. The place I'm thinking of will take your cheque. And if they won't take yours, they'll take mine.' They were already walking off in a direction the squire seemed to know well, the squire's arm thrown over Dennis's shoulders. 'And if they won't take *mine*,' said the squire, 'why I'll be perfectly happy to take *theirs*.'

The tavern selected by the squire was one which Dennis had passed several times when he'd been chasing the turnip around the city. It was a shabby place from the outside, but perfectly appalling once you got inside. The Queen's Hæmorrhoids was its name; Fergus O'Towboat was the proprietor. The day's special was chalked up on the wall: roast turkey with lard dressing and all the beans you could eat for five farthings. The squire led Dennis to an empty table near the back, ordered a flagon of wine and two specials. He soon contented himself by draining the whole pitcher of Bog & Bog 'claret' while he let Dennis eat both portions of the food he'd ordered. Dennis was too famished to remember anything as remote as his non-existent manners, and he fell into the heaping plates of turkey and beans like a dog snouting down into its bowl, not even bothering to use his hands except to keep the hair out of his eyes so that he could nuzzle after all the choicest bits. When he was full at last, gnawing the last gristle off a turkey leg, the squire asked if he felt better.

'I can hardly remember when I ate last. I know you don't like it but I have to thank...'

'Shush, I know. I once went without food for a hundred and forty-seven days. It was in the winter of '52: the Siege of Caerlaverlock.' As he spoke, the squire's blue/brown eyes strayed across the room to where a fine-looking wench was plucking a turkey. Her low-cut Sophia Loren peasant blouse revealed a pair of incredible teats that quivered with each sensual pluck of her fingers. Dennis noted the smile she was flashing at the squire and assumed, correctly for a change, that they must be good friends. 'Yes, we were completely surrounded by the armies of the Duke of Slough and his bastard son, Jamie Fitzfeeney, the Celtic Catalonian pretender. It was blizzarding and there was no firewood left, all the pigs had frozen solid, and food was so short that ... what's the matter, Dennis? You're not listening. You have a gut ache?'

Dennis shook his head. 'I was just trying to work out my next move, that's all.'

'Hey, lad, why worry about the future?'

'Well, you know it's such a change from my old village to the city.'

'I know how it is. That's what attracted me to the life of a squire. The travelling. One day you're out in Hertbern hunting heretics, and the next you're up in Haggis being burned at the stake. The adventure is terrific!' The squire turned to make sure the lusty wench was catching every word. 'Like the time me and my knight were attacked by the Palmita gang up in Pander Woods. I had this little wog by his ...'

'Sure, it sounds exciting, Jules. But how secure is it?' asked Dennis, licking some newly discovered turkey fat off his plate. 'Take coopering, for example ...'

'Coopering? Hell, that's no job for a man.'

'It is too! Barrels and casks are essential parts of our commerce.'

'Commerce? Bullshit!' The squire jumped to his feet. 'Listen, once my knight and I were protecting a convent full of devout sisters from a group of rogue monks who were running around the countryside raping all the virgins they could find. My knight was wounded and I had my back to the wall. Here, you can be one of the randy monks. Pretend that drumstick is a mace.' He pulled Dennis up from the bench and made him stand opposite him. 'Now come at me. Really let me have it.'

Dennis was acutely embarrassed, standing with the greasy drumstick in his hand while all the patrons were staring at him with enormous smirks. Still, he sensed there was a secret motive behind this lunatic behaviour of his new friend. This was confirmed when the squire grabbed him in a kind of Cockney judo hold, wrestled him around bumping into the other customers, creating a small bedlam, and said, 'I deflected the mace like *so*, and grabbed him like *this* ...' and in a whisper, 'Dennis, you talk to the landlord ... and put my knee up hard right *here*!'

'Huh?' grunted Dennis.

'With an elbow smash to his ... just keep him distracted for fifteen minutes ... *temple*. Then a quick right ...'

Meanwhile the landlord had opened the trap-door leading into the dank tavern cellar and was proceeding to carry down an armful of empty flagons. He was unconcerned about the rough horseplay the squire was putting on in the back. Old Fergus O'Towboat had seen it *all* in his thirty years of tavern keeping. That wonky squire and his friend were harmless, for sure. Now if they had been a couple of off-duty Questionable Guards or two real knights, he'd have had to worry lest they started to wreck his place. But not with those two worthless young ...

The wench, whose nimble fingers were not so much plucking the turkey as stroking it in the most suggestive manner, was falling out of her blouse with excitement. The squire's self-serving display of prowess in combat had put a glaze on her eyes which the squire kept acknowledging with passionate leers. Meanwhile, he was pummelling Dennis across the room, shouting a running commentary interspersed with whispered instructions. The moment O'Towboat's head disappeared beneath the level of the floor, the squire let go of Dennis.

'So I turned tail and ran for it.' He kicked the trap-door shut with a bang. 'Slammed shut the castle gates behind me, and barred them with a broken lance.' He kicked closed the bar which fixed the trap securely. 'And grabbed one of the holy novices lest she fall into their vile hands.' He had the wench around the waist, lifted her over his shoulder and made for the stairs while she waved the pink turkey but made not a sound of protest. 'Up into the east tower I carried her, hacking and slashing the odd monk I encountered along the way. Ah hah! What ho! Leaving the enemy in my wake, I escaped with the young girl's holy virginity intact!' He disappeared into one of the bedrooms upstairs, slamming the door behind him.

As soon as the squire disappeared, the customers returned to their normal revolting affairs. Only Dennis stood, gaping after the squire, at the bottom of the stairs. Then the pounding started underneath the floorboards, the muffled shouts. The other patrons were too absorbed in their sodden conversations, their brilliant games of shove-a-farthing to pay any attention. Scratching his head, Dennis recalled that the squire had asked him to talk to the landlord. He went over and, bending down, shouted through the boards, 'Are you okay?'

O'Towboat shouted loud enough to cause even a few of his patrons to glance up: 'Open the bloody door!'

'Well, okay,' said Dennis. He pushed back the bar and immediately the trap-door burst open and O'Towboat's flushed face emerged.

'What the hell?'

Before Dennis could think of an interesting topic to distract the enraged landlord, a mob of peasants rushed into the tavern. They had obviously just come from the tournament.

'Did you see the expression on old Montague's face when Bray kicked him?'

'How could I, you moron, he had his helm closed.'

'How about that Black Knight, huh?'

'Wow!'

'Five cups of mead!'

'Landlord, a flagon of the red!'

'Mug of brandy!'

'Poor Sír Enzo. How about some service, O'Towboat?'

'Be right with you, gentlemen,' called the landlord. He'd forgotten all about the trap-door incident, what with this new business. For the next twenty minutes he was going to be utterly distracted filling these orders. Dennis didn't have to do a thing, but unfortunately, he felt honour-bound to obey his new friend's literal instructions. After all, Jules had been the first person to show him any kindness since he'd left his village. The first since Griselda gave him her potato that night on the river.

Pushing his way through a half dozen pig-farmers who were calling for more ale, Dennis reached the bar. O'Towboat was frantically trying to fill glasses and wash clean ones at the same time. Dennis cleared his throat.

'What do you want?' asked O'Towboat, not recognizing him.

'I was just thinking ... wondering ... that is ...'

'Speak up, man. Can't you see I'm busy?'

'Yes ... I mean ... that's what I wanted to ask you about. I used to be a cooper's apprentice out in Dorkminster. That was before my father died. You see ...'

'Hey O'Towboat, where's those mulled clarets I ordered?'

'Coming, coming right up sir.' He turned back to Dennis. 'What *do* you want, boy? Spit it out.'

'I was just thinking ... maybe you could tell me a few things about the innkeeping business. I mean, so that just in case I decide to change my trade, I'd know what I was getting into.'

'Right *now*?'

'For example, perhaps it would help if you kept the ale glasses up there ... and the mead pitcher over here. I've been noticing that it's not very efficient to try to serve them both from ...'

'Holy Hogfish! Will you get out of my way.' The place was full of empty glasses waving over the bar for the landlord's attention, and the shouts were becoming increasingly rude. Frantically, the landlord looked around for someone to help. 'Betty! Betty get back here while I go do the tables.'

'She ain't here, Fergus,' called a regular customer from behind the crowd.

'What do you mean? Where's my wife?' shouted the landlord.

'Your *wife*?' gulped Dennis.

'Not here? Where is she?'

'She's ... she's ...' Dennis couldn't finish.

The landlord suddenly focused on the blushing, flustered lad. 'Yes?'

'I don't know. Maybe ...'

'Maybe *what*?' O'Towboat reached over and grabbed Dennis's tunic, dragging him, eyeball to eyeball, across the bar.

'I...'

'And where's that wonky friend of yours, that poor excuse for a squire? Tell me!'

'They're not upstairs ... I mean ... No!'

'Upstairs? You swine!' He attempted to throw Dennis back across the bar but Dennis grabbed hold of his arms and pulled the landlord with him in a sprawling mass into the centre of the thirsty crowd. As they tangled together, Dennis clinging octopus-style to the landlord, O'Towboat fought to get loose and on his feet. They made a good target for the boots of the raucous, frustrated drinkers.

Somehow, O'Towboat managed to free himself. He tried to make for the stairs but Dennis lunged after the burly figure in a diving tackle and caught him around the knees. Kicking Dennis off was about as easy as persuading a leech to leave your belly, so O'Towboat reached around and picked him up by the seat of his breeches and the back of his collar and hobbled, with Dennis upside down, hugging his legs, to the doorway. A good hard boot hit Dennis in preparation for the heave-ho into the street.

Our lad was not going to break his vow so easily. That meal had probably saved his life. He just managed to re-attach himself to the landlord's legs as he was thrown into the air. The two of them went sprawling onto the cobbles.

'You little bugger!' screamed O'Towboat. I'll kill *you* first then!' He'd managed to get an immediate advantage, with his left hand clamped on the lad's throat, his right raised in a meaty fish all set to bludgeon Dennis's face.

'Hold on there!' called a stern voice. At the same time, a mailed hand caught O'Towboat's wrist. It jerked the landlord off Dennis, flung him roughly aside. The hand belonged to a fierce-looking Questionable Guard with a bushy moustache and a long white scar dividing his face into two furious wedges. 'Brawling in the public streets? Breaking the King's peace?'

'He ... the squire ... my wife ... upstairs!' babbled the landlord, on his knees and gesturing like a madman.

'Hold him, Fred,' said the guard to his partner. 'Looks like a drunk and disorderly, crime of passion, assault, battery, loitering, with possible intent to kill.'

'Right, sarge,' said the other guard. He got behind the frantic, weeping O'Towboat and jerked his arms behind his back in a full-nelson-paralytic-lock. 'He's secure.'

'Now you, you little guttersnipe, let's see your entrance visa to the city.'

'I . . . I lost it,' said Dennis.

'*Sure* you did, sonny,' roared the guard. 'Okay, on your feet. Illegal entry, pauper, loitering, brawling in a public street, perjury in front of a police officer.'

'He's a rogue! And that squire! Let *me* go . . . my wife is . . .'

'Come on, Fred. Let's take them up to the castle. A little rest in the dungeon before we begin formal interrogation ought to loosen their tongues.'

'Righto, sarge. We'll put some irons on their legs, eh?'

'As you like it, Fred.'

chapter eighteen

At the close of the first day of the royal tournament, the Town Council requested an urgent audience with His Majesty. King Bruno was in a giddy mood, overwhelmed by the day's thrills, gratified right down to his ingrown toenails with the success of his chivalrous slaughter show.

He was the only person in the Council Chamber who felt remotely pleased. For one thing, the Second Round of jousting which followed the tea-break had been twice as bloody as the morning's. Throughout the last three hours, one knight had caused more carnage than all the rest combined. The Black Knight had galloped up and down the lists with appalling lance style, his absurdly awkward horsemanship, and his complete lack of sportsmanship. Yet every knight he met fell in a grotesque moment of weird supernatural death. Most of the horses perished too. In fact, anything that came *near* the Black Knight's lance seemed to immediately flip into the air and collapse into a terminal heap on the turf.

Needless to say, the Black Knight was given a wide berth wherever he went. Every time he came onto the sward, the older persons among the superstitious crowd started genuflecting like mad, holding up blessed charms, covering their children's faces with crucifixes, and muttering exorcist nursery rhymes. Meanwhile, King Bruno's stock of valiant knights was dropping dangerously low. They were dying like flies in December. This was what disturbed Passelewe most, and explained his dour expression this evening. He was even considering, for once, taking the side of the whining merchants.

These men, led by Mr Bog and backed up by the tipsy Bishop Creegle, were panicked by the overwhelming success of the King's tournament. Knowing King Bruno, they'd laughed when they first heard of his intentions. Surely the little gnome would never bring it off. But now it seemed that, thanks to the Black Knight (who was an enormous crowd-pleaser although he spooked out the place), the second day would draw to a close with the election of a new champion. A champion who, from what everyone had seen, appeared to be almost as monstrous as any monster. Already the bookies were laying odds at 6–5 in the Black Knight's favour, should he, as he certainly must, meet the beast.

The merchants were therefore in the midst of a tirade of protest, calling for the immediate cancellation of the tournament on the grounds that if the monster was destroyed and peasants could return to their villages, the city's economy would fall to ruin. Bishop Creegle was arguing a unique theory that death via the monster was no great tragedy. After all, every good Christian yearns for the moment when he can enter Heaven's gates. Surely a benign and merciful Lord would not deny any victim of the monster a speedy journey through the 'Nothing To Declare' door into Paradise itself. The monster was God's gift – as signalled by the valuable potatoes which he kept drooling on their fair kingdom.

Passelewe was dismayed by this strangled version of theology cum marketing. But he was even more sickened by all the noble blood which had been spilled during the day. They were snipping the flowers of Flagelot's manhood in the bud, as well as the neck, heart, skull and so on. Killing themselves in order to save themselves! He was *not*, however, in favour of cancelling the tournament. Just of changing it into something a little more . . . humane?

At long last, the King rose to speak. Unfortunately, the Herald chose that moment to go off his verbal nut and delivered a fifteen-minute salutation on King Bruno's glorious ancestry. In the end, Bruno clamped his hands over his ears and shouted to the guard: 'Kill that man!'

THUNK!

The Herald's head rolled with a stroke of the nearest pole-axe. After the afternoon's bloodfest, the strongest reaction this provoked was a hiccup out of the Bishop.

'Silence *at last*,' sighed King Bruno. 'Well, gentlemen, I have heard all your pleas, your well-rounded arguments, your fashionable heartaches, and even your theology. I'm sorry to say that I just . . .'

'Let me at the little twit!' This cry came from outside the Council Chamber. All eyes turned to the King who cocked an ear, smiled and said, 'Ah, what was that? Just one moment, gentlemen.'

He strode off the throne platform and across the room, threw open the door and shouted, 'What's going on here? Who dares sully my castle with unseemly brawls and vulgar words? Guards, bring those two miserable wretches here.'

Dennis and O'Towboat, who was guilty of the unseemly shout, were pushed forward by the two guards with extreme tenderness, you may be sure. Dennis nearly swooned at his luck. Who would have dreamed that he would get to meet the great King Bruno in his very own castle? As for Fergus O'Towboat, he was possessed by the vision of his wife being lustily rogered at that very moment in his bed. The landlord was tearing out clumps of his hair, beating his chest, and glaring at Dennis like a mad dog.

'*What* is wrong with this man?' asked the King. 'Is he diseased?'

'Very possibly, sir,' said the sergeant. 'We caught him down in the Cheapside Road. Trying to hammer this lad's brains out, he was.'

'I see. And why did you bring the lad here as well?'

'Illegal immigrant, Your Majesty. Claims he lost his entry visa.'

'Likely story. Well, I don't like loud dirty shouts in my castle, especially when I'm trying to hold a Council meeting. Which one of these brutes made that awful noise?'

'It was him, Your Majesty,' said the guard named Fred. Unfortunately, in his haste to identify the culprit, Fred had let go of one of O'Towboat's arms. Seizing this chance, the deranged landlord whirled and pulled Fred's sword out of its scabbard.

'Back!' shouted O'Towboat at the guard. 'Now you little rape-artist, I'll have your head if it means my life!' he shouted at Dennis. With a great double-handed wind-up, he swung the regulation-sized broadsword in a wide arc towards Dennis who seemed strangely oblivious to what was about to happen, so intent was he in his puppy adoration for King Bruno. Luckily for our lad, it had been several decades since O'Towboat had hefted one of these army-issue broadswords. His aim was wide of the mark, completely off, but he did manage to hack an enormous chunk out of the corridor wall. At once both guards leapt upon the landlord, who continued to fight like a madman, and in the midst of the confusion, the cursing and the cloud of suffocating plaster, Dennis found himself ignored. Torn between his strong desire to savour another moment's worship of the King of Flagelot, whom he had been raised to respect, obey, etc., and a nagging suspicion that this was his last opportunity to escape the dungeons and God knows what unspeakable tortures, Dennis flipped an imaginary coin in his mind.

Even before the coin had landed, our lad was sprinting away from the scene. Into the dark labyrinthine corridors of the castle. Heart beating madly, the sound of his footsteps echoing off unseen walls, down incomprehensible passages, it occurred to Dennis that he ought to stop and ask for direction. Then it occurred to him that perhaps his father had been right: stopping to ask for directions was something only an absolute moron would do. Still, if he had a better idea of where he was going ... perhaps a map ... he felt it would considerably improve his chances of surviving the next sixty seconds.

The sound of heavy footsteps and angry shouting convinced our lad that it didn't really matter *where* he was going, just so long as he *went*. In full haul-ass now, he tore through the bosky dimness, hit a wall at top-speed, scraped himself together, off down to the right on a kind of catwalk, came to what seemed the meeting of four different corridors, chose one straight ahead, and suddenly found himself flying through the air, turning several clumsy somersaults, before he smashed down on his back. He'd tripped over something.

'Help! Fiend! Rape!' So he'd tripped over *that*: an old scrubber working in this remote passage on her hands and knees with only the tiniest bit of candle.

'Shhh. I'm awfully sorry. I didn't mean to,' pleaded Dennis.

'Don't you dare. Rape! Rape!' She looked at Dennis for the first time. 'Rape?'

Something in her eyes, something he recognized but couldn't quite label, sent him running in the opposite direction at top-speed.

'PANSY!' hollered the scrubber at his back.

A sudden commotion of metal slapping metal and elephantine footsteps in front of him caused Dennis to throw himself flat against the wall. He found a cranny and squeezed into it just as a squad of six armoured thugs came marching in formation past his nose. As soon as they were gone, he was off again. Another thirty seconds, two more turnings, and he found himself in a cul-de-sac which could only be exited by turning around (and running into those guards) or by going up a seemingly endless flight of spiral steps. Up he went, up, up, up.

The 'up' had run out on him (thank God) and there were no more steps. Only a small shadowy landing and what appeared to be a thin crack of light marking what surely must be a doorway. He pushed against it. Nope, it was stuck. He pushed harder. Nope. He kicked the thing. Uh, no. He stepped back three paces and launched himself like a human rocket at the door. Wheee! Right through those rotten planks flew our lad: success at last, sprawling on the floor.

In a room full of blinding light, Dennis blinked a dozen times before he recognized where he was: in a room full of blinding light. Not to mention eight zonked-out nuns in white habits clustered around a smashing blonde, naked in a bathtub.

'Oh, I'm sorry. I ... uh ... I just ... I must have taken a wrong turn. This isn't the Gents, is it?'

'My prince has come!' shrieked the blonde girl in the tub, throwing up her arms and fully exposing two creamy, white,

rounded ... come on, you know what she was flashing. 'At last, he's come!' screamed Princess Rita. 'And about time too.'

The Sisters of Blessed Alohas began to applaud, giggling and whistling, leering at Dennis and trading rather graphic comments on his appearance, comments on other nasty things too.

'Excuse me?' said Dennis.

'Don't be shy, lover. I knew you'd come someday.'

'Well ... I was just coming up the stairs, and ...'

'Come over here and let little Rita get a look at her gallant Princey-wincey,' crooned the girl. Dennis was getting an eyeful and had no objections to moving closer. The Princess had a truly thoroughbred figure. Stretched out in the tub, lissoms and perfectly proportioned, she made no effort to hide any of her charms. All white and smooth, with those two pink rosebuds on her breasts and a cute little golden tangle down between firm, sculpted thighs – Dennis thought of pinching himself to make sure he was awake. No, he'd better not pinch himself *there*. Bad form. The thought struck him that he hadn't had a bath in a long, long time. Maybe even eight years. These nuns seemed a little strange. Weren't they supposed to be screaming at him and covering up this lovely, pink and white young virgin? (How could he be sure she was a virgin? Did it matter? Yeah, sure but beggars can't be choosers. Why not? Jesus, Dennis, get a hold of yourself. No, not *there*, idiot!)

'Do you have an itch?' asked the Princess, winking as Dennis whipped his hand away.

'Uh ...' was all he could say. A poor country peasant, his class origins were beginning to pandiculate in his trousers.

'You must have travelled far, I know, to get to me,' soothed Princess Rita. 'Swum big rivers, climbed tall mountains, fought terrible battles. Am I making you nervous? Should I put on my robe?'

'Uh, well ...'

Princess Rita stood up in the bath, her lovely nougat sparkling with little diamonds of water, her nipples pointing straight at Dennis, her delicate rib cage flaring, a magnificent young animal. She was not the only thing in the room which stood up.

One of the nuns (who was already standing up) sat down. Dennis dropped his eyes. (No, not *there*.) Another sister went and fetched the Princess's robe.

'Do I come up to your expectations, O Prince? By the way, which Prince are you?'

'Well, I'm ...'

'No,' said Rita, 'let me try to guess. Are you Prince Wolfbane of Arnheim? Prince Billy of Constantinople? No, you look more like Prince Jean Marie of gay Bruges. No, huh? How about Prince Leroy of Venezuela? Am I getting warmer?'

'Er, maybe.'

'Prince Roger the Ponytail of Oakland?'

'No, I'm not that guy.'

'Maybe it would be simpler if you just told me *who* you are.'

'Well, my name is Dennis.'

'Oh my god!' trilled the Princess. 'Not *the* Dennis?'

'Well, yes. That's my ...'

'*Prince Dennis*, how thrilled I am that you decided to choose me to rescue, to elope, to honour, to death do us part!'

'I think I'd better be leaving, actually,' said Dennis, moving towards the door.

'Of course, you *have* to say that, don't you,' she said, pulling Dennis by the hand towards a small silk-covered love-seat. When he'd sat down next to her, she whispered, 'You mustn't be embarrassed by those filthy peasant rags which smell so horrid. No doubt you were forced to don them in some romantic adventure. You're here now and that's all that counts. Soon we'll have you attired in princely finery. Perhaps a lovely bath first. Would you like that?'

'Sure,' gulped Dennis. 'But I really have to be going now.'

'Oh I see! The time is not yet *ripe* for our elopement, is that it? And you must be wondering how you will make your escape from my father's castle without being detected and subjected to the ritual castration which daddy has promised any man who dares to speak to me, correct?'

'That's true,' admitted Dennis. Ritual castration? How would he explain to Griselda? 'That's very true.'

'Let me think,' said Rita, and turned to look at her band of devoted nuns who were demurely trading gossip on the other side of the chamber. One of them was considerably taller than the rest. In fact, she was remarkable in that she was built rather like a fullback for Manchester United. This was the nun who had caught Princess Rita's eye. 'Sister Jessica, you must give your habit to the Prince.'

Sister Jessica turned with a frown. There was something odd about her face, like a five o'clock shadow. Moreover her dainty hand was the size of a gorilla's. '*My* habit, Princess? What's wrong with Sister Marian's habit?' There was a vague hint of a Neapolitan accent in Sister Jessica's voice.

'Don't be silly, Vinnie ... I mean, Sister Jessica. Give Prince Dennis your habit. And be quick about it, or I'll have to consider calling the guards,' threatened the Princess. 'Remember your vows of obedience, sister.'

'Yeah, well, okay.'

Dennis followed the Princess's gesture and joined Sister Jessica in an alcove at the rear of the chamber. When the good sister hiked her habit over her head, Dennis felt his blaspheming eyes drawn by Satan down towards a very no-man's-land region of the nun's anatomy. To our lad's astonishment, it wasn't exactly what he'd expected to see dangling rudely out of a bush of black fur which made his eyes pop. By that time the 'sister' had got the robe all the way off, and Dennis noticed the rippling musculature, the brawny skeletal formation, the raunchy tattoos which the 'sister' possessed.

'You know what happens to guys with big mouths?' hissed Jessica.

Dennis nodded. 'Sister, you are very kind.'

'Bless you, Prince,' grunted the naked ape.

Struggling into the habit, which was about six sizes too large for him, Dennis felt a sudden lump rattling down his trouser leg and watched, horrified, as Griselda's dear potato rolled across the floor. Princess Rita ran towards it and scooped it up, revealing those creamy breasts in full dip.

'Oh my prince, is this yours?'

'Yes! Er, no ... it was.'

'*Please*, may I have it ... as a keepsake of our love, our flawless, hopeless love? I'll cherish it always. What is it?'

'A potato,' said Dennis, tears welling in his eyes. How would he ever explain this to his beloved?

'Can you eat it?'

'NO! I mean ... please, keep it safe for me, Princess.'

'You can depend on me,' she said, and took him by the arm and led him over to the doorway. 'You must flee now, my Prince, before the guards return from their brothel break. Please don't kiss me, my prince. I couldn't stand it. No, let's just part as ...' her hand pressed against Dennis and squeezed his working-class origins deliciously '... betrothed lovers. Chaste as the moment we first met.' Her face covered his and suddenly he felt her tongue squirming crazily in his mouth. 'We have plighted our troths. Now just go. Go, my prince and remember that I will always be true.'

Dennis stumbled, breathless, out of the door and into the gloom. Behind him he heard the Princess's urgent voice calling the word 'Vinnie'. Our lad did not know what to think, what to feel, only the burning shame (oh yess!) and the smouldering stupefaction. Oh Griselda, how could I?

chapter nineteen

There was a bad moment at the gate. Up to then, everything had been going quite swimmingly for our lad. Each giant, subhuman Questionable Guard standing with a dull echo of neolithic intelligence at his post had greeted Dennis with a grunted, 'Evening, sister'. A greeting Dennis acknowledged in a weird falsetto. But as he crossed the courtyard towards the heavily patrolled gate leading into the city, a raucous, baritone, alehouse voice spewed out a song into the night:

Oh, I met a maid at Stepney Fair...
te dum te dum, she had golden hair
She said ta me: O Soldier brave
te dum te dum te dum te dum
And the hairs on her dicky di doe
HUNG DOWN TO HER KNEE...

It was a fat sergeant of the guard, drunk out of his gourd. Dennis could hear the other guards going 'uh-oh' and warning each other. For a moment he considered turning back. But that would only attract their attention. Nervously, Dennis edged up to the gate where the drunk sergeant was weaving around on his feet like a sequoia which had just been sawed in two and was momentarily hesitating before it came toppling to earth.

'Evening, sister,' said one of the junior guards. Dennis bowed his head with modest propriety and trilled a faint, 'Evening, soldier.'

'Well, what have we here?' bellowed the sergeant. 'A strange young face, and a right pretty one too!'

Dennis did his best to act demure and keep walking, but the big oaf was blocking his way.

'Come now, fair maid, let's get a good look at you. We could use a wee kiss now. Don't be shy.'

'Easy, Sarge,' implored one of the guards. 'She's a nun.'

'Ay, so she is.' The sergeant threw one hefty arm around Dennis's shoulders and dragged him against his sagging belly. 'Let's have a nice Christian kiss then, sister.'

Dennis gagged, half at the thought of kissing this repulsive oaf and half because of the thick fumes of putrid wine which were wafting from him. Before he could protect himself, he felt the sergeant's other arm snaking up the front of his habit, up past his knobby knees, up the inside of his furry thighs, up and up!

With a mighty push, Dennis got the bastard off him and immediately made a run for it. The hell with his manners. He was certain he'd been discovered for the sergeant had gotten a good handful of his reproducto equipment and there could be no doubt: if Dennis was a Bride of Christ, then Christ was pretty odd.

Fortunately, the sergeant was too smashed to sort things out. As Dennis raced into the dark city, the sarge remained staring at his meaty paw with total disbelief. The expression on his face caused one of the junior guards to ask, 'What's the matter? You look like you just met a heretic or something.'

The sergeant's face crumbled with fear. Shaking his head, eyes popping, he begged, 'Get me up to bed, lads. Just put me in my bed. Think somebody spiked my drink tonight.'

'Sure, sarge. Here, boys, take his arms.'

*

In the midnight crinkles of the old city, Dennis did his best to put several miles between himself and the Questionable Guards. Almost all the houses he passed were darkened; the alleys resounded with Flagelot snoring; a light mist had moistened the cobbles and footing was tricky. Gradually the panic began to subside in his chest, replaced by a sick feeling, a kind of emptiness mixed up with guilt and a pinch of randy nostalgia, the twin pictures of Griselda and the Princess shuffling through his fore-brain like a set of Left Bank postcards. He had no idea where he could spend the night. Perhaps in a convent? Did they have hospitality centres? Just as he was considering this idiotic question, it answered itself.

Dennis turned left into a wide street and came face to face with a dozen nuns. Dressed in black habits, eyes cast modestly at the ground, led by a mother superior with an uncanny resemblance to Ingrid Bergman (or was it Audrey Hepburn), they were ten yards away.

'Pssst!' hissed one of the nuns. All eyes raised in one movement and pinned Dennis in his tracks.

'A whitey!' whispered one.

'A honky sister!'

'Spread!' commanded the mother superior of the black nuns. In neat formation, the nuns rolled out like Japanese zeroes into a modified attack-wing. Dennis couldn't believe his eyes. In smooth, menacing order, they approached him. 'Arm,' hissed the mom superior. Her soldiers reached up their sleeves and came out with black crucifixes. CLICK! A dozen stiletto blades shot out of the holy crosses, glinting in the mist. One nun wrapped her beads round her knuckles in a slow ritual. Crash! Another demure sister broke a bottle on the wall and was holding its jagged end in front of her with all the finesse of a Panama City stevedore.

'Hey, honky!' cried an ironic voice. 'I tink youse in da wrong neighbourhood, baby.'

Our lad was unfrozen. Turning on his heels, he leapt once more into the breach of the darkness, flying over the slippery cobbles and through the narrow back-streets until he reached an alley so dark he felt it prudent to stop and listen for a moment. He couldn't hear them. He'd lost them.

Jeeez, it was safer to be a mucky peasant than to walk around this city in holy robes. Quickly, he began to unfasten the rope around his waist. He got his flying nuns hat off and was struggling to remove the rest of this gear when the darkness suddenly exploded into a blaze of torch light.

'Look,' cried a voice at the end of the alley. 'It's the Devil in the guise of a nun.'

'No,' cried another voice, 'It's a nun in the guise of the Devil.'

'Get her!'

'Get him!'

'Get them both!'

Dennis bolted in the opposite direction. Too late! Another group of torch-bearing figures had closed the gap. Dennis was trapped on both sides. Hurriedly, he tried to scramble out of this incriminating habit. The last bit tangled around his neck. Too late, the mob lunged forward from both directions. The next thing Dennis knew he was going down under flaming tapers and fanatical voices.

Good night, Dennis.

*

When Consciousness returned, it had to pry its way through a tightly screwed layer of pain in Dennis's head. Far too difficult to open his eyes. What came were words, a familiar loony voice, the wail of holier-than-thou anger: Slobbernarola's voice.

'Children of God, a sacrifice must be made! We must appease this monster, we must make amends for our vile sins, we must do something quick before we lose our audience. For does not the Book say, "I will send all my plagues upon thy people, that thou mayest know that there is none like IT in all the earth." Children of God, a sacrifice is demanded! Shall we dare to refuse?'

'NOOOOOOOOOOOO!' screamed a hundred deranged voices.

Something told Dennis he was somehow connected with something Slobbernarola had said. Where was he? It was necessary to open his eyes to answer that. Did he dare? Well, he guessed he'd better. There was always a chance he'd open his eyes and find himself lying in Dorkminster; the sunshine would be streaming through the window; the sound of his father fixing breakfast in the kitchen would be just lovely; gee, that bacon smelled good this morning ...

No such luck. When Dennis opened his eyes, he found himself sitting in a kind of basket fifteen feet off the ground. The middle of the night, it was rather bright, thanks to hundreds of torches held by a crowd clustered below him listening to Slobbernarola's sermon. This basket wasn't very comfortable. It was filled with all sorts of twigs, branches and logs. What was this basket anyway? Craning his neck, Dennis gradually realized he was sitting in the delivery end of a huge catapult.

What Dennis had hoped was the smell of bacon sizzling on the grill was actually the stink of torches.

'And what better than to sacrifice one of the beast's own progeny? This spawn of hell we caught masquerading as a bride of Christ, as a holy sister of the Mother Church. What better sacrifice could we offer the Devil's monster than this son of the Devil himself!'

'Yeah!' cried the fanatics. 'What better! Preach, Slobber, preach us a good one. Then let's do it!'

On the fringes of the crowd, a gang of young urchins shouted, 'They're going to *do* it! They're *really* going to do it!'

'Shut up!' said the loony leader. 'We will fire this Devil's spawn ... there!' He pointed with a long yellow finger at the impenetrable dark horizon that marked the edge of the forest. As if on cue, the roar of the monster was heard in all its whirlwind fury, half-man, half-beast, half-that-asshole. 'Into the eternal darkness to appease this foul, malignant monster who even now calls to us in his loathsome voice.'

'Please ...' cried Dennis. Nobody paid the slightest attention. Those who were not entranced with Slobbernarola's oratory were engaged in the usual self-floggings which evidently (judging from the dreamy expressions on their faces) brought them a fair share of what the manuals politely term 'release'.

'First we shall set him alight with the faggots of the Lord so that our gift of appeasement will be observed by all, despite this darkness.'

'What?' cried Dennis.

'Then he shall trace a glorious arc across the firmament in glowing flame,' explained Slobbernarola. 'A true witness to our piety, our humility.'

'RIGHT ON!' screamed the fanatics.

'What pain he will feel, this Devil's spawn. Such pain as perhaps no man has ever felt before in the service of his God.'

'Pain!' cried the loonies. 'Lotsa pain! Hurrrrt! The pangs! The bends! The sizzles! The smarting! The agony!'

'Yes, children of God, imagine his agony as the flames rise in one great surge outside – *and* inside – his body. Until he is a ball of living fire,' preached Slobber.

'YESSS!'

'Imagine his horror as the mighty ballistic device hurls him high into the cold, black out-space above us!'

'YESSS!'

'Imagine the incredible terror of suspense as our sacrificial victim waits, waits, waits for the darkling forest to rise up and crush him into its prickly bosom.'

'YESSS! YESSS!'

'Imagine his final horror as his nasty life is snuffed out in a bone-crushing cascade of phosphorescent fireworks when he finally, agonisingly, smashes into the ground.'

Dead silence from the fanatics.

'*And*,' said Slobbernarola, looking surprised, not sure why he'd lost his audience, 'let me remind you that anything which is left of our sacrifice, even the puniest heartbeat, the flimsiest scrap of flesh, that will meet the worst fate of all: the ravenous monster!'

'It's not fair,' shouted a fanatic in the front row.

'Unfair! Unfair!' cried the fanatics.

'What's not fair?' asked an amazed Slobbernarola.

'How come he gets to go?' asked the fanatic.

'Yeah. Why's he deserve all that pain and agony?' cried another.

'But ...'

'*I* want to go!' shouted the first fanatic.

'No, me!'

'Me! Me! Me!' called the fanatics.

'But that defeats the purpose of our ...' said Slobbernarola before he was shouted down.

'I don't care, I *deserve* to go,' cried the fanatic, dropping his flogging device. He jumped up on to the platform and grabbed a rope and quickly pulled Dennis's basket down.

'Out of the way, Devil's spawn,' he said. He pushed Dennis, who spilled right on to the platform at the feet of the amazed Slobbernarola. Then the fanatic jumped up into the basket, shouting, 'Give me a light somebody!'

Another lunatic ran up and handed him a torch. He began setting fire to the kindling on all sides of him.

'Ooooooh!' screamed the crowd. 'Hot! Hot!'

'Okay, if that's the will of the Lord, somebody fire him then,' bellowed Slobbernarola, eager to reassert his leadership.

'He's fired! He's fired!'

'No, you morons, I mean launch him. Hit the trigger! Let him rip!'

'Oh, sure,' said the thick-skulled fanatic in charge of the firing mechanism. He took a knife out of his belt and cut a thin bit of twine, attached to a heavier cable, which suddenly hissed up like a frightened snake into the gears of the contraption, followed by an enormous weight crashing to earth and the ZING of the basket as it launched the flaming lunatic into the night sky.

All was silence in the crowd. The only sound was the voice of the eager beaver burning his way across the firmament, screaming, 'Niiiiiiiiiiiice!'

Few paid any attention to Dennis. He'd managed to get off the platform and push his way back to the fringe of the crowd. But now that the show was over ... what was that? The cry of the monster. Well, anyway, now that the main attraction was finished, Dennis was starting to attract a number of disconcerting stares from the fanatics. Would they be offended if he left the party? As offended as they'd be if he stayed? Come to think of it, did he care?

Exit our lad.

chapter twenty

Standing in the King's bedchamber, Passelewe stared glumly at the outlandish figure of King Bruno whose beard was festooned with ridiculous curling irons. An idiot called Mort the Hairdresser was removing them amidst much hissing smoke. The King was urging him to hurry, lest he be late for the second day of his tournament.

Passelewe had spent the previous evening looking over the tournament statistics and at the list of Flagelot knights who were now either dead or permanently maimed. The figures were most alarming.

'Another great spectacle today, eh Passelewe, old friend?' cried the King.

'I suppose so, my dear,' murmured Passelewe.

'Suppose so? Buck up, man. It's tournament time. Just like

the old days. That is if Mort here can get these tongs out in time.'

Mort grimaced and whined, 'Please, Sire, only three more to go.'

'No excuses. Chivalry awaits us. Chivalry and glory! Spectacle! Noble combat! Swooning ladies! Think of the power in those mighty destriers! The honour in those marvellous knights!'

'Those marvellous knights who still have one foot left to stand on,' muttered Passelewe.

'There you go, sire,' said Mort, removing the last pair of curling tongs from the royal fuzz. 'Now all I have to do is comb it out and you'll be as pretty as a ...'

'No time to comb it out today!' said King Bruno, standing up. 'Did you say something, Passelewe?'

'Just that I can't help but wonder if there isn't a better way to choose a champion.'

Mort was frantically trying to get at the King's whiskers with a pink hairbrush. Every time he got close, King Bruno pushed him away. 'Pleeese, sire.'

'Enough already, silly fool. Tourney Time is upon us. Did I hear you right, Passelewe?' he asked, turning to his Chamberlain. 'A better way? Better than the shattering of lances? The flailing of the mace? The cut and thrust of broadswords? The ring of *falchion* on *cuissarts*? What better way than these?'

Before Passelewe could answer, the door burst open and Princess Rita made an unusually prompt entrance in a glorious white silk dress. She too had found time this morning for a session with the hairdresser. However, her gorgeous golden tresses seemed to have benefited from the experience far more than her father's beard, which looked like a piece of crude homespun carpet hanging from his craggy chin. All in all, the Princess was extraordinarily ravishing this morning.

'Ah, my dear! Let me see you!' cried the manic King. 'What a Princess, eh Passelewe? How do you do it, daughter? Come over here.' She stepped forward and he took her two hands in his and looked her over from the tips of her ...

'Argh! *What* is this?' cried the Questionable staring down at a revolting brown mess he'd palmed when he took his daughter's hands. It was the potato she'd received from Dennis the previous evening.

'It's ... it's personal,' said the Princess, blushing slightly. 'A gift from ... from an old friend.'

'Puke of the Devil! I won't have my lovely daughter fondling such nasty rubbish.' He snatched the spud (by now so rotten it bore no resemblance to one of His Majesty's dazzling potatoes) out of her hands and tossed it through a window in the wall.

'You disgusting old man,' shrieked the Princess. 'How could you throw that nasty rubbish out the window? It was my *keepsake*!'

'Enough,' warned King Bruno. 'I won't tolerate another word. We've only got ten minutes to make the first chop-off.' With that, he lurched clumsily out of the bedchamber, the whimpering Mort at his heels, still trying vainly to sink his hair-brush into those frizzled whiskers.

'I beg your pardon, Princess,' sighed Passelewe to the damp-eyed, sniffling girl, 'but I think you'd best obey him. The King is in a rather butch mood this morning.'

Bowing her head, Princess Rita resigned herself. She let the matronly Chamberlain guide her into the chilly corridor. If only Prince Dennis could arrive that very moment and rescue her, elope with her, smother her in his warm (albeit somewhat puny) arms.

*

Curled in a bit of secluded gutter beneath the south tower of the castle, Dennis lay submerged in dreamless slumber. After his narrow escape from the flaming catapult basket and his hasty exit from the crowd, he'd been happy to flop in the first patch of utter darkness he could find. Sleep, wonderful coma, utter unconsciousness was all he craved. Even his belly, ungraciously empty again, could not disturb his blissful respite in the land of Nod.

PLONK!

Something soft landed with a hard smack on his left ear and slid down his face leaving a mushy trail. Dennis's mind jolted awake. Before his eyes, which seemed to be cemented shut, could open, our lad hissed, 'If it's that lousy turnip again, I swear I'll ...' But his eyes cracked open to reveal what his nose had already detected. Miracle of miracles, there could be no mistaking it. Dennis's heart gushed with a warm syrup of thanksgiving as he grinned at Griselda's darling keepsake.

Could it be, wondered our lad, that somebody up there truly likes me?

*

After two hours of savagery, of unlimited amounts of blood and gore, Passelewe was reaching the end of his scrawny rope. Something had to be done before this tournament ended with total destruction of every qualified knight in the kingdom.

While Passelewe sat and scratched name after name off his roster of Flagelot nobility, the Royal Box itself was receiving a regular spattering of knightly blood. Not to mention bits of armour which kept whizzing off the sward like deadly shrapnel as the Black Knight continued to lead all the others in scourging the finest flowers of Flagelot courage with his abominable lance and his atrocious lack of manners. Today knights were not merely tossed into the air by this mysterious warrior, but actually seemed to explode into a million fragments when merely grazed by the terrible lance. While the rabble in the grandstands roared approval, having restored their voices with night-long vigils in the city's taverns, Passelewe could not believe the way King Bruno joined in with his own croaks of excitement as he watched his finest men blown to smithereens. Even Princess Rita, who had begun the morning in a fierce sulk, had degenerated to the point where her honey-coated shriek was in full operation again.

'Isn't it too, too glorious,' cried King Bruno, tugging at Passelewe's sleeve to get him to watch something really nasty. A horse had reared before it entered the list, thrown its knight and bolted. The knight, Sir Alfie of The Veldt, had landed on the blade of his own hand axe. The axe was now stuck deep in his back as Sir Alfie hobbled after his runaway horse in a gallant attempt to resume 'play'.

'Certainly it's glorious, Your Majesty,' groaned Passelewe. 'But I'm getting rather worried about the number of knights you're losing. I have worked out a figure on the percentage of knights killed or crippled so far and it is really quite anxiety-producing to . . .'

'You worry too much, Passelewe. Have any of the boys complained?'

'Sire, they know that to complain would be to show cowardice and risk instant execution.'

'Fiddlesticks,' said King Bruno. 'My boys aren't complainers.'

'But really, Sire, the number of dead in just the first day and a half of the tournament is appalling. If it keeps up like this, you'll have a champion. But that's *all* you'll have.'

Passelewe nodded glumly. Out on the sward, Sir Alfie had finally caught his horse and was, with the help of his squire, trying to belly his way back aboard the snorting chestnut animal. The evil-looking hand-axe was still firmly embedded between his shoulder blades. As soon as he got up in the saddle, the horse shook its head in a crazy negation, then bolted in the wrong direction, completely out of control, with Sir Alfie hanging on to its mane.

'That beast is certainly feeling its oats this morning,' quipped King Bruno, then choked with laughter at his dismal joke.

Suddenly the crazed horse put on the brakes, reared on its two hind legs, and sent the unfortunate Sir Alfie flying once more through the air. After several half-gainers and one clanking back-somersault, the knight crashed to earth. This time on his stomach.

'I say, bad luck for Alfie,' said the King. Passelewe scratched another name off the roster.

'Sire, by my calculations, approximately 65.5 per cent of the knights of your realm are now either dead or too badly mauled to ever be of service to you again.'

'That doesn't sound like much of a figure to me. I mean,' said the King, 'Not like 87.8 per cent or 93.2 per cent. Now those are percentages in the real sense of the word.'

'But Your Majesty, if the carnage continues until this evening, you won't even have enough knights to defend your castle. There's got to be another way to choose a champion.'

'Ah, here comes the Black Knight again,' exclaimed King Bruno with the gusto of a true *afficionado*. 'Now look here, Passelewe, I appreciate your concern. But a champion has to be chosen according to certain time-hallowed traditions enshrined in the very warp and woof of chivalry. How else can we choose a champion?'

'Well,' ventured Passelewe, 'you could hold an election. Based on what we've already seen.'

'What? Let the people *vote*? No, it wouldn't be fair to the knights.'

'Why not let the knights draw lots for the honour?'

'And leave it to Fate? No way, Passelewe. This isn't some

cheap carnival stunt – spin the wheel and win the lucky monster doll. A royal tournament is a test of true character, of courage and skill.'

The calm was broken by the shrill war cry of the Black Knight as he spurred his horse into a gallop. From the other end of the sward his opponent let loose a fearsome oath. Or rather, 'opponents' for this particular knight of the realm was known as Sir Triplets: three identical young men born of the same noble mother. Because they were runty, barely five feet tall, weighing less than seven stone apiece, they had early learned to fight together as a team: three midgets equalling, they hoped, one mighty knight. Because of the novelty involved, and because their father had left them with a considerable fortune, King Bruno had agreed to knight them as one individual. Surprisingly, the combo-knight Sir Triplets had soon proved itself to be a rather ferocious opponent. After all, short men were known for their fierce tempers and overbearing egos, the result of having to grow up with extreme runt-complexes. And although chivalry decreed that they must all three ride on the same horse, there was no limit to how many weapons they could carry. Thus Sir Triplets was able to carry three lances to the normal knight's one, and still had three more arms free for swinging maces, axes and so on.

Up to this point, Sir Triplets had been unbeaten in all its tournament engagements. Not a few of the crowd felt that here at last was a 'knight' who could end the Black Knight's streak. Sir Triplets was a very popular selection among all those morons addicted to long-shot betting.

With one eye on the sward where the two destriers were rapidly closing the gap between the three bristling lances of Sir Triplets and the one weirdo lance of the Black Knight, the King continued his reply to Passelewe's suggestion. 'No, drawing lots would be too random. Might as well toss the dice, or do it by dip-dip-dip my little ship, or one potato, two potato ... or paper, rock and scissors ... or even hide and seek!'

Passelewe's eyebrows lifted as if he'd just heard one of the most brilliant ideas in the history of Western Civilization. 'Your Majesty!'

Reading the Chamberlain's mind, King Bruno frowned and shook his head vigorously. 'Are you joking; Im ...'

At that very moment, the Black Knight's magic lance snaked

through the tangle of Sir Triplet's three-pronged attack and delivered a ridiculous scratch to the ankle of the leading runt. The reaction this produced would have led an observer to conclude that Sir Triplet's horse must have been packing a small nuclear device. For the explosion which suddenly rocked the tournament stadium, and the entire walled city for that matter, accompanied by a mushroom cloud in the centre of the sward, and a bomb crater nearly ten feet deep and thirty yards in diameter, was the heaviest piece of violence that anyone in that city had ever seen. The Royal Box and the grandstands were hit with a tidal wave of gore and armour that made 'fall-out' as inadequate a word in that day and age as it would be ten centuries later.

'... possible!?' groaned the King, wiping the muck out of his eyes.

*

Dennis was reclining on a pile of old horse blankets under the billowing canvas of Sir Andy of the Clump's tent behind the lists. The squire Jules was pouring another goblet full of mead, having just listened with some amusement to Dennis's tale of all that had happened since he'd left his friend and disappeared up the stairs of Fergus O'Towboat's tavern.

'You know, I don't think I should ever have come to the city.'

'Come off it, Dennis,' said the squire.

'No. I've made a real botch of it.' He laughed. 'And I thought I was going to make my fortune. I can't even catch a frigging turnip.' His laugh cracked into a sob.

Suddenly a horrific explosion echoed from inside the grandstands. The ground under the tent began to heave and haw like a dinghy in a Force 8 gale. Dennis tried to get to his feet but the ground made it impossible to keep his balance. 'What the hell?'

'Must be the Black Knight,' said the squire.

'Who?' asked Dennis, incredulous.

'Forget it,' said the squire. 'You don't even want to *know*.'

chapter twenty-one

Following the lunch break, all remaining able-bodied knights were summoned to the officials' tent at the south end of the sward. There Passelewe revealed the astonishing new conditions which would prevail for the rest of the contest.

As soon as King Bruno had recovered from the shock of Sir Triplets and the small earthquake somehow conjured up by the Black Knight's inept, yet devastating, lance blow, His Majesty had been willing to listen to Passelewe's plea for a 'better way'. The King himself had brought up the idea of a game of knightly hide-and-seek. Passelewe seized this chance to throw all his energy into charming and flattering the royal gnome into believing that hide-and-seek was *not* so absurd after all. The Chamberlain proclaimed it a brilliant inspiration, a revelation of genius, quite obviously the product of a divinely ordained, most noble mind. 'You really think so?' asked the King. 'You don't think it would be too silly?'

'Pshaw! Sire, take my word for it, there is nothing silly about a game of hide-and-seek. All the other kings of Europe will cringe with jealousy when they learn of your brilliant refinement on the art of choosing a champion. I predict, and mark my words, that inside of twelve months all the sophisticated monarchs in the world will be emulating this new custom. Within two years, there will not be a champion anywhere who has not first proven himself with a dangerous round of hide-and-seek.'

'No kidding?' cried the King. 'You mean I'll go down in history just like my ancestors?'

'It is most probable, sire, that your name will glow forever on the marquee of History, yes.'

'You're sure?'

'Absolutely.'

And the King had bought it.

But Passelewe was still rather worried about the knights' own reaction to this incredibly silly proposal. He need not have been. As he summed up the last details of how the hide-and-seek would be organized, emphasizing the fact that His Majesty was so pleased by the quality of the preceding bloodshed and disfiguration that he could not bear to see any more of his noble liege men hurt, the crowd of assembled knights burst into a spontaneous cheer. Helmets and gauntlets were tossed into the air; iron palms slammed affectionately on iron backs; three choruses of 'For He's a Jolly Good Tyrant' were sung. Almost to a man, they took the news as a reprieve from certain death. Those who had not actually seen what happened to Sir Triplets had heard the news soon enough. All had felt the ground quake beneath their feet.

Only one knight seemed less than overjoyed by the announcement. You guessed it. The Black Knight stood at the rear of the group of cheering combatants, his arms folded crossly, his helm bolted shut, exuding pure hatred. Since his first appearance the previous morning, he had not been heard to utter a single word. Nor did he break his silence now. Disdaining the crowd of yelping, schoolboyish knights, he turned on the spot and started to march out of the officials' tent in obvious disgust.

'Just a second, Sir Knight,' called Passelewe. 'Did you not hear me just now?'

The Black Knight halted. Several of the other knights, who had trembled, clanking, with fear each time they passed within ten feet of the mysterious weirdo killer, now felt brave enough to stick out their tongue and boo him, like children mocking a bully who had finally been thrashed by a teacher for terrorizing the playground.

'I will repeat myself for your benefit,' said Passelewe pompously. 'The hide-and-seek is to begin *immediately*. No knight is to leave this tent until we have drawn straws to determine who is going to be IT. As soon as that is done, the knight who is IT will cover his eyes and count to three hundred in Flagelots. The rest of you will run into the city and hide yourselves. It is all very simple. No knight is allowed to remove his armour; no weapons of any kind are to be carried or, by any means, used. When a knight is discovered, he will be appropriately marked and must consider himself out of the contest. If the IT knight finds everyone, then he is the champion. But if by nightfall any knights remain undiscovered, they will be allowed to come out of hiding as soon as they have heard the shout: "Olly, olly, oxen, free, free, free." Oh yes, if more than one knight remains undiscovered by nightfall, there will be a tie-breaker game of "Simon Says" to choose the winner. If only *one* knight remains undiscovered by nightfall, he will be our new champion. All right, Sir Knights, I will now pass among you and each must pick a straw.'

Inside his jet-black helm, Marvin was wondering frantically if he dared risk a dash up to his laboratory in the castle. Why the hell hadn't he brought his Potion Recipe Book with him? All he needed was page 62 with its 'Indications For Rendering The Body Invisible'. But Passelewe had already said that the castle was the one place within the city which was definitely out-of-bounds to hiding knights. Did he risk taking off his armour and slipping into the castle? No, if he was caught he would be immediately disqualified. Was he going to have to take his chances and play by the rules?

As Passelewe approached the Black Knight and extended his handful of straws, he tried to get a look through the odious killer's eye-slit. At the same moment, the Black Knight reached out and took a straw. As he did so, his gauntlet brushed the Chamberlain's bare skin. Something twanged in the back of Passelewe's mind: a damp, swampy feeling shot down his spine. He felt a sudden, eerie desire to rest his cheek against something ... what? ... something cold, slimy, revolting ... something green ... was this love? As suddenly as it had come, this momentary hallucination disappeared. The Chamberlain shook his head. What was that? He'd almost fainted. Must be these long hours. Perhaps his blood pressure was up again?

In the end, a burly knight called Sir Godfrey of the Plank (a nickname derived from the spectacular density of Sir Godfrey's skull) picked the short straw. As he turned his face into the corner and began the exhausting count to three hundred (Passelewe assigned one of the judges to help him – fortunate since the Knight soon ran out of fingers and toes) the rest of the noble assemblage struggled clumsily to quit the tent. As they soon learned, moving a hundred yards in their junkyard suits was difficult enough, especially when trying to be quick about it. Far more difficult than galloping up and down the countryside on some huge, pea-brained plough-horse. But when it came to actually finding a *hiding place* for their bulky iron-clad selves, one might as well have tried to conceal a tank behind the drawing-room curtains. There were no such things as 'nooks' or 'crannies' huge enough to contain all that clanking bulk. And everywhere they moved they left a trail of clues in their wake: bits and pieces of metal wreckage that had come loose in previous jousts and could no longer withstand the rough cobblestone streets of the city.

*

The ordinary citizens of Flagelot were astounded when they heard the news. No more Black Knight and tidal waves of blood? No more mushroom clouds and junkyards smashed into instant smithereens? Hide-and-seek? That King must be insane! Was this how he proposed to pick a noble champion, a monster-slayer, with a nitwit children's game?

The townspeople's astonishment soon changed to bitter resentment as the afternoon's 'trial by fire' got under way. Down from the tournament grounds came the lumbering, stumbling iron behemoths, bouncing off walls, knocking through windows, collapsing into carts, endangering any living thing that crossed their paths. Mothers hustled their children into the cellars. The knights' visibility from inside their helmets was severely limited. Their mobility was far from streamlined. They were as helpless as babes and shouted, 'Hide me! Hide me! I order you to hide me!'

'Keep him out of here, Tom,' shouted a housewife confronted with one of these beseeching two-ton infants. 'He'll rip up the carpets. He'll knock down my walls!'

'*Please* hide me?' begged the knight.

'Nothing doing,' said the husband. 'My missus is very particular about who she lets in the house.'

'I'll give you a sack of silver crowns if you just let me hide in your cellar.'

'No, sir, can't help you. Why don't you try the Millers at Number 14. They have a son in a rock band and let all sorts of strangers into their house. My missus, she's respectable.'

In desperation, the knights tried to hide in impossible places: down loos, up rainspouts, under shrubs; in laundry baskets, dog houses, and hurdy-gurdy organs. Several managed to barge their way up to the roofs of private homes but slipped on the steep, slick tiles and went toppling down to the cobblestones below. Others found themselves surrounded by vigilante groups of outraged neighbours wielding make-shift weapons. They soon throttled the unarmed knights. Hide-and-seek, Flagelot style, was no laughing matter.

Sir Godfrey of the Plank finished his laborious counting and began his lumbering quest into the narrow alleys and wreckage-strewn byways of the city. He was accompanied by two referees in black and white striped jerseys, each of whom carried a bucket of white paint and a brush. Although Sir Godfrey was one of the clumsiest, least brilliant of the knights, his task was far simpler than theirs. Hiding a junkyard is a difficult problem. *Finding* a junkyard is not. It was simply a matter of following the nuts and bolts. And Sir Godfrey found that he had more than his share of willing helpers. Wherever he went, outraged citizens rushed up to him and pounded on his metal sleeves. 'He's in our pantry, the clumsy sod. Come and fetch him out, for the love of God.'

When Sir Godfrey 'discovered' a knight in this way, one of the referees would jump forward and paint a large white X on the man's breastplate. At the same time, a runner would be dispatched back to the tournament ground where King Bruno, Princess Rita, and a crowd of Flagelot dignitaries were keeping track of the proceedings while nibbling on various haunches of cold meat and quaffing musty claret. A row of flagpoles had been erected where the jousting lists had previously stood, one pole for each knight still in the contest. When a report came back that a knight was 'found', his coat-of-arms was lowered. By three o'clock in the afternoon, nearly two-thirds of the flagpoles were flying nothing but the wind.

Shortly before tea break, Sir Godfrey turned a corner and was confronted with a large wagon in which a flower-seller had arranged boxes of bright and cheerful blossoms. The flower-seller was nowhere to be seen. But in the midst of the roses and tulips, the hibiscus and the carnations, buried halfway up his chest, sprawled the Black Knight. 'Don't you dare, Godfrey!' he shouted as he saw the Oaf of the Plank approaching him. 'I'm invisible. Invisible, do you hear!'

'Hey, I know you,' said the bovine Sir Godfrey. 'You sound jus' like creepy old Marvin, the Quack. Anyway, I found you! I found you! Naw Naw Na Naw Naw!' The referee leapt forward and slashed a white stripe diagonally across the black breastplate.

'What do you think you're doing!' roared the Black Knight. He raised his gauntlet and brought it crunching down on top of the poor referee's skull. 'I paid a lot for this suit.' The referee had no answer to that from his new, and final, resting place among the daisies.

By dusk, Sir Godfrey seemed to be on the verge of an incredible upset victory. He had 'found' every knight except one: Sir Andy of the Clump. Yet as the sun slipped lower and lower towards the western horizon, so did the knight's chances of victory. 'Gotta find him. Gotta find him,' grunted the metal-bound moron as he wearily hauled himself through alley after alley. His breath was coming in laborious screeches. His feet hurt like hell. His practically non-existent brain was bubbling over with choice bits of incomprehensible rubbish: 'Nonny nay la, where be he, buy me a posy, ring around the donkey, nay la nay la.' Suddenly the dreadful moment came, extinguishing Sir Godfrey's hopes with a terrible THUNK. Darkness had chopped off the daylight; night had stepped off the train and onto the platform of the sky. Game, set and match to Sir Andy.

For the next three hours, the streets of Flagelot resounded with ringing church bells (they had their champion) and cries of 'Olly, olly, oxen, free, free, free' (where the hell was he?). It was only by luck that Mrs Maude Chomping, a widow more than slightly deaf, happened to be tossing out her slop pail in preparation for bed when one of the searchers passed directly underneath her window and received an ugly dousing in the middle of his 'Olly, olly, oxen, etc., etc.'

'Did you say something, sonny?' called Mrs Chomping.

'Watch it with those slops, grandma,' shouted the servant.

'What did you say?'

'What are you, deaf?'

'That's right,' said Mrs Chomping. 'I am.'

'Well you aren't blind, are you?'

'Almost sonny. What are you doing out here at this time of night?'

'Looking for a knight. Sir Andy of the Clump. Have you seen a knight around here, grandma?'

'Not so I recall. Just the knight I pushed down my well this afternoon.'

The searcher stared up in disbelief at the tiny old woman who looked about as powerful as a seasick budgie. 'You pushed a knight down your well?'

'I did, laddy.'

'Is he still down there?'

'I imagine he is. I put a boulder on top of the well to make sure he didn't get out. Won't do, you know. Big, young knight breaking into a feeble woman's home, knocking over her umbrella stand, ripping up her carpet, probably thinking of rape or who knows what.'

'Is the knight dead?'

'Don't expect so. It's not a very deep well. Been bone-dry for sixty years, give or take eleven. Come to think of it, I heard him shouting not too long ago.'

'Hey fellas, come here quick! I found him. I found the CHAMPION!'

*

It was not long before the good news reached the tent where Dennis and Squire Jules were draining the last of a barrel of Sir Andy's choice mead. More accurately, Jules was doing the draining while Dennis provided what is known as 'company'.

'You must be very proud,' said Dennis, '*Your* master – and now he's champion.'

'Proud, shit,' shouted Jules. He kicked a metal legging across the tent. 'It means we'll have to leave the city at first light to-morrow and probably get our asses chewed off by noon.'

'But think of the honour.'

'Honour?' cried the squire. 'He'll get all the honour while I'll be lucky to get mildly deformed, maybe an arm and a leg off, and a shilling a year pension to retire on. Plus the fact that I have to sit vigil all night with him in the chapel. And I'd promised my body to the innkeeper's wife. We had a date fixed for midnight.'

'Well, although I don't really approve of adultery, perhaps I could pass on your apologies to the lady.'

'Ha ha. That's hardly funny, sport,' said the squire. Then he got a brain flash. 'Unless ... maybe *you* could do it.'

'Sure I could. I'd just explain that you were ...'

'No, you twit. Not that. You could sit at the vigil with Sir Andy. I'll give you my cape and hat. All you have to do is keep your head down, sleep if you want. He's going to sleep; *you* might as well.'

'But ... I don't know. It's not right,' ventured Dennis. 'And if I got caught?'

'Bugger that. Who'll catch you?'

Dennis thought it over for a long time, grinding his jaws and scratching his front lobe with a nervous finger.

'Well?' asked the squire.

'I'll do it,' said Dennis with a sigh. 'But I think it's a mistake.'

'Nonsense. You'll love it.'

'Why do you say that?'

'Because, my friend, sleeping in the chapel is a lot more cosy than sleeping in the gutter.'

The squire had a point.

chapter twenty-two

At the head of the table in Stanislas Bog's elegantly furnished dining-room sat the wine wholesaler. On his left was the Mayor; on his right teetered the Bishop. Next to the Bishop was Cornelius Flusk. It might have been an official Council meeting if the fifth figure at the table had been the King. Hardly. The fifth figure was a great black slagheap: the you-guessed-it himself.

'Sir Knight, whoever you are, you drive a wickedly hard bargain,' said Flusk.

'What are your alternatives, gentlemen? I'm only asking for what I'm worth . . . and that's a lot,' said the Black Knight.

'But what you propose is High Treason,' hiccuped Bishop Creegle. 'And the King is head of our mother church, so that makes it blasphemy too.'

'Tough luck, Bishop. I will remove Sir Andy for you, in return for which you join me in overthrowing the King. As soon as we get rid of Bruno, not to forget that Chamberlain of his, you will proclaim *me* the new King. To, er, ease the transition, I will then marry Princess Rita. I don't see why that's such a hard bargain?'

'But what if something went wrong?' cried Bog. 'What if the people refused to accept you as King?'

'They don't have to accept me, just obey me.'

'It could lead to something awful,' whined the Mayor. 'Like democracy.'

'Not a chance, Mayor. The people of Flagelot are basically

sound. They'd never accept a commie plot like democracy here. No way!' said the Black Knight, pounding his gauntlet on the polished oak. 'You've got to believe in people to a certain extent, gentlemen. *Trust the people,* I always say. Just so long as you've got them tied up in chains with your boot on their necks.'

The other gentlemen nodded in silent agreement at these remarks.

'Don't you gentlemen worry. I'll stop Sir Andy for you. No harm will come to the monster. And we'll roast that little gnome up in the castle. Now it's getting late, almost midnight. I've got to ride out very soon if I'm going to be in a proper position to ambush the champion tomorrow. So . . . if there are no more questions? Doubts? Fine! This gives me just enough time to fix my owl's cocoa before I get my horse.'

The Black Knight rose to his feet, but didn't move. Slowly he turned in his helmet to take in each face. Gradually it dawned on them that he was waiting for something. Rapidly they leapt to their feet in respect.

'That's more like it, gentlemen.' He turned and dripped oil all the way to the door, which he was careful to slam. The candles flared wildly on Bog's table. At least one of the Council members let out a low moan. So that was going to be their next Royal Highness? Perhaps old Bruno wasn't so bad after all.

'Well,' coughed Bog nervously, trying to put on a cheery smile, 'I think this calls for a drink. Who'd like to sample some of my new rosé?'

In unison, the other plotters announced that it was long past their bedtimes.

*

In the big fluffy bed above the empty tavern, giggles and squeaks alternated with a wild thrashing sound which might have led someone (a moron) to conclude that either the house was haunted or perhaps the rats were playing football under the covers. Actually, neither of these two conclusions would have been correct.

'Beast!' cried Betty O'Towboat.

'Ho, ho! Oh yes! Right now!' cried Squire Jules.

'Not *you.*'

'Whaaa?'

Outside the monster let loose a wild vacuuming roar that seemed to suck the very last drop of silence out of the night.

'Gotta forget that,' said the squire, 'Gotta pay attention to *this*!'

'BEAST!' shrieked Betty, correct in more ways than one.

*

Wrapped in the squire's cloak, his head on the soft leather kneeling cushion, Dennis fought his way in and out of a kaleidoscope of dreams. I ought to stay awake, he told himself. His eyes blinked and roved the tall, gloomy vaults in the ceiling of the chapel. Two candles burned dimly on the altar, reflecting a yellow glow on the metal shoulders of Sir Andy. An inspiring scene, if only Sir Andy hadn't been filling the holy edifice with rasping snores. Sounded more like a donkey stable than a church, thought Dennis. He let his weary lids shut once more. Sweet dreams.

*

In the castle, Passelewe could not sleep. He paced back and forth across the cold stone floor of his bedchamber, unaware of the fact that he was talking out loud to himself. A sixth (or was it eleventh) sense dwelt painfully in his consciousness: something was amiss.

'They're going to do it. They're going to *try* to do it!' *What* 'it' was, or even who 'they' were, the Chamberlain could not say. The old boy was a chronic insomniac. 'They're going to try to do it, and maybe they *will.*' Yawn. Another hour of this and maybe he could sleep.

Six floors below him, King Bruno was churning up the night with his pneumoniac snores. A chronic sleeper, despite the shuddering, twitching spectacle he made as he writhed around under the covers, he was having a lovely dream. A hundred naked scrubbers were furiously at work in his Great Hall as he sat, nude, in his throne and surveyed their mopping exertions. 'That's right. Oh yes!' moaned the sleeping gnome. 'That's the way to do it.'

*

Dawn rose over the eastern ramparts. A firm hand took Dennis by the shoulder and shook him awake. Sir Andy. As Dennis pulled his cloak tight to hide his face, the knight walked to the altar and pinched out each candle between two mailed fingers. Dawn's pink light streamed through the stained glass windows of the chapel and gave Dennis a momentary feeling of hope. 'Come,' said Sir Andy. 'The time is ripe.'

'Who, me?' shrieked Dennis's mind. A bolt of green terror crackled down his spine and left him with a moist awareness of his trousers. Where in God's name was the squire Jules?

'COME!' commanded Sir Andy. 'NOW!'

*

Shortly before dawn had broken, a small wooden door swung open in a remote part of the castle wall. This was known as 'The Door of The Mutilated' for it led directly into King Bruno's dungeons. Here the bodies of those luckless wretches who had experienced the subtle agonies of the King's justice were regularly released to their relatives.

This morning's issue from the door was considerably luckier than usual. Fergus O'Towboat had spent the previous thirty-six hours pleading and cajoling with his sadistic jailers trying to convince them of his innocence. A two-hour stretch on the rack had done little for his persuasive powers. But just as it seemed they were going to consign him to a device far more terrible than the rack, something known jocularly as the 'Sausage Maker', a new shift of jailers had come on duty. Among these was an obese man named Bertie Sink who happened to be a regular customer at O'Towboat's tavern, The Queen's Haemorrhoids. As well as being a drunk, Sink was an avid Sunday fisherman. So too was Fergus O'Towboat on those rare Sundays when he closed his business. Sink and O'Towboat had been on several fishing expeditions to the River Spew together. Around a sputtering campfire, in those wonderful pre-monster days, they'd fried up messes of dogfish and traded yarns until the stars rode high in the night sky and the bottoms of their flagons were drained dry. Bertie Sink was shocked to find his old fishing buddy in the King's dungeon. As for O'Towboat, he clung to the guard's knees and wept on to his boots as he poured out his story of betrayal and wrongful imprisonment, careful to leave out his assault on the King's corridor wall. In the end, Sink persuaded his fellow guards that O'Towboat was a decent bloke, the victim of a frame-up, and would undoubtedly extend them months of free credit at his tavern if they released him. So it was that Flagelot justice once more triumphed. O'Towboat was set free.

Some twenty minutes later he stood over his bed shaking

with anger as he regarded his wife sprawled voluptuously on the sheets: shamed, vulnerable, but apparently alone.

'What the hell have you been up to?' he demanded.

'Why ... why ... nothing. I was so worried about you. I didn't know where they'd taken you. I couldn't stop weeping and ...'

'And what about that wonky squire who was up here?'

'Squire?' gasped Betty O'Towboat. 'What Squire? What Squire is that?'

'You know very well,' he shouted. Suddenly the innkeeper doubled over with pain. 'Oh, my rheumatism. They had me on the rack. Just missed out on that beastly "sausage maker", thank God.'

'My poor Fergus,' purred his wife. 'You must feel just awful. Come, let me slip your clothes off and put you to bed. It must have been an awful, dreadful experience.' She undid the buttons of his shirt, spread it and let her enormous bosoms press against his skin. Teasingly, she fumbled with his belt.

'You don't *really* think there was a Squire up here in our bed, do you?' purred Betty.

'Ohhhh! I can't tell ... your ... your hands feel so nice and warm.'

'Good, my darling. Now down with these filthy old things. My, my, look at you. It looks like they really did some stretching on that rack. I'll have to thank them. Now, now ... do you like me that much?'

She'd finished undressing him and reclined on the bed in a pose so panoramic as to give her husband a really profound insight into exactly where his immediate future ought to lie. Her foot reached up and cuddled him with remarkable accuracy. A bright rash surfaced across the top of O'Towboat's chest. His breathing accelerated. All signs of recent exhaustion seemed to have miraculously disappeared.

In one swift motion, he'd hoisted her up. His hands sunk in her soft behind, her legs locked around his waist, he staggered back three paces, caught his balance, then charged to the bed.

'BEAAAAAAAST!' screamed Betty joyously.

'Wuh-hOOOOOO!' roared Fergus.

THUNK! The bed collapsed under their lust with all the finality of the executioner's axe. They could not have cared less.

A thin trickle of squire's blood leaked out from under their lurching four-poster and ran across the dusty floorboards to the edge of the stairs. Drip, drip, drip. What squire indeed?

*

At the city gate, Sir Andy sat on his noble black destrier, his helmet under his arm, listening to the King's farewell speech. Behind him, on a most ancient donkey, sat Dennis encumbered with lance, mace, halberd, axe, a full arsenal of swords, food hamper, candle pack, first-aid kit, toilet tissue, and a copy of Potter's *Guide to Monster Slaying, 3rd Edition.*

'You who have proved your worth on the field of knightly honour,' croaked King Bruno. A peasant in the crowd began to snigger. 'Now you must prove your valour in mortal combat with a monster so terrifying, so appalling, so horrific that even ... I ... might, uh, hesitate to ... face it in ... er, hand to hand combat.'

Jeers from the peasants and a round of gauntlet smashes from the guards.

'Well, anyway now you must go forth and slay the beast. Take with you our Royal blessings and the blessings of the Mother Church. Bishop?'

Bishop Creegle was pushed forward. His eyes reeled up at the sky and his fingers tugged dully at the sagging skin on his face. He seemed not to know exactly where he was.

'Give the blessing, Bishop,' ordered the King.

'Um, yes, of course ... *Ab initio al fresco pudenda.* Amen.'

'Is that all?'

Bishop Creegle belched, nodded his head, and looked for a way out.

'All right then. Herald, open the gates!'

The new Herald seemed extremely nervous about opening his mouth.

'It's all right, Herald. Give the order.'

'Openthegates!' he blurted.

The gates were reluctantly pulled open a few inches by the keepers who seemed to fear the monster was lurking only inches on the other side. 'Farther. Open them farther,' shouted Passelewe from the crowd of dignitaries around the King. Shaking their heads, the keepers opened them farther.

'Farewell, O good Sir Andy of the Clump. And may God grant you great success,' intoned the King. In an aside to Passelewe he added, 'I hope so. He's such a good-looking young chap.'

'Farewell, sire!' Sir Andy spurred his horse and leapt forward in a blaze of mud.

This was it, thought Dennis, really *it*. He kicked at his donkey who responded by taking half a step backwards. That was fine with Dennis. But one of the gatekeepers, nervous about the opening in the fortress which might any minute allow the monster to suck them all right down his gullet, ran forward. 'I'll get this old ass in gear for you, Squire,' he shouted. Taking the donkey's reins in his hands, he began to tug and yank the beast out of the gate. It was a small animal, very old of course, and soon the keeper had it just outside. 'Good luck, Squire,' shouted the keeper. Immediately, the gates slammed shut.

chapter twenty-three

They rode for several hours over the hot, dusty boglands, the dry, parched swamps, the festering and fly-ridden sand dunes, until they reached the crest of a low hill and looked down on a grassy sward in which stood a single, amazing tree. Its branches rose into the air like the pipes of some magnificent organ. Its bark was a silverish maroon, flecked with yellow spots, and the foliage it produced was a very dark green. This foliage did not come close to resembling what is ordinarily thought of as leaves. It collected into large pads of lichen-like stuff, about the right size to support an average man's bum. Really it looked like an enormous stalk of camp chairs. Dennis longed to jump off his donkey and climb up into the tree, place his bum in one of those lichen seats, and wait there until whatever it was that was going to happen, happened.

Sir Andy, on the other hand, suddenly broke into a weird bit of sing-song verse at the top of his lungs:

He took his vorpal sword in hand:
Long time the manxome foe he sought

So rested he by the Tumtum tree
And stood a while in thought.

Had the pressure finally got to the knight's minuscule reasoning control-box? Had Sir Andy cracked?

'What's that you're singing, sir? asked Dennis nervously.

'Just a lullaby. My mother used to sing this to me before she tucked me into bed.'

And as in uffish thought he stood
The Jabberwock with eyes of flame
Came whiffling through the Tulgey wood
And burbled as it came.

'That's very good, sir,' said Dennis. But for Christ's sake, was he off his walnut or what?

'Thank you, Squire. My mother always hoped I'd be a great knight when I grew up. Even a champion.'

'Golly, sir, she'd sure be proud of you today,' gulped Dennis.

Suddenly this homely nostalgia was interrupted by roaring and grunting, half-human, half-maybe-human, half-something-else.

'The Monster!' yelled Dennis.

'Lance!' commanded the knight. Dennis struggled off the donkey and clumsily foraged through all the miscellaneous gear in a frantic effort to get the lance free. At last he loosened it, ran over and deposited it in Sir Andy's outstretched gauntlet. 'Follow!' shouted the knight, and spurred his destrier into a gallop. Up the far side of the valley, he disappeared over yonder hilltop.

This was his chance to get away, thought Dennis. All he had to do was get on that donkey and strike out in the opposite direction. All by himself, he could wend his way through the dense forests until he found sanctuary across the border and ... *all by himself*? No way Dennis was going to go running around Monsterland all by himself. Even Sir Andy of the Clump was better protection than nothing. Climbing on to his donkey, Dennis resolved to follow the knight, come what may, through the thickest shrubberies and the fiercest boglands known to man. If only this donkey would get the lead out of its ass.

*

When Dennis reached the crest of the next hill, having urged the donkey inch by inch up the rock-strewn slope, he was fully prepared to see his champion dangling in the sucking maw of the monster. But to his surprise, he found Sir Andy perched on a small ridge only a few yards away. He was looking down into the next valley where a scene was unfolding which was a far cry from monster carnage – although nearly as monstrous.

'You took your bloody time,' rasped Sir Andy. 'What kept you?'

'Sorry, sir, it's this donkey. I can't seem to make it . . .'

'Never mind. Isn't that a revolting scene down there? Have you ever seen such depravity? Such low-life immorality? I have half a mind to put a stop to it!'

That's bloody noble of you, thought Dennis, considering you're a knight and all.

The scene they were overlooking was something out of Hell. A party of the usual raggedy, innocent peasant refugees had been set upon by a band of outlaws. These grizzled, pock-marked cut-throats were in the process of looting the few meagre possessions the peasants had been able to salvage from their homes. Dressed in bits of scavenged armour and hee-hawing like mules, they were particularly intent on the younger female peasants. Working in pairs, the villains were molesting innocent women now in various states of hysteria and undress. One of the bandits had his pants tangled round his ankles and was lurching in pursuit of a terrified but comely lass to the loud amusement of his companions. He tripped and fell; his face landed in a cow patty; the whooping laughter which the outlaws raised suggested that besides being immoral, bloodcrazed barbarians, they were not very sophisticated humorists.

Six peasants were huddled together, tied up in a group, too terrorized to shout any protests as they watched their women assaulted before their eyes.

An older peasant, the leader of the party, suddenly let out an agonized shriek. He was bound by his wrists and ankles to four animals: two cows, a goat and a large pig. A crazed bandit was lashing out with a birch at the hindquarters of these beasts, urging them to pull harder in a grotesque attempt to draw and quarter the man. Fortunately for the victim, the cows were too starved to move and the pig was more interested in nuzzling his bum.

Sitting on top of a pile of worthless booty (cooking pots,

several mattresses, cracked jugs and an ancient plough) was the bandit leader. He was wearing rags, an absurd badger hat, with a pair of brand new gauntlets on his hands. The bandit leader kept clapping his mailed palms together and roaring with laughter at the antics of his brigade of misfits.

'You can *have* my daughter,' shouted the peasant who was strung between cows and pig. 'Keep her. Just let *me* go. Please!'

There was something familiar about that voice, thought Dennis. Now where had he heard . . .

'WHAAS WRONG WID YOU?
SHTOP POKIN' ME, HUH?'

This last frantic scream was enough to cause our lad to nearly fall off his donkey. Could it be? Yes, there in those bushes, those bushes now squashed into the earth by the overwhelming bulk of jiggling pink which had just uttered those sweet, helpless cries for mercy, there was . . . there was . . .

'GRISELDA!' cried Dennis.

Sir Andy whirled in his saddle. 'You know that cow?'

'My . . . my fiancée,' sobbed Dennis. 'Please, do something. Save her!'

Sir Andy was not the only one to recoil at Dennis's cry. The bandit leader stopped in mid-guffaw and was now glaring up the slope. 'Get them, boys! Follow me!'

Hiking their trousers, dropping their victims, the band of degenerate outlaws came swarming up the hillside. Dennis lost his nerve, kicked at the donkey to make it move, but it refused to budge. 'Hey, Sir Andy, do you need the axe? Want the swords? You have everything you need? They're coming!'

Sir Andy stroked his chin with a mailed palm. 'I don't know. I was commissioned to kill a monster, not outlaws. Isn't this a job for the police? Those people are peasants, after all.'

Dennis watched the bandits reach the crest of the hill, just a few yards from the knight's lance. Sir Andy had not raised it even half an inch. 'Are you crazy?' screamed Dennis. 'They're going to get us!'

'Us?' asked the knight pensively.

He must have known something Dennis didn't, for the outlaws went charging right past him and converged on Dennis and his idiot donkey. A club knocked Dennis to the ground. A boot shot out and exploded between his thighs. Another boot went plunging up his rectum. As fierce as they looked, these outlaws were rather inept fighters. Still, they had a fairly thorough, if rudimentary, knowledge of how to kick the living shit out of a runt. Desperately, our lad scrambled on all fours, seeking some kind of protection. He found it under the belly of Sir Andy's horse.

'This is most odd,' said Sir Andy to nobody in particular. 'I thought it was the monster we heard. Could it really have just been all these peasants?'

Dennis realized that with his squire's uniform, borrowed from the late Jules, he had received a small sword. It was still hanging at his waist. As the bandits closed in, thrusting clubs and blades between the horse's legs, Dennis struggled to produce his last chance. If Sir Andy was not going to help him, at least he'd make a last stand of his own. He got the short sword out and scrambled from under the horse's belly. 'All right, you villains,' he shouted, raising his feeble weapon above his head. 'The first man who takes another step gets this!'

'We'll see about that,' roared the demented bandit leader. He raised his own fearsome sword, itself slightly longer than Dennis's total height, and jumped forward. Dennis slashed out but his sword got tangled and then, by the grace of Somebody Up There, came free. With the sword came the knight's stirrup, so unexpectedly that Sir Andy, who was standing up looking intently for some sign of the monster in yonder hills, came crashing down. Right over Dennis and on top of the bandit leader: several tons of junkyard crushing the life out of the miserable sod.

'The bloody knight's killed Jim,' shouted one of the bandits. 'That's not fair!'

'Run for it!' shouted another. And that is what they did, scampering away as fast as their scarecrow legs could carry them, hee-hawing, whining, weeping like little boys caught stealing apples. When the last pair of patched trousers had disappeared into the shrubbery, Dennis breathed a sigh of relief. At that moment his face lit up with joy: he turned and began to race down the hill, still brandishing his little sword. 'Griselda, I'm here! Fear not, Griselda, it's me, Dennis.'

Griselda was on her feet beside the squashed bush where a few moments earlier she had lain helpless under the bandits' lecherous paws. Yet as Dennis ran to her, she stared over his shoulder, back up the hill at where Sir Andy was extricating himself from the bandit leader. She opened her smeared lips as if to speak and Dennis came to a sudden halt, his face split by an ecstatic smile.

'Gee, dat's a knight. I nebber saw a real knight before.'

'Griselda, it's me! Dennis!'

'Dennis!' shouted a familiar masculine voice from twenty yards away. It was Mr Fishfinger. 'Come over here, boy, and untie me from these blasted cows.'

'Oh! Yes, sir. Of course, sir.' Dennis gave his beloved a fleeting yearn of affection and ran to her father. He used his short sword to cut the ropes, one, two, three ... on the fourth rope he deftly scratched the old man's wrist. 'Ooooops. Sorry. Are you all right, sir?'

'You clumsy bastard. You nearly took my arm off.'

A hand slapped Dennis across the back of his head. Turning, he saw Mrs Fishfinger's livid face. 'You always were a clumsy lad, Dennis Cooper. Shame on you!'

'You miserable dolt,' whined Mr Fishfinger. 'I'll probably get blood poisoning now.'

'Don't waste your breath on him,' said Mrs Fishfinger. 'Let's thank that good knight before he gets away.'

'Quite right, mother,' said Mr Fishfinger. They raced up the hill and joined the rest of the rescued peasants converging on Sir Andy. He, to be sure, was far more intent on wiping the front of his iron suit than receiving the gratitude of these peasants. Dennis trotted after them, noticing that Griselda was already by the knight's side and seemed to be meditating on his knightly grandeur with her usual bovine charm.

'Good Sir Knight,' exclaimed Mr Fishfinger when he was ten strides away from the man. 'We thank you with all our hearts for delivering us from the clutches of those fiends.'

'It was so very charming of you, Sir Knight,' echoed Mrs Fishfinger. 'After all, we're just humble fisherfolk, very humble, and you took the trouble to save us from those terrible beasts.'

'But ...' said Dennis.

'However,' interjected Mr Fishfinger, 'despite our humble circumstances, we do have this maiden daughter, *guaranteed* maiden daughter, and *since* there is a custom in these parts to reward a knight with the hand of the maiden he has rescued ... Say hello to Sir Knight, Griselda, honey.'

'Hiya,' blurted the Mount Everest of maidenhood.

'Mr Fishfinger, it was *me* that rescued you,' said Dennis.

'What do you say, good Sir Knight?' asked Fishfinger, ignoring Dennis. To his dismay, the good Sir Knight was climbing back into the saddle. Examining his cut stirrup, he apparently decided it could be dispensed with.

'Come. We go,' said Sir Andy to Dennis. With those parting words, he spurred his destrier forward and sped down into the valley, passed the sad pile of peasant belongings, and began to climb the next slope. Griselda seemed not to get the message. She waved one of her huge arms at his back and shouted, 'Byeeee. Byeeee.'

Dennis looked at his donkey, at the disappearing figure of Sir Andy, at Griselda, and back to Mr Fishfinger. What was he to do? 'Sir ... Griselda darling ... I ... I've got to go. But ... I *am* sorry about your wrist.'

Mr Fishfinger grimaced, remembering his terrible wound, then sucked at it. 'It *hurts*, you twit.'

'I'm *really* sorry.' He turned to Griselda, still waving at the distant horseman and mouthing silently, 'Bye-bye'. 'Oh, Griselda darling ... I've missed you so much. Look, I've even kept your potato.' He reached into his tunic under the squire's cloak and fumbled around until he found the crushed veg. 'See!'

She turned and looked at it warily. A faint stirring of crude emotion was visible in her eyes. An audible rumble slurped in her belly. She put out her hand and took the potato, raised it to examine it more closely, sniffed it, her moist lips open in gastro-erotic anticipation. 'Urggh! Thash rotten.' She dropped it on the turf. Stamped her foot on it. The mess stuck to her shoe and she groaned and tried to wipe it off like so much dog shit.

'You've been a great disappointment to me, Dennis,' snapped Mr Fishfinger. 'I thought you were going to make something of yourself. Haven't you found your fortune yet? Ha! Fat chance.'

'But, sir, that's the King's champion and I'm his squi ...'

'Shame on you! Call yourself an eligible suitor for our daughter? You're nothing but a sponger, a vagrant.'

'But Mrs Fishfinger, all I ...'

'Get away from us!' hollered the father. A live chicken was pecking at some dandelion seeds near his feet. He snatched it up by both scrawny legs and began to beat Dennis around the head with it.

'Wait a second,' shouted Mrs Fishfinger. She'd picked up one of the hastily-discarded bandit clubs. 'Hit him with this!'

Mr Fishfinger dropped the chicken and reached for the club. Dennis took the opportunity to dash to the donkey. He leapt on its back, slid off, and tried again. Success! He flailed the donkey's flanks with his heels, smacked the poor brute's rump with his hand. Mr Fishfinger came racing towards him. For the first time that day the donkey saw something repulsive enough to incite it to actually move faster than a melting ice cube in April.

'... and stay away from her!' screamed Mrs Fishfinger as Dennis jostled down the hill on the back of his newly inspired vehicle.

Poor Dennis. All he could do was look back over his shoulder at the enraged Fishfingers and their neighbours. In their centre, unmistakable as ever, the Himalayan figure of his beloved diminished in size far more slowly than the others. That, at least, was a comfort. Oh Griselda!

chapter twenty-four

They camped in a glen with a rushing brook and a ruined tower, on the edge of a small wood beyond which, said Sir Andy, was the region where the most recent monster-sightings had been reported. Dennis had to erect the knight's tent, gather wood for the fire, cook a supper of beans and giblets, unload all the weapons and stack them in combat readiness outside the tent, and, finally, give Sir Andy a vigorous massage. Was that really part of a squire's duties, Dennis had asked. Definitely, said Sir Andy.

'By the way,' said the knight, 'you've changed.'

Dennis froze in the middle of kneading the man's brawny shoulders. 'I have?'

'Yes, Jules, you have. I noticed it this morning. Can't quite put my finger on *how* yet. You didn't shave off your moustache, did you?'

'No, I don't think so,' gulped Dennis. What moustache?

'Perhaps it's your aftershave. Anyway, don't worry about it

now. We've a long day ahead of us on the morrow.'

When he'd finished rubbing down the good knight, he was told that his duties were finished. Except, of course, for his guard duty. Sir Andy had warned him that if he should catch him sleeping at any time during the night he would be obliged to punish him with the customary ninety strokes of the lance. But when was Dennis to get some desperately needed sleep? That, the knight informed him, was his own affair. 'During your free time, I expect.'

Almost as soon as Dennis had taken up his post huddled beside the bonfire, short sword in his hand, the tent had begun to wheeze with Sir Andy's snores. No danger of his falling asleep with that racket going on, thought our lad.

No danger? Plenty of danger and it sounded like it was about a dozen yards away in the forest. The unmistakable roar, the suction whirlwind, the unspeakable yawp of the monster exploded in Dennis's ears as if, at any second, he could expect to feel himself dissolving between those famous munching gums. He leapt to his feet and ran to the door of the tent. Sir Andy's snoring continued undisturbed. Dare he wake the knight? No! Dennis reached for the giant two-handed axe, hefted it, it was too much! The axe actually dragged Dennis on to the ground. The monster's strange vocal box exploded again, from the far side of the dark glen this time. Jeeez, that thing could move! He jumped up and reached for the knight's spiked ball-and-chain rig. The wooden handle was easy enough, but Dennis couldn't lift the damn ball more than six inches off the ground, let alone start whirling it around his head in the required fashion. The horse and the donkey were whinnying, straining at their ropes, eyes white with terror. Sir Andy's snores ploughed the air as usual, the tent gasping in perfect time with each snargled lungfull.

The monster ROARED!

Dennis ran to the tower and hid beneath a slab of fallen rock inside its broken circumference.

The monster really ROARED!

Dennis closed his eyes and held up his dagger, point-outwards in front of his face.

Sir Andy snored. The horses whinnied. The monster did his usual. Dennis whimpered, once again aware of the appalling humidity in his knickers. The stars rose to their apex in the black sky. A chill breeze brushed the boughs of the forest together with the sound of velvet on velvet. Sir Andy snored. The horses strained. The monster ... Dennis ... the stars ... the wind ... the snores ... the whinnies ... the ROAR ... it was dawn.

*

'We must be getting close,' said Dennis. They had followed the brook out of the forest, over a series of low, brooding downs, until they reached a spot where the brook merged with several larger streams. Before long it was a river they were following. As it grew broader, so, too, did the horror increase. Black, scorched fields stretched to the horizon on both banks. Smouldering stubble and the charred remains of what had once been peasant hovels lay smoking on the earth. For several miles they followed this river through unbelievably barren vistas – until they came to the remains of a small village: a few small fires, bits of rafter and broken tile, crude cellars (which once had held the carefully preserved remnants of a harvest) full of ash and rubble.

Hundreds of potatoes were beginning to rot upon the ground. So many potatoes that the horse kept stumbling over them. Dennis was ordered to dismount and lead the way, kicking the spuds off the path so that Sir Andy could follow. What were these globs of brown matter, he asked Dennis, er, 'Jules'.

'Potatoes,' replied Dennis, choking on a sob.

'They look extremely valuable to me,' said the knight. 'Make good keepsakes for fair maidens, I wager. Collect a few and put them in the saddlebag.'

As Dennis was doing this, the sound of collapsing rubble came from their left. The knight quickly raised his lance, fearing this might be the monster about to launch a surprise attack. No, it appeared to be a withered, old man crawling out of his hiding place in one of the cellars. He came tottering in their direction, one hand extended in a gesture of supplication.

'Oh God be praised, sir. I never thought I'd see a fellow human alive again. It was horrible ... the monster came and ...'

Dennis yelped with recognition. 'Wait, I know you! 'You're old Tinwhistle, the village goat-herd. But how did you get here?' He glanced from side to side, caught sight of something poking out of the ashes, ran and picked it up to read ... 'This is Scragg the Butcher's sign. By God ... *this* ... *this* is Dorkminster!'

The old man was paying little attention to Dennis, while Sir Andy raised his eyebrows in annoyance at such a sentimental display.

'Oh Lord!' wailed Dennis. 'This is ... and *you*!' He rushed to the old man. 'Don't you recognize me? I'm Dennis Cooper ... Ralph's son.'

'Yes!' said the old man, 'It's Dennis!'

'Me!'

'Bastard! Shithead!' shouted the goat-herd. He grabbed the butcher's sign out of Dennis's hand and began to crack him over the head. 'You ruined your father, you did. Destroyed the finest man in the village with your stock-taking. Filthy little stock-taker!'

'But I never meant to ...' Dennis retreated to his favourite hiding place beneath the horse's belly. 'You've got it all wrong.'

'Go away!' screamed the goat-herd, dropping the sign and starting to wing rocks at Dennis. 'Never come back to this village if you know what's ...'

One of the rocks banged off Sir Andy's metal chest-plate. Up until now, he'd observed the goat-herd's bizarre performance as perfectly ordinary, rather boring, peasant behaviour. Now he stared intently at his armour, a frown forming on his face.

'Oops!' called the goat-herd. 'Sorry about that.'

'DENT!' said the knight, raising his lance. The old man took two faltering steps backwards. Dennis leapt from under the horse. Just in time. The knight's spurs dug into the destrier's flanks. The animal leapt forward ... the goat-herd screamed ... the lance punctured ... Dennis gulped ... and could not help but smile. The silly fool.

*

A mile north of ravaged Dorkminster, on the road to Muckley, a flock of ravens rose out of a thicket beside the road, fracturing the stillness with their hellish caws. A bad sign, murmured the knight. Was the monster very near? Deserted fields and small stands of scrawny trees stretched as far as the eye could see. The ravens circled above their heads, their shrieks sending chills down the back of Dennis's neck. Sir Andy's grip tightened on his lance. The horse stumbled on a spud, its ears twitching with uneasy premonitions. Could animals really sense danger before humans, wondered Dennis. Perhaps, but *he* was human (it takes all kinds) and *he* could certainly sense danger. A rat scuttled out of the grass across the road and dived into a black hole between some roots. There was distant thunder in the overcast sky. The wind teased a skeletal bush across the empty field. A few drops of rain splattered the tip of Dennis's nose. What was in those shrubs? Just another stack of fly-encrusted bones.

'Halt,' said the knight, his voice, for once, filled with something less than gung-ho courage. 'See?'

Dennis saw. Jesus Christ, Dennis saw!

Fifty yards ahead, on top of a rise and standing in the middle of the road, loomed the terrifying figure of the Black Knight. His lance was raised to the sky; his free hand sat arrogantly on the hilt of his sword. Behind him, ranged out in a line, half a dozen demented-looking squires were making an ungodly yammering sound.

'Yuhduyuhuduhuuyukudukillyuduhgettimyuduyuyuduh.' The Black Knight raised his hand and the yammering ceased at once.

'Shield,' hissed Sir Andy. Dennis climbed off his donkey and unfastened the bulky armour, his knees chattering. He lugged the shield over to Sir Andy; its point cut a thin furrow in the dust. Sir Andy raised it from Dennis's grip with one hand, the old adrenalin obviously pumping through his knightly corpus at full gush now. 'Tighten my saddle,' he commanded. Dennis nodded but had no idea just how to do this. He made a half-hearted gesture at the buckle which cinched the contraption to the destrier's ribs. The horse itself was calm now, breathing in long, regular gusts of nostril steam. It sensed danger and knew no fear. This was the moment for which it had been bred; the moment at which every day of its existence had heretofore been aimed.

Something was going on up at the Black Knight's end. A squire had run up and taken the villain's lance away, followed by another cretin-boy who brought a hideous double-headed battle-axe up and deposited it in the knight's impatient hand. Tactics were now clear. Sir Andy would try for a long-range kill. The Black Knight preferred to get in close and hack his way to victory. A lot could be said about how these two techniques reflected the personalities of the two knights involved, but why would anyone want to say it?

'Wait here,' murmured Sir Andy. Dennis didn't have to be told twice.

The Black Knight spurred his horse and reined it left, off the rutted road and onto a field more congenial to atrocious battle. Sir Andy did likewise. Separated by fifty yards, the two knights rode parallel into the centre of the scorched sward. At the same time, as if by some unheard signal, they reined their horses to face one another. There was a moment of calm, following which the good Sir Andy raised his lance in the traditional salute to his opponent. The Black Knight seemed to miss this gesture (perhaps he was near-sighted) and failed to return the salute. A gap in the clouds suddenly revealed the sun. Its rays focused directly on the Black Knight as if through some enormous magnifying glass. 'Ouch!' cried Dennis, as the glare singed his eyes.

At the same instant, both knights spurred their horses across the ruined plain. The ground shook, the great destriers threw up giant fantails of mud in their wake; the two warriors let fly bloodcurdling screams. Sir Andy's lance centred on the Black Knight's heart. The Black Knight, as usual, seemed rather precariously balanced in his saddle. Would he be as good with this battle-axe as with his weirdo lance? Apparently he felt rather confident on that score. Inside his closed helm, Sir Andy sneered at the appalling axe style his opponent was displaying. Only twenty yards separated the two roan chargers and their riders ... only fifteen ... a mere eleven!

Sir Andy's lance thrust straight home. Good Lord! Through some incredible contortion, the lethal blade seemed to pass completely through the Black Knight without even touching him. With what seemed a will of its own, the giant battle-axe rose straight in the air. Flashing down, it cut through Sir Andy's helmet like a cleaver through a ripe tomato – and kept on cutting. One clean SWOOSH and the two neat halves of the bisected champion fell off the galloping horse.

It was time, thought Dennis, to bid adieu.

The Black Knight had wheeled around and was looking in our lad's direction with less than a heartwarming expression on his iron mask. He spurred his horse into a mild gallop, sure that this was going to be an easy mark. Dennis looked from his donkey to the approaching Black Knight to his fallen master. His brain told him he had only one chance. Get to Sir Andy's body and see if there were any weapons to be salvaged. Some chance, but he had no other alternative. Feet smacking the mud, he raced across the field. From the far end, the Black Knight's crew of squires had the same idea. Who would get there first? Did it matter? The Black Knight obviously didn't think so: he let out a loud guffaw inside his helmet and slowed his horse to a trot. Perhaps he was curious as to what Dennis would do should he reach Sir Andy's remains. Would the fool dare to engage him in knightly combat after what he'd just seen?

Reaching Sir Andy before the demented squires, Dennis grabbed for the knight's sword. It was heavy but our lad managed to lift it and began to inch it out of its scabbard. Suddenly the Black Knight raised his arm and let fly the enormous battle-axe. Jee-sus! Dennis dove under the shield bearing Sir Andy's famous Clump insignia. Just in time. The axe screamed over his head like a guided missile. Two of the demented squires felt their bodies severed as the whirling axe blades cut them in twain.

The Black Knight pulled out a mace on a chain and began to swing it around his head.

Dennis peered out from under the shield, saw what was coming, and tortoised back inside. WHAAANG! The spiked mace exploded on the shield with a deafening noise. Immediately followed by a slurping crash as the Black Knight came flying out of the saddle onto his belly in the mud. Too close for comfort, especially when Dennis hadn't yet managed to extract the sword from its scabbard. The shield had splintered into a hundred pieces after the mace shot. Dennis was up and running, trying desperately to get the sword out. Had somebody forgotten to oil Sir Andy's scabbard? Had that somebody been Dennis?

'Look at him run!' jeered the squires. 'Chicken! Scaredy-cat! Doesn't want to get his head chopped off!'

Dennis tripped over a rock, looked back to see the Black Knight on his feet again and lumbering in his direction with a sword raised above his head. Dennis was up and off. He tripped again. Up and off. The Black Knight was gaining on him. Stand and fight? There was obviously no other way. And, miraculously, the scabbard suddenly slid off the point of the sword. A one-hander for Sir Andy. Dennis managed to get it up in a clumsy on-guard position with both hands.

The jeering squires fanned out in a circle behind their master. The Black Knight advanced to within three feet of Dennis. His sword took the glare of the sun and momentarily blinded our boy. CLANG! By some incredible piece of luck, the Black Knight's first deadly swipe had hit Dennis's sword and been deflected. The force of the blow made our lad's hands swell up like balloons of pain and sent the Black Knight, no fencing master himself, reeling off his feet. It didn't matter. The Black Knight had plenty of time. He righted himself and advanced, the sword waggling in his hand. Dennis could not take his eyes off the glaring blade. Once more it raised into the ... what happened? Suddenly the whole field was deep in shadow. Suddenly the Black Knight had frozen in his tracks, his eyes focused directly above Dennis's head. Suddenly the squires had lost their demented grins. Suddenly Dennis was pissing in his pants.

WAAARGLOOOOOCHACKACKACKSLUUUUUUUUUURSHOOKOOK!

The roar of the monster! Closer than ever before! More terrifying! More disgusting! More fattening! More! More! More! Right above Dennis's head! And the Black Knight was backing off!

Not so fast. Dennis went running in one direction, and the squires in another, but the monster had his sights pinned on Mr Black Knight. This was pay-off time. This was just deserts for Marvin, alias the Quack, alias Mr Owl Fancier, alias Black Knight. This was snack time for Monstro. This was what you've all been waiting for: a description of the monster: coming right up.

To Dennis's eyes, it was as big as a mountain, as green as a frog, and as ugly as the Devil. By today's standards, the monster wasn't all that impressive. Let's face it: Dennis lived in a pretty sheltered environment, monstrosity-wise. Compared to a month's traffic fatalities on the highways of Italy, or even King Kong, this monster wasn't so bad. But Dennis had never seen a television or tried to conduct a Fiat from Rome to Genoa and so this monster was fraught with all the terrorizing potential one man could possibly pack into his nine-stone body in his leaky bladder.

It stood about fifteen feet tall and forty feet long, the size of two large kangaroos. Its body was a mass of green slime; its face a wedge of repulsive eyeballs, ears that belched flame, nostrils that snorted yellow smoke, culminating in an oral suction device like two rubber tubes down which rolled a random selection of lumpy potatoes. Sometimes the spuds came out in twos and threes, sometimes none came out for a minute or more, then a large spud would flip out and onto the ground. It was hideous. It made the most dreadful sound imaginable. What in God's name was wrong with this beast? It was hungry, hungry for meat. Human meat.

Turning its head, it sent a blast of flame at the Black Knight from its nozzle-shaped left ear. The knight, who had started to run, suddenly stopped as he felt himself roasting alive. In two remarkably nimble hops, the monster positioned its green body over the sizzling knight. Suddenly all the air in the immediate vicinity began to rush to monstro's head as the beast flipped some internal switch activating its whirlwind vacuum-suction pump. The two orange lips opened in an obscene parody of a giant French kiss. SLURP! As if the Black Knight's enormous iron-clad body was merely a piece of fluff that happened to have found its way under mum's hoover, the monster sucked him up and inside his gullet. The orange blubber lips smacked shut. For a few seconds there was a great deal of vulgar activity inside the beast's green neck, mixed with one muffled shriek from Marvin, and then out came the remains. A perfect biology classroom model of the human skeletal system, Marvin's bones lay on the mud like the carcass of a Dover sole at the end of an enjoyable lunch. Stripped of all flesh, all armour too, all that remained on the corpse was Marvin's head with its Rasputin-like features frozen in a horrified grimace.

The monster turned and faced Dennis who, keen as he was, had been too fascinated throughout this performance to think of saving his own ... his own you-know-what! He turned and ran. God, make the monster satisfied with that last nibble, he prayed. Make the Black Knight's rusty armour curdle his appetite like a glass of sour milk.

It was too late for prayer. Hop, hippity hop, hop. The monster was on Dennis's trail. Looking over his shoulder, our lad saw nothing but a solid wall of greenish muck. Just above his head an orange tube drooled a dozen tiny new potatoes all over Dennis's shoulders. It was too late! Dennis's heart exploded with despair as the potatoes brought forth the vision of yet another spud. And Griselda's foot as it splattered his dear keepsake in the turf of yesterday's final parting. He couldn't go on like this. He couldn't run any more. There was nothing left to live for anyway. Above his head, just above, an ominous click in the monster's head signalled the throwing of the suction switch.

Dennis threw himself face-down into the muddy field. As he did so, the sword he carried flew out of his hand as if it were being gobbled up by an enormous electro-magnet. It went shooting up inside the monster's hideous tuba-shaped flexible gob.

Dead silence. Very dead.

How lucky could a thick-skulled, well-intentioned Dorkminster boy be? For Dennis's sword, the sword he had salvaged from Sir Andy's corpse, had no sooner entered the monster's sucking maw than it pierced the inside of his gullet and went twanging through the back of the beast's skull, obliterating its lentil-sized brain. No more whirlwind devastation. No more torched earth policy. No more bone-destroying roars, half-human, half-animal, half-agnew. No more, no more, no more. Just one large green bag of rubbish with nozzle-shaped ears, several dozen scrambled eyes, and an enormous pair of vulcanized lips on one of which, the lower of course, there now rested a pathetic last reminder of the glory, the tragedy, the high and low of recent history, in the shape of one half-frozen french-fried potato.

Postscript

There would always be a Flagelot. Or so said King Bruno in his farewell speech to the newly-weds on the steps of the cathedral. Princess Rita was nearly beside herself with something-or-other and kept pawing at Dennis through his new suit, festooned with the new Charing Cross medal he'd received at the official banquet the evening before. Now the crowd was surging forward, trying to touch the bride and groom but the Questionable Guards had opened a path for them up to the carriage which was to take them on their honeymoon.

'It was always you, Dennis. You're the one I was always pushing for.' Those words of Mr Fishfinger kept reverberating through Dennis's skull as he had knelt beside his new bride before the altar this morning. Something had been slightly odd about that Bishop. The way he fell out of the pulpit twice during his Prayer of Nuptial Bliss. And then the way he wouldn't let go of the chalice during Holy Communion until one of the altar boys gave him an elbow under the ribs and caused the Bishop to spit a mouthful of wine into the congregation.

'Dennis, you're wonderful.' That's what Griselda had said. Then why was he now being pushed into this carriage by the King's guards? And what was *she* doing over there on that plush seat, motioning him closer, that lovely pink tongue sticking lasciviously out of the corner of her mouth? God, her eyes were blue. He'd never seen such blonde hair. But Griselda, oh his beloved Griselda. Where was she now?

Ignoring the odd way Princess Rita was pressing her body against him, Dennis turned to look out the window in the hope of catching at least a fleeting glance of his dear ex-fiancée. Now that he was the possessor of half the entire kingdom of Flagelot, what a life he could have provided for her. All the luxuries a woman could want: servants, jewels, travel, unlimited potatoes.

The carriage moved slowly away from the bottom of the cathedral steps. The driver lashed his whip over the waving hands of thousands of peasant well-wishers who owed Dennis so much for having destroyed the monster. Too many faces, thought our lad. I'll never see her in this mob.

He was forgetting the sheer enormity of his foresaken darling's physical presence. For where Griselda stood, six normal men could not stand, such was her bulk.

The clip-clop of the horses' hooves beat out a lonely staccato on the cobbles, at least to Dennis's ears. They were almost at the gates. The crowd was as thick as ever, waving their white banners, showering the coach with thousands of roses. For some incredible reason, Princess Rita had put her hand into Dennis's pocket and was moving it around as if she were trying to get a grip ... on his keys?

Just then a blur of moist flesh began to pass outside the window of the coach. Was it ... could it be? Oh my God, it was Griselda's weeping face. Dennis sat bolt upright and leaned towards the window. Princess Rita found exactly what she was looking for in his pocket. Silently, Dennis mouthed the word 'Griselda' and then she was gone. Gone forever. At that moment of dreadful loss, Princess Rita threw up her arm and pulled Dennis's head down against her bosom, so firm yet soft, straining against the silk of her bodice. How lovely and thoughtful, his new wife understood his anguish. She was trying to comfort him. And God knows she was going about it in a most interesting way ...